PAUVRE LUCILE!

A LA MÊME LIBRAIRIE

OUVRAGES DE WILKIE COLLINS

Le Secret. 1 vol. 1 fr. 25.
La Pierre de lune. 2 vol. 2 fr. 50.
Mademoiselle ou Madame? 1 vol. 1 fr. 25.
Mari et Femme. 2 vol. 2 fr. 50.
La Morte vivante. 1 vol. 1 fr. 25.
La Piste du crime. 2 vol. 2 fr. 50.

Coulommiers. — Typog. Paul BRODARD et Cie.

WILKIE COLLINS

PAUVRE LUCILE!

ROMAN TRADUIT DE L'ANGLAIS

AVEC L'AUTORISATION DE L'AUTEUR

TOME SECOND

PARIS

LIBRAIRIE HACHETTE ET Cⁱᵉ

79, BOULEVARD SAINT-GERMAIN, 79

1884

PAUVRE LUCILE!

I.

LA MAIN DE NUGENT.

Mon récit s'arrête le 25 juin, jour de l'opération.

Je le reprends après six ou sept semaines d'intervalle, le 9 août.

Que s'était-il passé à Dimchurch pendant ce temps?

En faisant appel à ma mémoire, je retrouve cet intervalle si complétement dépourvu d'incidents, que je m'étonne que nous ayons pu passer dans l'inaction forcée où nous étions et accablés d'anxiété un temps aussi ennuyeux.

Lucile n'avait pas d'autre distraction que d'aller de sa chambre au boudoir et du boudoir à sa chambre. Le jour était rigoureusement exclu des deux pièces ; Lucile portait toujours son bandeau, à moins que le docteur ne le levât pour lui examiner les yeux; Lucile, dis-je, endura cette claustration forcée, et, ce qui était encore bien plus cruel, l'incertitude, avec ce courage qui nous fait tout supporter : le courage de l'espérance.

Grâce à ses livres, à la musique, à notre conversation, et surtout à son amour, qui la soutenait, elle put compter avec calme les heures et les jours qui s'écoulaient dans leur monotonie, mais qui la rapprochaient du moment terrible où l'on allait savoir enfin si c'était M. Sebright ou Herr Grosse qui s'était trompé.

Je n'assistai pas à l'examen qui dissipa tous les doutes à cet égard. Je rejoignis Oscar dans le jardin, aussi incapable que lui, en un pareil moment, de maîtriser mon émotion.

Nous nous mîmes tous les deux à arpenter le gazon de long en large comme deux animaux en cage.

Lorsque Herr Grosse examina les yeux de Lucile, Zillah seule était présente, Nugent s'étant retiré dans une pièce voisine pour nous communiquer par la fenêtre le résultat de l'examen.

Herr Grosse fut plus rapide que lui, et nous l'entendîmes qui criait : Ohé ! ohé! par la fenêtre, où nous l'aperçûmes agitant son immense foulard.

Une telle émotion me saisit que je fus près de m'évanouir de joie en l'entendant nous crier ces mots qui nous électrisèrent : « Elle verra !... elle verra !... »

Dieu sait tout ce que nous débitâmes sur M. Sebright quand nous nous retrouvâmes tous réunis dans la chambre de Lucile !

Mais, après le premier moment de joie, nous avions à envisager de nouvelles difficultés.

A partir du moment où elle eut l'assurance que l'opération avait réussi, notre Lucile, si patiente, changea complétement. Elle se mit dans un état de révolte contre les précautions qui reculaient le jour où elle pourrait se servir de ses yeux en toute liberté.

Il fallut toute mon influence, secondée par les prières d'Oscar et par les menaces de notre bon médecin, — je vous promets, par parenthèse, que le brave homme avait la tête près du bonnet — pour empêcher Lucile de violer la prescription qui la retenait prisonnière.

Quand elle devenait tout à fait intraitable et l'accablait de reproches, notre bon Grosse se mettait à jurer dans son jargon bizarre, en commençant d'abord par aspirer l'air bruyamment, ce qui arrangeait tout en faisant rire Lucile.

Je le vois encore, le digne homme, en écrivant ces lignes, quitter la pièce avec ses yeux qui scintillaient derrière ses lunettes et son chapeau posé de côté sur sa tête.

« Soh! petite tiaplesse de Lucile, si fous afez le malheur
de toucher les bandages que j'ai posés... Ho damn! damn!
ponsoir! che ne vous dis que ça. »

Je tournai mon attention vers les deux frères.

Tranquillisé sur l'avenir par son entrevue avec M. Sebright, Oscar se présenta sous son meilleur jour pendant
la période dont je parle.

Lucile comptait principalement sur son fiancé pour la
distraire et relever son courage pendant ces journées si
longues qu'elle passait dans la chambre obscure. Il ne la
quitta pas un instant et montra la plus grande impatience,
unie à un dévouement infatigable.

Chose bien triste à dire quand on songe à ce qui arriva dans la suite, il s'affermit dans l'affection de la jeune
fille pendant ces jours de convalescence où elle attachait
à sa société un prix si précieux.

Avec quelle ferveur elle me parlait de lui lorsque, le
soir, nous nous trouvions seules. Pardonnez-moi si je ne
vous fais pas part des confidences de la jeune fille, car je
ne me sens pas le courage de les écrire, ni même d'y
penser, et j'aime mieux passer à un autre sujet.

Parlons un peu de Nugent.

Je ne suis pas riche; eh bien! j'aimerais mieux donner
tout ce que je possède que de parler de ce personnage.
Mais, malgré ma répugnance, il faut absolument que je
vous parle de ce misérable.

Ce fut pendant la réclusion de Lucile que je commençai
à être désabusée sur son compte et que, comparant la
conduite des deux frères, je sentis Oscar prendre dans
mon estime la place qu'y avait occupée son frère.

Nugent surprit péniblement Oscar en quittant les
Sables.

« Laisse-moi partir, lui dit-il. J'ai fait tout ce que j'ai
pu faire, et un séjour prolongé ici ne servirait à personne, du moins pour le moment. Il faut absolument que
je m'en aille. Je m'engourdis dans ce maudit pays. »

Les prières d'Oscar ne purent le fléchir, et il partit un
beau matin sans dire adieu à personne.

Il avait parlé d'une semaine, mais il resta un mois

absent. Nous sûmes qu'il menait une vie irrégulière en compagnie d'hommes dissolus et qu'une soif inextinguible de mouvement s'était emparée de lui.

Il revint à Dimchurch comme il en était parti, sans prévenir qui que ce soit. Son humeur changeante l'avait jeté dans un autre extrème. Il se montrait plein de repentir pour sa conduite insensée et montrait un abattement d'où il était impossible de le tirer, et qui lui faisait envisager non-seulement le présent, mais l'avenir tout en noir. Il parlait tantôt de repartir pour l'Amérique et tantôt de s'engager comme simple soldat dans l'armée.

Ce n'est certes pas difficile de deviner ce que signifie cette conduite ! dira-t-on.

Oui, mais je répondrai que j'étais trop absorbée par les soins que j'avais à donner à Lucile pour m'en apercevoir. Grâce au ciel, je ne suis pas d'une nature soupçonneuse, et, si je l'avais été, mes soupçons auraient été endormis par l'anxiété, qui formait comme une atmosphère engourdissante pesant sur moi comme une chape de plomb dans la chambre où se tenait Lucile.

Mais je m'arrête, en ayant assez dit dans ces quelques lignes sur les faits et gestes des principaux personnages de cette histoire pendant les six semaines qui s'écoulèrent du 25 juin au 9 août.

Je reprends mon récit au 9 août.

Nous avions atteint le jour mémorable fixé par Herr Grosse pour l'enlèvement du bandeau et pour permettre à Lucile d'essayer sa vue pour la première fois. Imaginez-vous — ma plume est impuissante à la décrire — l'émotion à laquelle était en proie notre petit cercle à l'approche de cet événement.

Je fus la première levée, ce matin-là.

J'ouvris ma fenêtre, et je vis dans le soleil qui se levait dans un ciel serein un présage favorable.

J'aperçus, au moment où je me retirais de la fenêtre, une personne se glisser d'un massif jusque sur la pelouse.

En la voyant s'approcher, je reconnus Oscar.

« Que pouvez-vous bien faire à une heure aussi matinale? » lui criai-je.

Il mit ses doigts sur ses lèvres pour me recommander le silence et vint sans répondre jusque sous la fenêtre.

« Chut! me dit-il, faites en sorte que Lucile ne vous entende pas et descendez aussitôt que possible. Je désire vous parler. »

Je vis à son air, quand je le rejoignis dans le jardin, qu'il avait quelque mauvaise nouvelle à me communiquer.

« Est-il arrivé quelque chose de fâcheux aux Sables? lui demandai-je.

— Nugent m'a causé une vive contrariété. Vous vous souvenez de ce que je vous ai dit le soir où je vous ai rencontrée, après avoir consulté M. Sebright. En un mot, je voulais prier Nugent de s'absenter de Dimchurch le jour où Lucile essaierait sa vue pour la première fois.

— Eh bien?

— Eh bien!... il refuse de quitter Dimchurch.

— Lui avez-vous expliqué vos raisons?

— Je les lui ai expliquées avec la plus grande minutie, et, avant de lui faire ma demande, je lui ai déclaré qu'il était impossible de prévoir ce qui pouvait arriver, tout en lui démontrant toute l'importance qu'il y avait dans mon intérêt à laisser Lucile, après la réussite complète de l'opération, quelque temps encore sous l'empire de l'impression qu'elle avait pour le moment. Je lui promis que, dès que Lucile se serait habituée à mon aspect sans ressentir d'horreur, je le ferais revenir et j'avouerais en sa présence la vérité à Lucile. Que croyez-vous qu'il ait répondu à tout cela?

— Aurait-il refusé?

— Non, mais il se retira à l'écart pour réfléchir un instant; puis il se tourna tout à coup vers moi et me dit : « Pourquoi m'en irais-je, puisque M. Sebright prétend que, loin d'être terrifiée en te voyant, elle éprouvera du soulagement? Rien ne t'empêche donc de lui avouer que le visage qu'elle voit est le tien et non pas le mien. » En disant ces paroles du ton résolu que vous lui connaissez,

Nugent a fourré ses mains dans ses poches et est allé à la fenêtre, comme s'il venait d'aplanir toutes les difficultés.

— Que lui avez-vous répondu?

— Je lui ai dit : « Supposons que M. Sebright se trompe?... » « Et supposons qu'il ait eu raison? » me dit Nugent en m'interrompant. Je le suivis à la fenêtre, jamais il ne m'avait parlé d'un ton aussi aigre. « Quelle est ta raison, lui demandai-je, pour ne pas vouloir t'en aller pour un jour ou deux ? » « Ma raison, me répondit-il, c'est que je suis las de ces éternelles complications. Il est non-seulement inutile mais cruel de tromper plus longtemps Lucile. M. Sebright t'a donné le meilleur conseil que l'on puisse donner. Montre-toi à ta fiancée tel que tu es. » Là-dessus Nugent est sorti. Je ne puis m'imaginer ce qui peut le faire agir ainsi. Mon seul espoir est dans votre intervention auprès de lui. »

J'avoue que je ne me sentais guère l'envie d'intervenir. Je trouvais que, tout étrange et subit que fût ce revirement dans l'esprit de Nugent, il avait raison. Mais, d'un autre côté, Oscar avait l'air si malheureux qu'il me fut impossible, surtout en pareille occasion, de lui faire encore plus de peine en refusant nettement ce qu'il me demandait. Je me promis de faire mon possible pour lui, en espérant que les circonstances ne me forceraient pas à mettre ma résolution à l'épreuve.

Il ne devait pas en être ainsi et j'étais condamnée à être déçue dans mes espérances égoïstes.

Un détail quelconque dans le repas que je préparais pour Herr Grosse me força à aller au village.

Entendant quelqu'un m'appeler par mon nom, je tournai la tête et me trouvai face à face avec Nugent.

« Est-ce que mon frère ne vous a pas encore tourmentée ce matin avant que je fusse levé? »

Comme il me parlait ainsi, je remarquai en lui une recrudescence de cette aigreur peu aimable qui m'avait tant intriguée et déplu pendant l'entretien secret que j'avais eu avec lui dans le jardin du presbytère.

« Oscar m'a parlé ce matin, lui dis-je.

— De moi ?

— Oui, de vous. Vous l'avez cruellement contrarié...

— Oui ! je sais ce que c'est. Cet Oscar est vraiment pire qu'un enfant, et je commence à perdre toute patience à son égard.

— Je suis fâchée de vous entendre vous exprimer ainsi, Nugent. Puisque jusqu'ici vous avez été bon pour votre frère, vous pourriez bien lui faire quelques concessions. Tout son avenir peut dépendre de ce qui va se passer dans la chambre de Lucile dans quelques heures d'ici.

— Vous vous faites, me répondit Nugent, vous et lui, des montagnes d'une taupinière. »

Il prononça ces paroles d'un ton amer, et je dirai presque grossier. Je lui répondis aigrement : « Vous êtes le dernier au monde qui ayez le droit de parler ainsi. Si Oscar se trouve en ce moment dans une fausse position vis-à-vis de Lucile, c'est grâce à votre consentement et à votre connaissance. N'avez-vous pas, dans l'intérêt de votre frère, consenti à la supercherie vis-à-vis de sa fiancée. Et maintenant que, toujours dans l'intérêt d'Oscar, on vous demande de quitter Dimchurch, pourquoi refusez-vous?

— Je refuse parce que je me suis rangé à votre avis. Qu'avez-vous dit? que nous abusions cruellement de l'infirmité de Lucile, et vous avez raison. Il était cruel de lui cacher la vérité, et je ne veux pas me prêter plus longtemps à une pareille injustice. Je refuse, du jour où elle recouvrera la vue, de continuer à la tromper aussi bassement. »

Je ne saurais vous décrire de quel ton il me fit cette réponse. J'avoue que, sur le moment, je restai tout abasourdie. Je fis un pas vers lui et j'examinai avec une vague appréhension l'expression de sa figure. Il me rendit, sans broncher, mon regard.

« Eh bien? » me dit-il avec son sourire dur, par lequel il semblait me défier de le trouver en faute.

Je ne pus rien lire dans l'expression de sa figure, et je me laissai guider par mon instinct de femme, qui m'indiquait d'accepter son explication.

« Dois-je conclure que vous avez résolu de rester ici ?
lui dis-je.

— Certainement.

— Que vous proposez-vous de faire quand Herr Grosse
arrivera et que nous nous rassemblerons dans la chambre
de Lucile?

— A un moment aussi intéressant dans la vie de Lucile,
je me propose d'être là avec vous.

— C'est impossible!

— Je vous assure que non.

— Vous avez oublié quelque chose, monsieur Nugent
Dubourg.

— Quoi donc, madame Pratolungo?

— Vous avez oublié que Lucile croit que c'est vous et
non votre frère qui êtes défiguré. Vous avez de plus oublié que le médecin vous a expressément défendu de donner à la fiancée d'Oscar des explications qui pourraient
l'agiter avant le moment où il lui donnera liberté pleine
et entière d'exercer sa vue. Vous oubliez encore que la
déception que vous venez de refuser de pratiquer sur elle
plus longtemps devra être forcément continuée si vous
assistez à la levée du bandeau. Votre propre résolution
vous oblige à ne pas franchir le seuil du presbytère tant
que Lucile ne saura pas la vérité. »

En lui disant ces paroles, je sentis que je tenais Nugent comme dans un étau. Il devint pâle comme un mort
et, pour la première fois, il baissa les yeux devant mon
regard.

« Je vous remercie, dit-il, de m'avoir rafraîchi la mémoire. J'avais complétement oublié tout ceci. »

Il prononça ces paroles en baissant tout à coup de ton
et d'un air soumis. Quelque chose dans sa voix et dans
ses yeux baissés me fit battre le cœur plus fort qu'à l'ordinaire et me fit appréhender un danger que je ne pouvais
définir.

« Vous voyez donc bien, lui répondis-je, qu'il est impossible que vous veniez au presbytère avec nous. Que
comptez-vous faire?

— Je resterai aux Sables. »

Je sentis que Nugent mentait, et je ne saurais vous dire ce qui me fit penser ainsi, lorsqu'il me dit ces mots : Je resterai aux Sables. Enfin, un je ne sais quoi me dit qu'il me trompait.

« Pourquoi, repris-je, ne pas faire ce qu'Oscar vous a demandé ? Puisque vous devez vous absenter, que vous importe l'endroit où vous irez ? Vous avez tout le temps voulu pour quitter Dimchurch. »

Nugent releva les yeux aussi rapidement qu'il les avait abaissés.

« Ah çà ! s'écria-t-il avec colère, vous croyez donc, Oscar et vous, que je suis fait de bois ou de pierre ?

— Que voulez-vous dire ?

— A qui devez-vous ce qui arrive aujourd'hui, poursuivit-il avec une colère croissante, sinon à moi... oui, rien qu'à moi ? Quel est parmi vous tous le seul qui ait refusé de regarder Lucile comme incurable ? C'est moi. Qui donc a amené le docteur qui doit lui rendre l'usage de ses yeux ? Moi, moi ! encore moi ! Et justement je serais le seul qui ne verrait pas le dénoûment ? Vous restez, et l'on me renvoie. Tandis que vous pourrez jouir de vos propres yeux de cet heureux événement, moi je n'apprendrai les faits et gestes de Lucile au moment où pour la première fois elle ouvrira les yeux que par lettre, et encore si vous voulez bien m'écrire ! »

Ici Nugent leva la main vers le ciel et s'écria, avec un rire plein de colère et d'amertume : « Je vous étonne, n'est-ce pas ? Vous trouvez que je réclame une chose à laquelle je n'ai pas droit. Et au fait pourquoi m'y intéresserais-je ? Oh ! mon Dieu, que me fait cette femme à laquelle je donne, avec la vue, une nouvelle existence ? »

A ces mots, prononcés avec égarement, un sanglot coupa la voix de Nugent. Il saisit les revers de son habit, en les écartant comme s'il étouffait, et me quitta.

Je demeurai pétrifiée. En un instant, et rapide comme l'éclair, la vérité m'était apparue. Je connaissais enfin le terrible secret de Nugent. Il aimait Lucile !

Mon premier mouvement, quand j'eus repris mon sang-froid, fut de me précipiter de toutes mes forces vers le

presbytère. Je crois vraiment que pendant quelques instants je perdis la conscience de mes actes. Un terrible
soupçon me traversa l'esprit. Nugent était peut-être rentré
dans la maison, et il cherchait Lucile. Quand je vis que
tout était tranquille et que Zillah m'assura que personne
n'était entré dans la partie de la maison que nous habi-
tions, je me calmai un peu et je m'enfuis au jardin pour
reprendre tout à fait mon sang-froid avant de reparaître
devant Lucile.

Je parvins au bout de quelques instants à vaincre mon
premier mouvement d'épouvante et à voir clairement ce
que j'avais à faire.

Il n'y avait personne dans Dimchurch à qui je pusse me
confier. Il me fallait, advienne que pourrait, me fier, dans
une position aussi affreuse, à mes propres forces.

J'en étais arrivée à cette conclusion alarmante, et je
m'étais prise à pleurer en songeant à la dureté avec laquelle, bien des fois, j'avais jugé le pauvre Oscar.

J'étais maintenant convaincue que Nugent, mon favori
jusqu'ici, était le plus grand misérable que la terre eût
porté, et je résolus de mettre en avant mon astuce fémi-
nine pour le chasser du presbytère.

Je fus rappelé au présent par la voix de Zillah, que
j'allai retrouver aussitôt. Elle avait quelque chose à me
dire de la part de sa maîtresse.

La pauvre Lucile se sentait isolée et remplie d'anxiété.
Elle avait été surprise de me voir la laisser seule, et elle
désirait que j'allasse la retrouver sans retard.

Je pris, en passant le seuil de la porte, une première
précaution pour éviter toute surprise de la part de Nugent.

« Notre chère enfant ne doit être dérangée par qui que
ce soit aujourd'hui, dis-je à Zillah, et si M. Nugent Dubourg demandait à la voir, n'en dites rien à Lucile et
venez me prévenir. »

Je montai et je rejoignis ma chère malade dans sa
chambre obscure.

II.

Lucile était seule, assise dans l'ombre, un bandeau sur les yeux, ses jolies mains croisées sur ses genoux, dans une attitude pleine de résignation.

Je sentis mon cœur se serrer en la voyant ainsi, et je me rappelai mon affreuse découverte.

« Pardon si je vous quitte, » lui dis-je en l'embrassant et d'une voix que je m'efforçai de rendre calme.

Elle devina mon agitation malgré tous mes efforts pour la lui cacher.

« Vous aussi, vous avez peur, s'écria-t-elle en me prenant les mains.

— Moi, peur ?... assurément non, mon enfant, » lui répondis-je.

Dans mon embarras, je ne savais vraiment que lui dire.

« Oui, reprit-elle, le cœur me manque à mesure que l'heure approche, j'ai d'affreux pressentiments. Quand donc tout cela sera-t-il fini ? Oscar m'apparaîtra-t-il tel que je me le figure ? »

Je répondis à sa première question. Qui eût osé répondre à la seconde ?

« Herr Grosse arrive par le premier train, lui dis-je ; ce ne sera que l'affaire d'un instant.

— Où est Oscar ? reprit-elle tout à coup.

— Il ne tardera guère, n'en doutez pas.

— Dépeignez-le-moi, dit-elle avec vivacité, dépeignez-le-moi pour la dernière fois avant qu'il me soit permis de le voir. Ses yeux, ses cheveux, son teint, tous ses traits enfin. »

Comment aurais-je pu m'acquitter de la pénible tâche qu'elle m'imposait si innocemment? Je frémis encore quand j'y pense. Heureusement pour moi, je fus interrompue dès les premiers mots par l'entrée subite d'une députation de famille, conduite par M. Finch, qui, la main placée d'une façon fort sentimentale sur son gilet, à l'endroit du cœur, s'avançait d'un pas lent et solennel.

Il était suivi de Mme Finch, dépouillée de tous ses inévitables accessoires, à l'exception du baby cependant.

Roman, jaquette, jupon, ce mouchoir même qu'elle perdait à chaque instant, elle avait tout abandonné, et l'excellente dame m'apparaissait pour la première fois revêtue d'un habillement complet, en un mot habillée comme tout le monde.

Mme Finch était vraiment métamorphosée, et, sans le baby, je ne l'eusse certes pas reconnue.

Elle s'était arrêtée, hésitante, sur le seuil de la porte, incertaine, selon toute apparence, de la réception qui l'attendait, et dérobant à ma vue un troisième membre de la députation, que je reconnus tout de suite à sa façon toute particulière de s'exprimer.

Jicks, car c'était elle, fit entendre sa petite voix enfantine, qui réclamait d'un accent piteux la bienveillance de l'assistance.

« Jicks voudrait bien entrer, » dit-elle.

La main du recteur quitta le gilet qu'elle comprimait pour protester timidement contre l'entrée du troisième membre de la députation.

Mme Finch entra machinalement.

Jicks parut derrière elle, son affreuse poupée étroitement serrée contre sa poitrine, et se dirigea de mon côté.

L'enfant revenait sans doute d'une de ces courses vagabondes qu'elle aimait tant, à en juger par les flots de poussière blanche qui tombaient à chaque pas de ses souliers et de sa robe.

Arrivée près de moi, elle tendit son petit visage vers le mien en me regardant d'une façon singulière à travers l'obscurité ; puis, saisissant sa poupée par les jambes, elle m'en cingla vigoureusement les genoux et dit :

« Jicks voudrait s'asseoir là. »

Je me frottai les genoux et Jicks s'y établit en triomphe.

Au même instant, M. Finch s'avança à pas comptés, étendit les mains sur le front de Lucile, leva les yeux au plafond, et dit de sa voix de basse, qu'une émotion toute paternelle rendait plus grave encore : « Dieu te bénisse! mon enfant. »

Au son du magnifique organe de son mari, Mme Finch revint à elle.

« Bonjour, Lucile, » fit-elle doucement.

Cela dit, elle alla s'asseoir dans un coin et se mit en mesure de remplir ses devoirs de nourrice.

Cependant le recteur se préparait à nous infliger une de ces fameuses harangues dont il était si prodigue.

« On n'a voulu tenir aucun compte de mes avis, Lucile ; mon influence paternelle a été méconnue. Mon poids moral, s'il m'est permis de m'exprimer ainsi, mon poids moral, dis-je, a été dédaigné. Je ne me plains pas, comprends-moi bien. Je ne fais que constater les faits, de bien tristes faits. hélas ! »

Ici, le recteur m'aperçut et s'interrompit pour me souhaiter le bonjour.

« Nous n'avons pas toujours été du même avis, reprit-il, je viens à toi, mon enfant, apportant sur mes ailes un baume salutaire, ou en d'autres termes la réconciliation et la paix. Je viens, dis-je, avec Mme Finch, faisant les vœux les plus sincères, élevant vers le ciel les plus ferventes prières, en ce jour, le plus mémorable de la vie de ma fille ! Une curiosité banale n'a point guidé mes pas de ce côté. Pas une parole ne s'échappera de mes lèvres, touchant les pressentiments qui peuvent encore m'assaillir devant cette intervention purement mondaine dans les impénétrables desseins de la Providence. Je viens ici comme père, je viens ici comme pacificateur. Ma femme m'accompagne... pas un mot, madame Finch... ma femme m'accompagne, dis-je, comme belle-mère et comme auxiliaire. (Vous saisissez, madame Pratolungo ; merci, excellente femme.) Puis-je donc, du haut de la chaire,

exhorter au pardon des injures et ne point pratiquer,
vis-à-vis des miens, les préceptes que j'enseigne chaque
jour? Non, non ; je veux, en un jour si mémorable, me
réconcilier avec mon enfant. Lucile, je te pardonne; le
cœur et les yeux pleins de larmes, je te pardonne. (Vous
n'avez jamais eu d'enfant, je crois, madame Pratolungo ;
alors vous ne pouvez comprendre. Je ne vous en fais pas
un reproche, excellente femme !) Le baiser de paix, mon
enfant, le baiser de paix... »

Ici il pencha solennellement sa tête hérissée et déposa
le baiser de paix sur le front de sa fille. Puis, soupirant
majestueusement, il me tendit la main dans un élan
subit de générosité.

« Voici ma main, madame Pratolungo. Calmez-vous,
ne pleurez pas. Dieu vous garde, excellente femme ! »

Mme Finch, profondément touchée de la noble conduite de son mari, se mit à sangloter, et le baby, que les
mouvements convulsifs de sa mère dérangeaient d'une
occupation fort agréable, se mit de la partie et fit entendre des cris aigus.

Mais M. Finch se hâta de leur apporter sur ses ailes le
baume de la consolation.

« Cette émotion vous fait honneur, madame Finch ; mais,
vu les circonstances, il faut vous modérer. Calmez-vous,
je vous en supplie, par égard pour le baby. Mystérieux
mécanisme de la nature ! s'écria le recteur, déployant sa
voix tonnante, qui finit par couvrir les hurlements de
plus en plus aigus du baby. Merveilleuse et magnifique
sympathie qui, par l'intermédiaire du lait qu'il suce,
communique à l'enfant le trouble qui remplit le cœur de
la mère! Que de problèmes se dressent devant nous!
quelles forces nous environnent, même ici-bas ! O nature! ô maternité! ô impénétrable Providence ! »

Impénétrable Providence, ce mot était toujours le signal
d'une interruption subite.

En effet, M. Finch, qui se sentait en verve, allait continuer sur ce ton, lorsque la porte s'ouvrit. Oscar parut
sur le seuil.

Lucile avait tout de suite reconnu son pas.

« Dites-moi, Oscar, a-t-on vu Herr Grosse? lui demanda-t-elle.

— Il ne peut tarder. On vient d'apercevoir sa voiture au bout du chemin, » dit-il en allant se placer aux côtés de Lucile.

Oscar me jeta un seul regard, mais ce regard m'implorait et disait clairement : Ne m'abandonnez pas au moment suprême! Je lui fis un signe de tête pour lui faire entendre que je l'avais compris et pour l'assurer de ma sympathie.

Il s'assit à côté de Lucile, et lui prit la main en silence.

Il serait difficile de dire lequel de Lucile ou d'Oscar était le plus péniblement impressionné à ce moment critique. Mais je crois que je n'eus jamais sous les yeux un tableau aussi touchant dans sa simplicité que celui que formaient ces deux pauvres enfants, assis côte à côte, les mains entrelacées, attendant l'événement qui devait décider de leur sort.

« N'avez-vous point rencontré votre frère? lui dis-je en dissimulant tant bien que mal l'anxiété qui me dévorait.

— Nugent est allé au-devant du docteur. »

Comme il prononçait ces paroles, nos regards se croisèrent de nouveau. Ses yeux semblaient me supplier encore plus éloquemment que la première fois. Il était devenu évident pour lui, comme pour moi, que Nugent s'était porté à la rencontre de l'Allemand dans le but d'en faire l'innocent complice de ses coupables desseins.

J'allais reprendre la parole lorsque M. Finch, dérouté un moment par l'interruption qui l'avait si brusquement réduit au silence, saisit l'occasion qui se présentait de recommencer sur nouveaux frais.

Mme Finch s'était calmée, le baby ne criait plus; nous étions tous silencieux, mais inquiets.

En un mot l'auditoire domestique de M. Finch était complétement à sa merci. Il s'avança vers Oscar d'un air imposant. Allait-il donc nous lire un passage d'*Hamlet!* Non; il se disposait à appeler les bénédictions du ciel sur la tête d'Oscar.

« En cette occurrence palpitante d'intérêt, commença le recteur comme s'il eût été en chaire, alors que nous voilà tous réunis, tous animés de la même espérance, je désirerais, comme pasteur et comme père (que le ciel vous bénisse, Oscar, je vous considère comme mon fils), je désirerais, comme pasteur et comme père, prononcer quelques pieuses et consolantes paroles. »

La porte, la bienheureuse porte s'ouvrit, interrompant le sermon dont nous étions menacés.

La personne trapue de Herr Grosse et ses lunettes rondes comme les yeux d'un hibou parurent à nos yeux. Derrière lui (mes prévisions se réalisaient) se tenait Nugent.

Lucile pâlit affreusement; elle avait entendu la porte s'ouvrir et avait deviné la présence du médecin.

Oscar se glissa derrière ma chaise et me dit tout bas : « Pour l'amour de Dieu, faites sortir Nugent. »

Je lui pressai la main pour le rassurer, et, me débarrassant de Jicks, je me levai pour souhaiter la bienvenue à notre docteur.

Mais l'enfant fut plus prompte que moi. L'illustre docteur, dans une de ses visites à Lucile, avait rencontré Jicks dans le jardin, et ils s'étaient sentis attirés l'un vers l'autre par une incroyable sympathie.

Herr Grosse ne vint jamais, à la suite de cette entrevue, sans bourrer ses poches de quelque friandise bien indigeste pour Jicks, qui en retour lui donnait autant de baisers qu'il en désirait et de plus lui avait accordé le privilége de caresser l'affreuse poupée.

Saisissant la susdite poupée des deux mains et s'en servant comme d'un bélier, Jicks se précipita devant moi en attaquant les jambes en cerceau du médecin, afin de réclamer le monopole de son attention.

Tandis que le docteur la soulevait au niveau de sa figure et qu'il lui parlait en son singulier jargon, Nugent, qui était resté caché derrière Herr Grosse, m'attira mystérieusement vers un coin de la chambre.

A ce moment, je vis le visage d'Oscar se contracter horriblement.

Son angoisse me ranima; je me sentis de taille à lutter contre Nugent.

« Ma conduite a dû vous paraître étrange lorsque j'ai eu l'honneur de vous rencontrer dans le village, dit-il. Le fait est que je ne me sens pas bien. Depuis quelque temps la fièvre me dévore. Je ne sais vraiment si l'air de cet endroit me convient. »

Il s'arrêta en me regardant fixement et en tâchant de lire ma pensée sur mon visage.

« Je n'en suis pas surprise, lui dis-je, je me suis aperçue, en effet, que vous paraissiez indisposé.

Le ton de mes paroles, j'étais parfaitement calme du reste, n'exprimait qu'une sympathie polie et rien de plus. Je vis qu'il était intrigué. Cependant il tenta un nouvel effort.

« J'espère que je ne vous ai pas paru impoli ? reprit-il.

— Oh! du tout.

— J'étais fort ému. Vous êtes trop bonne pour jamais me le dire, mais je vous dois certainement des excuses.

— Non vraiment; vous étiez ému, mais ne le sommes-nous pas tous plus ou moins aujourd'hui? Cela vous est permis, monsieur Nugent. »

Il eut beau m'examiner comme un juge d'instruction, il ne put découvrir la moindre trace de soupçon sur mon visage. Je vis bien à son air perplexe qu'il avait acquis la certitude que je le battais avec ses propres armes. Il voulut me tendre un dernier piége pour me faire avouer que je soupçonnais son secret et il essaya, en m'irritant, de me prendre par surprise.

« Vous devez être étonnée de me voir ici, reprit-il. Je n'ai pas oublié ma promesse de rester aux Sables au lieu de venir au presbytère. Ne me grondez pas; une ordonnance de médecin m'empêche de tenir cette promesse.

— Je ne vous comprends pas, dis-je avec le même sang-froid.

— Je vais m'expliquer, répondit-il. Vous devez vous rappeler que, depuis longtemps, nous avons appelé l'at-

tention du docteur sur la situation d'Oscar vis-à-vis de
Lucile.

— Il est peu probable que je l'aie oublié, puisque c'est
moi-même qui ai averti votre frère de l'effet terrible que
pouvait produire Herr Grosse, bien involontairement du
reste, en révélant la vérité.

— Vous vous souvenez de quelle façon Herr Grosse a
accueilli nos avertissements?

— Parfaitement. Il nous promit d'être prudent. Mais
en même temps il nous défendit, d'un ton plein de ru-
desse, de le faire entrer désormais dans nos affaires de
famille. Il nous dit qu'il était résolu à sauvegarder sa
liberté d'action comme médecin, en écartant de sa route
tous les obstacles suscités par des querelles intestines
qui ne pouvaient le concerner en aucune façon. Vous
voyez que j'ai bonne mémoire.

— Vous êtes douée d'une excellente mémoire. Vous
me comprendrez maintenant lorsque je vous dirai que
Grosse veut affirmer sa liberté d'action comme médecin
en cette occasion. Je le tiens de sa propre bouche. Il juge
d'une importance extrême que Lucile ne soit pas frappée
de terreur au moment où elle essaiera ses yeux. La
figure d'Oscar ne manquerait pas de produire cet effet
si elle l'apercevait tout d'abord. Grosse m'a donc prié de
me montrer à elle (par la simple raison qu'il n'y a pas
ici d'autre jeune homme) et de me placer de façon que je
sois le premier objet qui frappera ses regards. Inter-
rogez-le vous-même à cet égard, madame Pratolungo, si
vous n'ajoutez pas foi à mes paroles.

— Je dois vous croire, lui répondis-je. Il serait oiseux
de discuter les ordres du médecin à cette heure. »

Je le quittai sur ces paroles, dissimulant ma contrariété, de peur de lui laisser deviner mes soupçons. Lisant parfaitement dans son jeu, je ne comprenais que
trop ce qui était arrivé. Nugent avait saisi avec empressement l'occasion que lui offrait si innocemment le docteur dans le but de tromper momentanément Lucile, et
peut-être pour mettre à profit dans la suite son indigne
supercherie.

Je lui tournai le dos en grinçant des dents. Il restait une seule chance; il fallait à tout prix l'éloigner au moment critique. Mais j'avais beau me torturer la cervelle pour trouver un moyen d'arriver à ce but, pas l'ombre d'une idée. Rien, absolument rien !

Lorsque je rentrai dans la chambre, Oscar et Lucile occupaient encore la même place. M. Finch s'était présenté, dans toute sa majesté, devant Herr Grosse, et Jicks s'était établie dans un coin, sur un tabouret, dévorant à belles dents un cheval en pain d'épice d'Allemagne. Son appétit semblait merveilleux !

« Ah ! ma ponne montame Pratolungo, dit Herr Grosse en me tendant la main, m'afez-vous brébaré une te ces ponnes mayonnaises tont fous seule bossédez le secret ? Je n'a bas mangé de la matinée tout exprès, et je suis brêt à tout défcrer. Regardez ce petit témon, dit-il en montrant Jicks. Ach Gott ! je grois que je suis amoureux t'elle. J'ai enfoyé quelqu'un jusqu'en Allemagne pour lui brocurer tu pain d'épice. Ah ! ah ! Jicks, colle-t-il pien aux dents ! Du frai nanan, hein ? »

Ses yeux dardèrent à travers ses lunettes un regard bienveillant sur l'enfant. Il me prit la main, et la mit sentimentalement sur son cœur : « Promettez-moi un enfant comme l'adoraple Jicks, dit-il d'un ton solennel, et j'ébouse une femme de votre choix, laide ou belle, cela m'est égal. Soh ! vous gonnaissez maintenant mes asbirations te père te famille ! Mais en foilà assez. A ma jolie Lucile à présent ! Allons, allons, gommençons. »

Le docteur alla vers Lucile en faisant signe à Nugent de le suivre.

« Ouvrez les volets, dit-il, de la lumière, encore de la lumière pour mon atoraple Lucile. »

Nugent lui obéit, mais en ayant soin d'ouvrir en dernier lieu la fenêtre près de laquelle se trouvait Lucile. De cette façon, il n'avait qu'à rester où il se trouvait pour que les regards de la jeune fille tombassent sur lui tout d'abord !

Je devinai le dessein du misérable. Je fis un pas, prêt à m'interposer ; mais que faire, que dire ? Je me contins donc. J'aurais voulu briser ma stupide tête contre le mur.

Voilà donc Nugent en face d'elle au moment où le docteur tourne sa malade vers la fenêtre. Comment prévenir le coup ? J'ai beau chercher, je ne trouve rien.

L'Allemand étendit ses mains poilues et se mit en mesure de dénouer le bandeau, tandis que Lucile tremblait de la tête aux pieds.

Herr Grosse hésite, la regarde, puis lui prend la main pour lui tâter le pouls.

Il se fit un profond silence. Tout à coup j'eus une de ces inspirations qui m'étaient assez habituelles. Une idée lumineuse traversa mon cerveau.

« Soh ! s'écria Grosse surpris et contrarié, qui donc a fait peur à ma cholie Lucile? Pourquoi ces sueurs froides, ce pouls si faible ? Dites-le-moi, fous autres, que signifie tout cela ? »

Je vis là une occasion de mettre mon idée à exécution.

« Cela signifie, dis-je, que nous sommes trop nombreux dans l'appartement, ce qui ennuie et intimide Lucile. Menez-la dans sa chambre, Herr Grosse, et vous nous introduirez un à un auprès d'elle quand vous le jugerez convenable. »

Notre excellent docteur approuva tout de suite mon idée.

« Fous êtes le phénix des femmes, me dit-il en me frappant amicalement l'épaule. Vos conseils falent vodre mayonnaise. »

Il se tourna vers Lucile et l'aida avec douceur à se lever de sa chaise.

« Fenez afec moi, ma petite Lucile, tans fotre chambre, nous allons foir s'il est possible d'enlever le bandeau auchourd'hui. »

Lucile joignit les mains d'un air suppliant.

« Rappelez-vous votre promesse, Herr Grosse ; rappelez-vous que vous m'avez promis de l'enlever aujourd'hui.

— Oui, mais [savais-je, quand cho vous ai fait cette

promesse que ch'allais vous trouver tout agitée et blanche
comme ma chemise lorsqu'elle sort des mains de la blan-
chisseuse.

— Croyez-moi, Herr Grosse, je suis complétement remise de mon émotion, et vous pouvez sans danger
enlever le bandeau.

— Comment ! Fous fous y gonnaissez mieux que moi.
Lequel de nous deux est médecin ? Allons, prenez mon
bras et fenez avec moi dans fotre chambre. »

Sur ce, Herr Grosse prit le bras de la jeune fille et
l'emmena ; mais, arrivée sur le seuil de la porte, Lucile
s'arrêta. Le sang lui revint aux joues et le courage au
cœur.

Je fus épouvantée en la voyant retirer brusquement son
bras de dessous celui du docteur et déclarer qu'elle ne
sortirait pas.

« Non ! s'écria-t-elle, je ne m'en irai pas. J'ai repris
tout mon calme et je réclame l'exécution de votre promesse. Examinez-moi ici-même. C'est dans cette chambre
que je veux voir Oscar pour la première fois. »

J'eus peur, oui, littéralement peur de regarder du côté
d'Oscar ; mais quand je fixai les yeux sur Nugent, je saisis
sur sa figure une expression diabolique qui me rendit
presque folle.

« Il faudra cependant que fous consentiez à sortir d'ici,
dit le docteur en tirant sa montre. Réfléchissez ; si au
bout d'une minute fous ne brenez pas une décision, je me
passe de fotre consentement.

— Pourquoi, demandai-je de mon côté à Lucile, refusez-vous d'aller dans votre chambre ?

— Parce que je veux que tout le monde soit présent.
Corbien êtes-vous en ce moment ?

— Cinq. M. et Mme Finch, Nugent, Oscar, et moi.

— Vous êtes cinq ! J'aimerais mieux que vous fussiez
cinq cents !

— Pourquoi ?

— Parce qu'il y aurait autour de moi plus de témoins
pour me voir reconnaître Oscar parmi l'assistance aussitôt
que le bandeau sera enlevé de mes yeux. »

Ainsi Lucile avait toujours la fatale conviction qu'Oscar ressemblait à l'idée qu'elle s'était faite de lui.

J'eus encore une fois peur de regarder le jeune homme. Ce n'est cependant pas l'envie qui m'en manquait.

Herr Grosse remit sa montre dans son gousset.

« Le temps que che fous ai donné, dit-il, est écoulé. Gombrendrez-fous enfin que che ne puis pas fous examiner convenablement devant tout le monde. Allons, ma cholie Lucile, afez-fous pris une résolution, oui ou non?

— Eh bien, non, répondit Lucile en frappant du pied avec une impatience d'enfant. Je tiens à montrer à toutes les personnes qui se trouvent ici que je saurai reconnaître Oscar dès que j'ouvrirai les yeux. »

Herr Grosse boutonna son paletot, affermit ses lunettes sur ses gros yeux de hibou, et prit son chapeau.

« Ponchour, alors, petite virago, s'écria-t-il. Che m'en retourne à Londres. Guérissez-fous les yeux comme fous foudrez. Quant à moi, che m'en vais. »

Il ouvrit la porte pour sortir. Mais, en voyant son médecin prêt à l'abandonner, Lucile se décida à céder à son désir.

« Vilain homme que vous êtes, dit-elle avec indignation et en lui reprenant le bras.

— Attendez un peu que fous ayez l'usache de fos yeux, et fous ferrez si che suis un vilain homme! »

En disant ces mots, le docteur emmena Lucile.

Nous restâmes dans le salon en attendant la décision du docteur, qui devait nous dire s'il allait, oui ou non, lever le bandeau qui couvrait les yeux de la jeune aveugle.

Tandis que tous ceux qui m'entouraient souffraient d'une manière ou d'une autre de l'attente, j'avais l'esprit aussi calme que celui de l'enfant endormi dans les bras de sa mère. Grâce à la résolution de Grosse, qui agirait d'après ce que je lui avais donné à entendre, j'ôtais toute possibilité, même si l'on enlevait le bandeau ce jour-là, que Lucile vit Nugent en ouvrant les yeux pour la première fois.

Son fiancé avait le droit, dans une occasion aussi solennelle, d'entrer dans la chambre de Lucile avec son père ou avec moi, tandis que les convenances exigeaient que Nugent restât dehors et attendît dans le salon, s'il persistait à penser que Lucile viendrait l'y retrouver.

Ayant ainsi en main la conduite de l'affaire, je résolus de ne pas laisser la jeune fille aller le retrouver avant qu'elle sût lequel des deux frères était Nugent et lequel Oscar.

Une délicieuse sensation de triomphe parcourut tout mon être. Je résistai à l'envie que j'avais de voir comment Nugent prendrait sa défaite, car si j'avais porté les yeux sur lui, il aurait lu sur ma figure la joie que j'éprouvais de l'avoir éconduit. Je m'assis sur la première chaise venue, les mains croisées dans une attitude calme et digne, enfin l'innocence en personne.

Les minutes s'écoulaient lentement, et nous attendions toujours dans le plus profond silence.

M. Finch lui-même, chose qui ne lui était pas encore arrivée, était incapable de dire un mot. Il restait assis à côté de sa femme.

Oscar et moi étions à l'extrémité opposée de la salle.

Quant à Nugent, il se tenait à l'écart et debout contre une fenêtre. Il réfléchissait à la manière dont il pourrait se venger du tour que je lui avais joué.

Oscar fut le premier à rompre le silence. Après avoir regardé tout autour de la salle, il s'adressa à moi.

« Où donc est Jicks, madame Pratolungo? » s'écria-t-il.

J'avais complétement oublié l'enfant. Je fis comme Oscar et regardai partout, mais je ne la trouvai pas.

Mme Finch, en voyant notre surprise, se hasarda à nous donner un renseignement d'une voix timide; son œil de mère avait vu la petite rusée se glisser derrière Herr Grosse. Il était évident que tant qu'il serait probable que les poches du médecin contiendraient le moindre morceau de pain d'épice, la petite vagabonde, qui avait les mouvements silencieux et rapides du chat, serait sur les talons de son ami Herr Grosse. Nous la connaissions assez pour être persuadés qu'elle l'avait suivi dans la chambre de Lucile, cachée sous les amples pans de sa redingote.

Nous venions donc de nous expliquer de cette façon le départ mystérieux de l'enfant, quand nous entendîmes la porte de la chambre à coucher s'ouvrir et la voix du médecin qui appelait Zillah.

Un instant après, la nourrice vint nous apporter des nouvelles de Lucile.

Nous l'entourâmes en lui posant tous la même question.

« Quelle est la décision d'Herr Grosse? »

Zillah nous répondit que, pour ce jour-là, le docteur s'opposait à ce que la jeune fille fît usage de ses yeux.

« Lucile s'est-elle montrée bien désappointée? demanda Oscar d'une voix anxieuse.

— Je ne saurais vous le dire, monsieur. Contre sa coutume, elle n'a montré aucune irritation en voyant ses désirs contrariés. Elle est très-calme, au contraire, et quand le docteur m'a appelée, elle m'a dit tout simplement : Va annoncer cette nouvelle au salon, Zillah.

— N'a-t-elle pas exprimé le désir de me voir ? demandai-je à mon tour.

— Non, madame. J'ai cependant pris la liberté de le lui demander, mais elle s'est contentée de secouer la tête et de me dire, en faisant asseoir le docteur à côté d'elle sur le sofa : Laisse-nous, Zillah. »

Le maître de Dimchurch, voyant une bonne occasion de placer son mot, retrouva l'usage de sa langue.

« Ma brave femme, dit-il avec sa politesse lourde, veuillez passer par ici; j'ai à vous demander si Mlle Finch a manifesté le désir que je vinsse, en ma qualité de père et de pasteur, la réconforter.

— Non, monsieur, » répondit Zillah.

M. Finch, fort désappointé, intima de la main à Zillah qu'il n'avait pas d'autres questions à lui faire. Mais Nugent arrêta la nourrice au moment où elle sortait.

« N'avez-vous plus rien à nous apprendre? lui demanda-t-il.

— Non, monsieur.

— Pourquoi Lucile et le docteur Grosse ne reviennent-ils pas ici? Que font-ils dans l'autre chambre?

— Ce que je viens de dire tout à l'heure, monsieur. Ils sont assis tous deux sur le sofa, et le docteur écoute Mlle Lucile parler. Quant à Jicks, ajouta Zillah en s'adressant particulièrement à moi, elle se tient derrière eux et fouille dans les poches du docteur. »

Là Oscar l'interrompit d'une façon assez péremptoire.

« De quoi Mlle Lucile parle-t-elle à Herr Grosse?

— Je n'en sais rien, monsieur.

— Vous n'en savez rien?

— Je n'ai pu entendre ce qu'elle disait. Elle lui parlait bas à l'oreille. »

Après cela, il n'y avait plus rien à demander à la nourrice, qui, interrompue dans ses occupations et désireuse de regagner sa cuisine, fut si pressée de sortir, qu'elle oublia de fermer la porte après elle.

Nous nous regardions, étonnés des paroles de Zillah.

Quelle que fût la vivacité du tempérament d'Oscar, il ne pouvait évidemment se montrer jaloux d'un homme de l'âge et de l'aspect d'Herr Grosse. Et cependant cette entrevue prolongée, après la décision du docteur qui avait remis l'examen des yeux de sa malade à un autre jour, devait nous sembler étrange, pour ne pas dire plus.

Nugent, plongé dans ses pensées, s'en retourna reprendre sa place auprès de la fenêtre d'un air soupçonneux et intrigué.

M. Finch, gonflé par l'envie de parler, se leva de sa chaise, placée à côté de sa femme, d'un air qui n'augurait rien de bon pour nous. Il venait, hélas ! de trouver l'occasion de nous infliger un discours, et il allait en profiter. Il nous adressa un sourire menaçant, et commença de sa voix la plus sonore : « Chers et vertueux amis..... »

Mais Nugent, à l'épreuve de l'éloquence du docteur, continua à regarder par la fenêtre, et Oscar, dont Lucile absorbait toutes les pensées, me tira à l'écart sans la moindre considération pour ce que disait M. Finch, qui continua : « Chers et vertueux amis, je voudrais vous adresser quelques paroles qui ne seront pas déplacées en cette occasion.

— Veuillez aller retrouver Lucile, me dit Oscar en me
prenant les deux mains d'un air suppliant. Vous, au
moins, vous n'êtes pas forcée d'observer l'étiquette avec
elle. Allez voir, je vous en supplie, ce qui se passe dans
la pièce voisine. »

M. Finch reprit : « En cette occasion, qui appelle, ce
me semble, mes conseils sur ce que doit faire un chré-
tien et sur la résignation qu'il faut opposer à notre désappointement..... »

Oscar continua à me parler.

« Vous me feriez le plus grand plaisir en allant voir ce
qui retient Lucile auprès de cet homme ! »

Comme introduction à sa phrase suivante, M. Finch
toussa et leva la main d'un air persuasif.

Je répondis tout bas à Oscar que je n'avais guère l'idée
de déranger le docteur et Lucile qui avaient dit à la nourrice qu'on les laissât seuls.

Mais comme je lui parlais, je sentis un coup par derrière. Je me retournai et je vis Jicks qui se préparait à
revenir à l'assaut sur moi, avec sa poupée en guise de
bélier.

Elle s'arrêta cependant en s'apercevant qu'elle avait
réussi à attirer mon attention, et, me saisissant par la
robe, elle voulut m'entraîner dehors.

« Qu'on emmène cette enfant! » s'écria le recteur, que
cette interruption exaspéra.

Mais Jicks se mit à me tirer par la robe avec plus de
force qu'auparavant. Quelque chose qui s'était passé en
dehors du boudoir l'avait, c'était évident, impressionnée
fortement et si bien que ses yeux bleu clair étaient déme-
surément ouverts et fixes.

« Jicks voudrait vous parler, » me dit-elle en tirant ma
robe avec une impatience encore plus marquée.

Dans le désir d'obéir à M. Finch et de satisfaire le caprice de l'enfant, je me baissais pour l'emporter de la
chambre, lorsque la voix de Lucile, qui venait forte et
péremptoire de la chambre à coucher, me fit tressaillir.

« Lâchez-moi ! criait-elle. Je suis femme et ne veux pas
être traitée en enfant. »

Il y eut un moment de silence, puis le frôlement de la robe de soie de la jeune fille sembla se rapprocher dans le corridor.

La voix de Grosse, qui parlait d'un ton irrité, se fit entendre en même temps.

« Non, disait-il, revenez! revenez! »

Le bruit de la robe de Lucile se rapprocha.

Nugent et M. Finch se rapprochèrent de la porte, tandis qu'Oscar me saisissait par le bras. Nous nous trouvions, lui et moi, à gauche de la porte, et Nugent avec le recteur à droite.

Ce qui arriva se passa avec la rapidité de l'éclair. Mon cœur cessa de battre et je restai incapable de parler et de remuer.

La porte entr'ouverte du boudoir s'ouvrit violemment, et comme si la main d'un homme et non celle d'une femme l'eût poussée.

Le recteur recula, mais Nugent ne bougea pas. Cherchant son chemin à tâtons, les bras tendus en avant et avec plus de difficulté que lorsqu'elle était aveugle, Lucile s'avança dans la chambre où nous étions d'un pas chancelant.

Dieu du ciel! elle n'avait plus son bandeau sur les yeux qui brillaient du feu nouveau de la vie, qui la transfigurait et éclairait sa beauté d'une lumière surnaturelle et imposante.

Elle voyait enfin.., Elle voyait...

Elle s'arrêta un instant à la porte, chancelante et étourdie par le grand jour.

Elle regarda le recteur, puis Mme Finch, qui s'était approchée de son mari.

Elle s'arrêta tout embarrassée et se mit les mains sur les yeux. Changeant un peu de position, elle tourna la tête de mon côté comme si elle cherchait à me voir, et leva ses bras en l'air en poussant un éclat de rire nerveux. Son rire devint un vrai cri de triomphe qui retentit dans toute la maison.

Puis elle se précipita vers Nugent.... mais elle était si complétement incapable de juger des distances qu'elle se heurta violemment contre lui et faillit le renverser.

« Je le reconnais!.... je le reconnais!...., s'écria-t-elle, Oscar!.. Oscar!... »

En prononçant ce nom, elle serra Nugent de toute sa force et se cacha la figure sur la poitrine du jeune homme.

Tout ceci se passa avant que nous eussions eu le temps de revenir de notre stupéfaction. Cette horrible scène prit tout au plus une demi-minute. Le médecin, qui avait suivi Lucile, courut chercher le bandeau, qu'il avait oublié dans la chambre à coucher.

Il revint et fut le premier à recouvrer son sang-froid. Il s'approcha de la jeune fille sans faire de bruit.

Mais avant qu'il eût pu lui glisser à l'improviste le bandeau sur les yeux, elle entendit ses pas.

Au moment où je me tournais saisie d'horreur du côté d'Oscar, elle leva la tête, qu'elle tenait sur la poitrine de Nugent, pour voir Herr Grosse. Elle regarda du même côté que moi, et ses yeux se fixèrent en plein sur la figure du frère de Nugent.

Un cri de terreur s'échappa de ses lèvres; elle recula et, toute tremblante, elle saisit le bras de Nugent, auquel Grosse fit un geste impérieux pour qu'il lui détournât la tête.

Lucile saisit d'un geste fébrile le bandeau que lui tendait Herr Grosse en le priant de le lui remettre sur les yeux, tandis qu'elle tenait Nugent d'une main et que de l'autre elle indiquait Oscar et s'écriait en faisant un geste de dégoût : « Remettez cela... j'ai déjà trop vu. »

Grosse fit ce qu'elle désirait et attendit un instant. Je me sentis prise d'une telle indignation en voyant que Lucile tenait toujours Nugent par le bras que je m'avançai pour les séparer; mais le docteur m'arrêta en me priant de ne pas aggraver les choses.

Je tournai de nouveau les yeux vers Oscar. Il n'avait pas changé de position depuis le moment où la jeune fille lui était apparue à la porte, et il restait immobile et les yeux fixes. J'allai à lui et je le touchai, mais il ne sembla

pas sentir le contact de ma main. Je lui parlai ensuite.
Autant aurait valu parler à une statue.

A ce moment, la voix de Grosse attira mon attention
ailleurs.

« Venez avec moi, » dit-il en essayant d'emmener Lucile
dans sa chambre.

Celle-ci secoua la tête et serra plus fort le bras de Nugent.

« Menez-moi, lui dit-elle tout bas, jusqu'à la porte. »

Je voulus encore intervenir, mais le docteur m'arrêta
de nouveau.

« Pas aujourd'hui, » dit-il d'un ton sévère.

Et faisant un signe à Nugent, il se plaça à côté de Lucile; puis tous deux sortirent en silence en conduisant
la jeune fille.

La porte se referma sur eux trois.

III.

RENCONTRE.

De faibles gémissements, provenant de l'autre extrémité de la pièce, me rappelèrent que le recteur et sa
femme avaient assisté à la scène qui venait d'avoir lieu.

La pauvre Mme Finch, étendue sur sa chaise, pleurait
et se lamentait; et son mari, le baby dans les bras,
essayait de la réconforter.

J'aurais dû peut-être lui venir en aide, mais j'avoue
que le chagrin de Mme Finch ne m'impressionna que
médiocrement. Je réservai ma sympathie tout entière
pour un autre. J'oubliai donc le recteur et sa femme, et
m'en revins auprès d'Oscar.

Cette fois, il fit un mouvement et leva la tête en me voyant. Non, jamais je n'oublierai la douleur muette de son visage et le regard morne qu'il me jeta.

Je lui pris la main. Je me sentis saisie pour le pauvre garçon, méconnu par celle qu'il aimait, d'une compassion maternelle qui me fit l'embrasser comme s'il eût été mon fils.

« Allons, Oscar, lui dis-je, un peu de courage. Fiez-vous à moi, je tâcherai d'arranger les choses. »

Il poussa un soupir entrecoupé, et plein de reconnaissance, il me pressa la main.

Je voulus reprendre la parole, mais il m'arrêta en regardant subitement du côté de la porte.

« Est-ce que Nugent est dehors? » me demanda-t-il tout bas.

J'allai dans le corridor; il n'y avait personne. Je regardai ensuite dans la chambre de Lucile, mais je n'y vis que Grosse et la nourrice, à laquelle je demandai, après l'avoir fait sortir, si elle avait vu Nugent.

Elle me répondit qu'il avait quitté la jeune fille subitement à la porte de la chambre à coucher et était sorti du presbytère, et qu'elle l'avait vu se diriger d'un pas rapide dans la direction des dunes et tournant le dos au village.

« Nugent est parti, dis-je en revenant à Oscar.

— Ajoutez à toutes vos bontés pour moi, répondit-il, laissez-moi partir aussi. »

J'eus peur tout à coup qu'il ne nourrît le dessein de vouloir suivre son frère.

« Attendez un peu, lui dis-je, et reposez-vous. »

Il secoua la tête en signe de refus.

« Il faut que je sois seul, » dit-il.

Puis, après avoir réfléchi un instant, il ajouta une question.

« Nugent est-il allé aux Sables?

— Non. On l'a vu se diriger du côté des dunes. »

Il me prit de nouveau la main.

« Par pitié, dit-il, laissez-moi partir.

— Chez vous... aux Sables?

— Oui.

— Permettez-moi de vous accompagner. »

Il refusa en s'excusant et en me disant que j'aurais de ses nouvelles dans le courant de la journée. Il ne versa pas une larme et ne montra nullement cette irritation à laquelle il était si prompt. Sa voix, son maintien, son visage étaient d'un calme pitoyable à voir, le calme... du désespoir.

« Permettez-moi au moins, lui dis-je, de vous accompagner jusqu'à la grille.

— Que Dieu vous récompense et vous bénisse de votre sympathie pour moi, mais laissez-moi partir. »

Et, avec une douceur et une fermeté qui m'étonnèrent, il se débarrassa de mon étreinte et sortit.

Ne pouvant plus me soutenir, je tombai toute tremblante sur une chaise. La conviction que de nouveaux malheurs allaient fondre sur nous me rendit presque folle. Dans mon égarement, je me mis à parler tout haut.

Ce fut Mme Finch qui me rappela à moi, lorsque je la vis, comme dans un rêve, séchant ses larmes et me regardant d'un air effrayé.

Le recteur s'approcha ensuite en me témoignant toute sa sympathie et son désir de me consoler. Mais je n'avais pas besoin de ses consolations, car j'avais déjà fait le dur apprentissage de la vie et j'étais aguerrie au malheur.

« Je vous remercie beaucoup, lui dis-je, réservez vos soins pour Mme Finch. »

Comme il y avait plus d'air dans le corridor, j'y allai et je me mis à marcher d'un bout à l'autre pour me remettre de mon agitation.

Quelque chose était accroupi sur un des sièges de la fenêtre.

Je regardai et je vis que c'était Jicks.

L'instinct de l'enfant lui avait sans doute fait comprendre qu'un grave événement venait de se passer. Elle me regarda à la dérobée en se cachant la figure derrière sa poupée, et avec des doutes sur mes intentions.

« Est-ce que vous allez fouetter Jicks? » demanda d'un air inquiet et en se fourrant dans un coin cette singulière petite fille.

Je m'assis auprès d'elle et j'eus bientôt regagné sa confiance. Elle commença son babillage, que j'écoutais avec une attention que je n'aurais pu prêter en ce moment à une grande personne et qui, grâce à je ne sais quelle influence, me réconforta.

Elle me fit enfin comprendre ce qu'elle avait voulu de moi en tâchant de me tirer par ma robe hors du boudoir.

Ayant vu tout ce qui s'était passé dans la chambre à coucher, elle était revenue tout de suite me chercher pour me montrer ce qui l'avait tant étonnée, c'est-à-dire Lucile sans le bandeau qui lui couvrait les yeux.

Si j'avais eu la sagesse de suivre Jicks, j'aurais pu empêcher la catastrophe qui venait d'arriver en forçant Lucile, qui à ce moment se trouvait dans le corridor, à rentrer dans sa chambre, où je l'aurais enfermée à clef.

Mais il était trop tard pour se lamenter.

« Jicks est une bonne petite fille, » dis-je à ma petite amie en la caressant, le cœur serré.

Jicks m'écouta, réfléchit un instant d'un air grave, et descendit de son siége en réclamant, avec cette remarquable sobriété de langage qui la caractérisait, sa récompense.

« Jicks voudrait bien sortir. »

Et, la poupée sur l'épaule, elle partit. Je l'aperçus descendant les escaliers pour aller au jardin, comme un ouvrier qui descendrait une échelle.

Puis elle s'échappa du jardin aussitôt que la grille fut ouverte, pour se diriger vers les dunes. Si j'avais pu avoir l'insouciance de l'enfant, j'aurais voulu l'accompagner dans sa promenade.

A peine l'avais-je perdue de vue que la porte de la chambre de Lucile s'ouvrit et que Herr Grosse parut dans le corridor.

« Oh! murmura-t-il avec un soupir de soulagement, foilà chusto la femme que je cherchais. Nous foilà tans une cholie position! Il vaut que che reste afec mademoiselle Lucile. Che grois que che finirais par la haïr? Poufez-fous me tonner un lit pour cette nuit? »

Je lui répondis affirmativement.

Quand je lui demandai des nouvelles de Lucile, il me fit part, d'un air grave, de ses inquiétudes. Les émotions, aussi variées que violentes, pouvaient, en agitant son système nerveux, mettre sa vie en danger. Il lui fallait, pour obvier à ce danger, un repos absolu et, de plus, que le docteur restât auprès d'elle vingt-quatre heures pour examiner fréquemment ses yeux.

Ce ne serait qu'au bout de ce temps qu'il pourrait se prononcer et dire si le mal était irréparable. Je lui demandai comment Lucile avait pu enlever le bandeau et venir dans le boudoir.

Herr Grosse répondit d'un ton cynique et en haussant les épaules : « Que foulez-fous? elle a fait sa vatale escapade tans un de ces moments où doutes les femmes sont des viragos et dous les hommes des impéciles. »

Il m'expliqua ensuite qu'après le départ de la nourrice, ma pauvre Lucile l'avait prié avec tant d'instances de lui laisser exercer sa vue pour la première fois et s'était montrée si cruellement affligée devant un refus, qu'il avait enfin cédé, moins cependant à cause de ses supplications que parce qu'il était intimement persuadé qu'il serait moins dangereux de céder au caprice de la jeune fille que de la contrarier, avec un tempérament aussi irritable et sensible que le sien. Il lui avait donc donné son consentement, en stipulant cependant que la jeune fille se contenterait, pour cette fois, d'exercer sa vue sur les meubles et les objets qui se trouvaient dans l'appartement. Il avait eu l'imprudence de se fier aux promesses de Lucile, qui avait consenti à tout ce qu'il demandait. A peine le bandeau était-il levé, qu'oubliant tout ce qu'elle venait de promettre, elle s'était arrachée à ses mains comme une folle et s'était précipitée dans le boudoir avant qu'il eût pu la retenir. La catastrophe était inévitable et ne s'était pas fait attendre. Toute faible qu'elle fût, sa vue lui permettait cependant de distinguer ceux qui se trouvaient devant elle.

Elle vit donc une femme, Mme Finch; un homme d'un certain âge et à cheveux gris, M. Finch, et un jeune h mme dans lequel, grâce à sa taille et à la couleur de ses cheveux, elle ne pouvait que reconnaître Oscar.

Le mal était fait, il n'y avait plus qu'à l'empêcher de s'étendre. Il ne fallait pas qu'elle conçût même le moindre soupçon de sa fatale méprise, et si, par malheur, nous en touchions un mot à Lucile, il ne pourrait plus répondre des conséquences et abandonnerait sa malade.

Avec sa prononciation bizarre, Herr Grosse me donna ces explications et nous indiqua ce que nous avions à faire.

« Bersonne autre que fous et la ponne Zillah ne doit s'abbrocher. Fous la surveillerez chacune à fotre tour. Elle s'entormira pientôt. Quant à moi, che fais fumer ma pipe de toubac tans le chartin. Écoutez-moi pien, montame Pratolungo. Quand le pon Dieu il fit les femmes, il eut pitié des paufres hommes, et c'est alors qu'il créa le toubac pour les consoler. »

M'ayant ainsi donné son opinion sur les œuvres du Créateur, Herr Grosse secoua sa tête crépue et s'en alla clopin-clopant au jardin.

J'ouvris sans bruit la porte de la chambre à coucher en y jetant un regard et en disparaissant juste à temps pour éviter le recteur et Mme Finch, qui s'en retournaient chez eux.

Je vis Lucile couchée sur un sofa. Heureusement elle s'endormait à ce moment et demanda d'une voix endormie qui était là.

Zillah était assise auprès d'elle.

Ma présence étant inutile, je me retirai, bien aise pour la première fois de sortir de la chambre de Lucile. Par une contradiction que je ne pourrais expliquer, ma sympathie pour Oscar était mitigée d'un sentiment d'hostilité qui m'éloignait pour le moment de Lucile.

J'avouerai à ma honte que je me sentis presque en colère contre elle en la voyant s'endormir tranquillement et en songeant que le pauvre Oscar restait aux Sables sans personne pour le consoler.

Ce n'était cependant pas elle qu'il fallait blâmer pour ce qui venait de se passer.

Quand je fus dans le corridor, une autre question se présenta à mon esprit : Qu'allais-je faire ?

La maison me sembla insupportable dans sa solitude, et mon anxiété sur le compte d'Oscar devint telle, que je mis mon chapeau et sortis.

Ne voulant pas déranger Herr Grosse, qui fumait sa pipe, je passai aussi rapidement que possible à travers le jardin et je me trouvai enfin dans le village.

Mon inquiétude au sujet d'Oscar se compliquait d'un désir mêlé de colère de savoir la ligne de conduite que suivrait Nugent.

Maintenant qu'il avait causé le malheur prévu par Oscar, et que celui-ci avait voulu empêcher en le priant de quitter Dimchurch, nous débarrasserait-il à tout jamais de sa présence ? S'il allait vouloir rester !

Cette idée m'inspira une telle appréhension de ce qui pourrait résulter de son séjour prolongé aux Sables que je me mis à trembler, et comme mes jambes fléchissaient, je fus forcée, à ma sortie du village, de m'asseoir sur le bord de la route et d'attendre que mes idées eussent repris leur cours ordinaire.

Une minute ou deux après, j'entendis un bruit de pas. Mon cœur tressaillit dans ma poitrine. Je crus que c'était Nugent qui s'approchait.

Mes craintes étaient mal fondées. Ce passant n'était que Gootheridge, l'aubergiste du village, qui s'en retournait chez lui. Il s'arrêta et me tira son chapeau.

« Fatiguée, madame ? » me dit-il.

La pensée qui me dominait se fit jour, tout indisposée que j'étais, dans la question que je fis à l'aubergiste.

« Auriez-vous vu, par hasard, M. Nugent Dubourg ? lui demandai-je.

— Il y a cinq minutes.

— Où ?

— Allant aux Sables. »

Je me levai comme si j'avais reçu un coup ou une balle. Je souhaitai le bonjour au digne aubergiste, qui me regardait tout étonné, et je me mis à marcher aussi rapidement que possible dans la direction des Sables.

Je me sentais glacée de terreur en me demandant si les deux frères allaient se trouver réunis dans la même maison, mais je marchais toujours.

Une résolution inébranlable de me jeter entre les deux frères et de les séparer me tenait lieu de courage.

Je me sentais à la fois résolue et craintive, et à un moment je fus assez insensée pour m'imaginer qu'ils allaient me tuer.

Un moment après, passant avec la même légèreté à une opinion tout opposée, je me dis : « Bah! ce sont des hommes d'honneur, incapables de toucher une femme. »

Quand j'arrivai en vue de la maison, j'aperçus le domestique d'Oscar debout devant la porte et oisif. Cela m'étonna, car je savais que c'était un travailleur zélé et qu'on ne le trouvait jamais là où ses occupations ne l'appelaient pas. J'examinai son visage, mais je vis qu'il jouissait de son calme ordinaire.

« M. Oscar est-il à la maison? lui demandai-je.

— Pardon, madame. Monsieur est chez lui, mais il ne peut vous recevoir. Il est en ce moment-ci avec M. Nugent. »

J'appuyai ma main sur le petit mur qui s'élevait devant la maison et je fis un grand effort pour paraître calme en apprenant cette nouvelle.

« Je suis sûre, dis-je, que M. Oscar me recevra.

— J'ai l'ordre formel de M. Oscar de me tenir à la porte et de dire aux visiteurs, sans exception, qu'il ne peut les recevoir et qu'il est occupé. »

Pendant que le domestique parlait, je profitais de ce que la porte était entr'ouverte pour écouter. Le silence qui régnait autour de la maison était tel, que si les deux frères s'étaient disputés, leurs paroles seraient venues jusqu'à moi.

Je n'entendis rien.

C'était étrange et inconcevable. Comment! ils étaient là tous deux, et rien de fâcheux n'était encore arrivé !

Je laissai ma carte et je m'avançai jusqu'au coin du mur.

A peine eus-je perdu de vue le domestique que je revins

et m'aventurai aussi près que possible de la fenêtre de la salle à manger.

J'entendis la voix des deux frères, mais je ne pus distinguer leurs paroles. Ils se parlaient bas, et j'eus beau écouter, je ne pus percevoir dans leur ton la moindre trace de colère.

Les émotions se succèdent avec une telle rapidité dans le cœur d'une femme que j'en fus tout interdite et que la curiosité succéda à la peur. Je m'éloignai.

Après avoir marché à l'aventure pendant une demi-heure dans la vallée, je m'en revins au presbytère.

Lucile dormait toujours.

J'envoyai Zillah, dont je pris la place, à la cuisine, où la femme de l'aubergiste se trouvait déjà pour m'aider à préparer le dîner. Mais la science culinaire de Mme Goo-theridge ne suffisait pas à la préparation des plats que nous devions servir à Herr Grosse, et j'arrivai tout juste à temps pour que nous fussions à même d'affronter la critique d'un gourmet tel que le docteur.

Lucile dormit encore une heure. Je profitai de son sommeil pour envoyer chercher Herr Grosse. Le docteur parut, exhalant une forte odeur de tabac, examina les yeux de sa malade, et ordonna qu'on lui administrât du vin de Porto et de la gelée de viande. Puis il bourra son énorme pipe et s'en retourna d'un air grognon au jardin.

M. Finch vint ensuite demander des nouvelles de Lucile et s'en alla trouver sa femme, qu'il déclara être en ce moment irresponsable de ses actions et dans un tel état d'agitation nerveuse qu'il faudrait peut-être qu'elle prît encore un bain chaud. Il refusa d'un air pathétique de se réconcilier avec Herr Grosse et de venir dîner.

« Après ce que j'ai vu et ce que j'ai souffert, me répondit-il, je ne suis guère en humeur de banqueter et de déguster des plats nouveaux. Je vous remercie de l'intention, madame Pratolungo, vous êtes une excellente femme; mais ce qu'il me faut, c'est un repas frugal à côté du lit de mon épouse, que je console en ma double qualité de pasteur et d'époux, quand le baby ne crie pas. C'est tout ce que je ferai aujourd'hui. Bon appétit! Croyez-moi, je ne veux pas entraver votre petit festin. Au revoir, madame, au revoir! »

Un second examen de Lucile nous mena jusqu'à l'heure du dîner.

Herr Grosse reprit sa bonne humeur en voyant la nappe mise. Nous n'étions que lui et moi à table. Il envoya à Lucile des morceaux qu'il choisit lui-même, et, tout en mangeant, il me dit qu'elle avait échappé à tout danger sérieux pour ses yeux, mais qu'un repos absolu était urgent et qu'il déclinait toute responsabilité dans ce qui pouvait arriver tant que la nuit ne se serait pas écoulée.

Quant à moi, le manque complet de nouvelles d'Oscar me rendait de plus en plus inquiète. L'anxiété dont j'avais souffert dans la chambre obscure avec Lucile ne me semblait rien en comparaison de ce que je souffrais à présent.

Je vis Herr Grosse qui me regardait à travers ses lunettes d'un air mécontent; et il avait de bonnes raisons de s'étonner, car jamais de ma vie je n'avais été aussi stupide ni aussi maussade.

Nous eûmes enfin, vers la fin du dîner, des nouvelles des Sables.

Zillah vint nous dire que le domestique d'Oscar désirait me parler.

Je m'excusai auprès du docteur et je sortis aussitôt.

Mais à peine eus-je jeté un coup d'œil sur la figure du domestique que je me sentis prise de frayeur pour son maître. Cet homme s'était attaché sincèrement à Oscar, qui le traitait avec bonté. Je vis que ses lèvres tremblaient et qu'il pâlissait et rougissait tour à tour.

« Je vous apporte une lettre, madame. »

Il me la tendit, et je reconnus que l'adresse n'était pas de la main d'Oscar.

« Comment va votre maître? lui demandai-je.

— Pas très-bien, quand je l'ai vu en dernier lieu.

— Quand vous l'avez vu en dernier lieu?

— Je vous apporte une bien triste nouvelle. Il y a eu du changement aux Sables.

— Du changement?... Que voulez-vous dire?... Où est
M. Oscar?...

— M. Oscar a quitté Dimchurch. »

IV.

CHASSÉ-CROISÉ.

Je vis que je m'étais trompée en me croyant cuirassée
contre les coups du sort. Les paroles du domestique
d'Oscar détruisirent complétement cette illusion. Ce dernier coup dépassait tout ce que j'aurais pu prévoir de
plus terrible en fait de malheurs. Je restai pétrifiée en
songeant à Lucile et regardai d'un air égaré le domestique, auquel je n'avais pas la force de parler, malgré tous
mes efforts.

Mais si je demeurais muette, le domestique n'avait pas
perdu l'usage de sa langue.

Un fait des plus bizarres, c'est l'espèce de plaisir mélancolique, si je puis m'exprimer ainsi, qu'éprouvent les
personnes qui appartiennent aux classes inférieures de la
société à vous raconter leurs malheurs. Ce rôle de vic-
times du sort semble les rehausser dans leur amour-
propre.

Le domestique d'Oscar prenait donc un plaisir lugubre
à se lamenter sur sa propre position en s'écriant qu'il
avait perdu le meilleur des maîtres, qu'il lui faudrait se
mettre en quête d'une nouvelle place et qu'il n'en trouverait jamais de pareille à celle qu'il lui faudrait quitter.

Il me fit enfin, par son bavardage qui m'agaçait les
nerfs, retrouver la parole.

« M. Oscar est parti seul ? lui demandai-je.

— Oui, madame, tout seul. »

Oscar accaparait tellement mon intérêt que je ne demandai pas au domestique ce qu'était devenu Nugent.

« Quand votre maître est-il parti? continuai-je.

— Un peu plus de deux heures maintenant.

— Pourquoi ne m'a-t-il pas avertie plus tôt?

— M. Oscar m'a défendu de le dire avant que ces deux heures fussent écoulées. »

Cette réponse me rendit encore très-triste. Cette recommandation faite au domestique semblait indiquer, de la part d'Oscar, un dessein prémédité non-seulement de quitter Dimchurch, mais encore de nous cacher sa destination.

« M. Oscar est-il allé à Londres?

— Il a loué la voiture de Gootheridge pour aller à Brighton. Tout ce que je sais, c'est qu'il m'a déclaré lui-même qu'il quittait les Sables pour n'y jamais revenir. »

Pour n'y jamais revenir! En songeant à Lucile, je refusai d'ajouter foi à cette affirmation. Cet homme pouvait exagérer ou avoir mal compris.

La lettre que je tenais à la main me rappela que je lui faisais des questions sur des détails que cette lettre me donnait peut-être. Mais, avant de le renvoyer, j'abordai le sujet qui me répugnait tant.

« Où est M. Nugent?

— Aux Sables.

— Est-ce qu'il va y demeurer?

— Je n'oserais l'affirmer, madame. Rien ne fait présager son départ et il n'en a aucunement parlé. »

J'eus peine à me contenir en entendant ces paroles. J'étouffais d'indignation. Il fallait, pour ne pas éclater devant le domestique, le renvoyer en lui souhaitant le bonsoir. Je pris cependant la précaution de lui faire une dernière question.

« Avez-vous parlé à quelqu'un au presbytère du départ d'Oscar?

— Non, madame.

— N'en soufflez mot à qui que ce soit. Merci de la lettre. Bonsoir. »

Ayant ainsi pris mes mesures pour que rien de ce qui

venait de se passer ne parvint aux oreilles de Lucile,
pour ce soir-là du moins, je m'en retournai m'excuser
auprès de Herr Grosse en lui déclarant, ce qui du reste
était la stricte vérité, que je me sentais un besoin urgent
d'aller prendre un peu de repos.

Je trouvai mon illustre convive qui, mû par un intérêt
touchant pour moi, était en train de couvrir d'une assiette
le dernier plat de notre festin afin qu'il ne refroidit
pas.

« Quelle télicieuse omelette au fromage ! s'écria-t-il en
me voyant entrer. Ch'en ai décha manché les deux tiers
et che sue sang et eau pour fous garder le reste chaud.
Asseyez-fous, montame, et manchez; blus fous attendrez,
blus elle se refroidira.

— Merci bien, Herr Grosse, mais je viens d'apprendre
de bien tristes nouvelles.

— Ach Gott ! ne m'en dites rien, s'écria l'égoïste d'un
air consterné. Après le diner que che fiens de manger je
ne veux pas entendre barler de chosses tristes. Laissez-
moi digérer en paix, ma bonne chère tame, ne trouplez
pas ma digestion, si fous m'aimez.

— Alors, permettez-moi de vous laisser digérer et de
me retirer. »

Le docteur se précipita vers la porte et l'ouvrit.

« Oh ! oui, oui, che fous le permets de tout mon cœur.
Oui, ma pauvre montame Pratolungo, allez-fous-en !
allez-fous-en! »

A peine avais-je passé le seuil que la porte se referma
sur moi. J'entendis ce vieux monstre se réjouir en se
frottant les mains de nous avoir ainsi mis à la porte, mon
chagrin et moi.

J'allais entrer dans ma chambre quand l'idée me vint
de prendre quelques précautions pour ne pas être surprise par Lucile pendant que je lirais la lettre d'Oscar.

J'avoue que j'hésitai à rompre le cachet, car, malgré
ma résolution de ne pas ajouter foi aux paroles du domestique, je commençais à craindre que la lettre ne vînt
les confirmer en m'apprenant que celui qui l'avait écrite
nous avait quittés à tout jamais.

Je revins sur mes pas et j'entrai dans la chambre de Lucile.

Une veilleuse qui brûlait dans un coin, et qui donnait juste assez de lumière pour les allées et venues de la nourrice et du médecin, me permit de la voir assez vaguement.

Elle était assise dans la petite chaise qu'elle affectionnait particulièrement, les yeux couverts de son bandeau blanc, et tricotant. Elle me sembla avoir un air fort satisfait.

« Ne vous sentez-vous pas bien seule, Lucile ? »

Elle tourna la tête de mon côté et me répondit de son ton le plus gai : « Pas du tout, et je suis très-heureuse.

— Pourquoi Zillah n'est-elle pas avec vous?

— Je l'ai renvoyée!

— Renvoyée !

— Oui, je voulais être seule pour jouir de tout mon bonheur. Pensez donc, ma chère, je l'ai vu, de mes propres yeux. Comment pourrais-je ressentir de l'ennui ? Au contraire, je me sens si heureuse que je suis forcée de tricoter pour me contenir. Tenez, si vous en dites plus long, je me mets à danser de joie... Où est Oscar? Cet affreux Grosse... Suis-je assez ingrate pour parler ainsi du pauvre cher homme qui m'a rendu la vue ; et cependant il est bien cruel de refuser à Oscar la permission de venir me voir sous prétexte que je suis trop agitée. A propos, était-il avec vous tout à l'heure et s'est-il montré bien fâché de ne pouvoir me voir? Dites-lui que depuis que je l'ai vu, je pense à lui ; mes pensées sont si nouvelles...

— Mais il n'est pas au presbytère ce soir, ma chère Lucile.

— Alors il est aux Sables avec son pauvre frère. J'ai pu enfin surmonter le sentiment de terreur que m'inspire l'affreuse figure de Nugent. Je commence même, quoique je ne l'aie jamais aimé, à ressentir une certaine sympathie pour son état. Tenez, n'en parlons plus, j'aime mieux penser à Oscar.

Elle reprit son ouvrage et s'absorba dans ses rêves de bonheur. N'était-ce pas déplorable pour moi, après ce que je venais d'apprendre, de la voir et de l'entendre ?

J'eus peur de dire un mot de plus, et je fermai la porte sans bruit. Puis je priai Zillah de dire à sa maitresse quand elle sonnerait que, fatiguée par les événements de la journée, j'étais allée me reposer.

Enfin j'étais seule et je n'avais plus à user d'aucun subterfuge vis-à-vis de moi-même pour ouvrir la lettre d'Oscar. Ayant fermé la porte, je brisai le cachet et lus ce qui suit :

« Bonne et chère amie,

« Pardonnez-moi si je vous cause une pénible sur-
« prise. Je viens vous remercier de toutes les bontés que
« vous avez eues pour moi et vous dire adieu pour tou-
« jours.

« Je demande toute votre indulgence. Lisez ma lettre
« jusqu'au bout, et vous saurez tout ce qui s'est passé
« après mon départ du presbytère.

« Quand j'arrivai aux Sables, je demandai où était
« Nugent. Personne ne l'avait vu. Ce ne fut qu'un quart
« d'heure après mon arrivée que je l'entendis qui m'ap-
« pelait à la porte et qui demandait si j'étais revenu. Il
« vint me rejoindre dans la salle à manger. Voici quelles
« furent ses premières paroles.

« — Oscar, je suis venu te demander pardon et te
« dire adieu.

« Ces quelques mots m'allèrent droit au cœur. Il en
« aurait été de même pour vous si vous aviez entendu de
« quel ton — ton que je ne peux rendre ici — il les pro-
« nonça. J'en fus tellement ému que je n'eus pas la force
« de lui répondre, et je ne pus que lui tendre la main. Il
« soupira amèrement et refusa de la prendre.

« — J'ai, dit-il, un aveu à te faire. Tu me donneras la
« main ensuite,... si tu peux.

« Il refusa le siége que je lui montrais, et me fit de la
« peine en se tenant debout devant moi, comme s'il était
« mon inférieur. Il continua.

« Non... j'ai besoin de tout mon sang-froid et de tout
« mon courage ; je me sens brisé en vous faisant savoir
« ce qu'il m'a dit, et cependant j'ai pris la plume pour
« vous raconter sans détour tout ce qui s'est passé entre
« lui et moi. Hélas ! je vous donne là un autre exemple
« de ma faiblesse, car je ne puis y réussir, et les larmes
« me viennent aux yeux quand j'essaie de me rappe-
« ler les détails de cette entrevue. Je puis vous dire en
« trois mots l'aveu que m'a fait Nugent. Vous allez être
« bien peinée et surprise en l'apprenant. Nugent aime
« Lucile.

« Quelle découverte pour moi qui avais vu mon inno-
« cente Lucile se réjouir en le voyant pour la première
« fois et frémir rien qu'à mon aspect ! Je renonce à vous
« dire mon angoisse.

« Nugent me tendit la main après qu'il eut fini de
« parler, comme je venais de la lui tendre un instant au-
« paravant.

« — La seule réparation que je puisse vous offrir, à toi
« et à elle, dit-il, c'est de partir, pour que vos yeux
« ne retombent jamais sur moi. Donne-moi une poignée
« de main, Oscar, avant que je te quitte.

« Si j'avais voulu, il m'aurait quitté. Il n'en fut pas
« ainsi, et vous allez voir comment. »

Je posai la lettre d'Oscar un instant sur la table. Elle
me mettait dans une telle colère et m'inspirait des regrets
si cuisants, que je fus sur le point de la déchirer sans
lire le reste et de la fouler aux pieds. Après avoir trempé
mon mouchoir dans l'eau et me l'être appliqué sur le
front, je fis quelques pas dans la chambre, ce qui me remit et me permit de reprendre la lecture de ma lettre en
chassant de mon esprit mes pensées sur Lucile.

Oscar continuait ainsi :

« Je puis écrire avec calme ce que j'ai encore à vous
« dire. Vous saurez ce que j'ai décidé de faire et ce que
« je fis.

« Je priai Nugent de m'attendre, tandis que j'allais ré-

« fléchir seul à ce qu'il venait de m'apprendre. Il vou-
« lut s'opposer à ma sortie, mais j'insistai, et, pour la
« première fois de ma vie, ce fut moi qui pris une déci-
« sion et lui qui m'obéit. Je le quittai et m'en fus faire
« un tour dans la vallée.

« La tranquillité céleste de la campagne solitaire me fit
« du bien. Je vis la position de Nugent et la mienne sous
« leur véritable aspect, et avant de revenir, j'étais décidé
« à me sacrifier, coûte que coûte, à la place de mon frère
« qui s'était offert.

« Je sentis, pour Lucile et pour lui, que c'était moi qui
« devais partir et non pas lui.

« Ne me blâmez pas et ne vous lamentez pas. Lisez le
« reste de ma lettre en tâchant de penser comme je pense
« en l'écrivant. D'après ce que je savais de Nugent et ce
« que j'avais vu moi-même, avais-je le droit d'exiger que
« Lucile tînt ses engagements envers moi? Je suis ferme-
« ment convaincu que non. Après lui avoir inspiré de la
« terreur et du dégoût au moment où je me présentai à
« ses yeux pour la première fois, après l'avoir vue se
« jeter tout innocente et joyeuse dans les bras de Nu-
« gent... Comment aurais-je pu la réclamer comme ma
« fiancée? Notre mariage était devenu impossible et je
« n'osai, en songeant à Lucile, invoquer l'engagement
« qui nous liait. La destruction de mon bonheur n'était
« rien. Détruire le sien eût été un crime. Non, je la re-
« lève de son engagement envers moi, et je lui rends sa
« liberté.

« Je ne fais selon moi que remplir mon devoir envers
« Lucile.

« Passons maintenant à Nugent. C'était lui qui avait
« sauvé l'honneur de la famille en m'évitant une mort
« honteuse sur l'échafaud. Je lui en devais une recon-
« naissance éternelle. L'homme qui aime Lucile et celui
« qui m'a sauvé la vie ne font qu'un. Je dois lui laisser
« le champ libre s'il veut mériter l'amour de Lucile d'une
« manière loyale et honnête. Qu'on montre à Lucile, aus-
« sitôt qu'Herr Grosse le permettra, l'erreur qu'elle a com-
« mise par ma faute, et qu'on lui donne à lire cette lettre,

« que j'écris aussi bien pour elle que pour vous, et que
« mon frère lui raconte ensuite ce qui s'est passé ici ce
« soir entre lui et moi. Elle l'aime en croyant que c'est
« moi qu'elle voit; l'aimera-t-elle lorsqu'elle sera désa-
« busée? C'est au temps à répondre à cette question. Si
« elle vient à aimer Nugent, j'ai déjà résolu de mettre de
« côté une partie de mon revenu chaque année pour per-
« mettre à mon frère de suffire aux soins de son ménage.
« Je veux que son génie, libre des entraves que pourrait
« y apporter le manque d'argent, se développe en liberté.
« Mes goûts sont simples, et je ne vois pas comment je
« pourrais employer l'excédant de ma fortune plus noble-
« ment et plus utilement.

« Voilà mon devoir envers Nugent tout tracé.

« Maintenant que vous voilà éclairée sur la décision
« que j'ai prise, je puis vous raconter le reste en deux
« mots.

« J'ai quitté les Sables à tout jamais et je suis parti
« pour vivre ou mourir loin de vous tous, après le coup
« qui me frappe.

« Peut-être, dans bien des années, reverrai-je Lucile
« entourée de ses enfants, et pourrai-je presser sa main
« en retrouvant une sœur dans celle que j'adore et qui
« aurait pu être ma femme. Cela peut arriver si je vis
« encore; mais si je meurs, personne n'entendra parler
« de ma mort, qui ne viendra pas ainsi attrister leur
« bonheur. Pardon et oubli, voilà tout ce que je vous
« demande, et gardez la plus chère et la plus noble espé-
« rance de l'homme : l'espérance de la vie future.

« Je vous envoie, dans le cas où vous voudriez m'é-
« crire, l'adresse de mon banquier à Londres. Je lui ai
« communiqué des ordres à cet égard, mais n'essayez
« pas, si vous ressentez quelque compassion pour moi,
« d'ébranler ma résolution. Vos efforts seraient inutiles
« et vous ne feriez que me causer du chagrin. Veuillez
« attendre pour m'écrire que Nugent ait eu l'occasion de
« plaider sa cause auprès de Lucile et que celle-ci ait pris
« une décision pour l'avenir.

« Encore une fois, je vous remercie de la bonté cons-

« tante avec laquelle vous avez enduré mes faiblesses et
« mes folies. Adieu, et que le Seigneur vous bénisse.

« OSCAR. »

Je ne dirai rien de l'effet que me produisit tout d'a-
bord cette lettre. J'hésite à raviver les souffrances que
j'endurai pendant cette triste nuit, seule dans ma chambre, et cependant il y a déjà longtemps de cela. Qu'il me
suffise de vous dire quelle fut la décision que je pris.

Je résolus d'abord d'aller à Londres par le premier
train le lendemain matin, pour tâcher de retrouver
Oscar par l'entremise de son banquier, et puis d'empêcher le misérable qui avait accepté le sacrifice de son
frère d'entrer au presbytère pendant mon absence.

Cette résolution me réconforta un peu et devait me
servir de stimulant pour me donner le courage de m'excuser auprès de Lucile aussitôt que je la verrais sans
trahir la douleur qui me torturait. J'avais laissé la jeune
fille avant de m'aller coucher calme et heureuse, et nous
étions convenus, Herr Grosse et moi, de ne laisser approcher personne de cette malade au caractère si irritable. Le jour suivant, j'avais en outre un autre allié
dans la personne de M. Finch, qui voulut bien me prêter
son concours pour empêcher Nugent d'entrer dans la
maison. J'avais vu le recteur la veille dans son cabinet
et je lui avais raconté tout, à l'exception de la résolution insensée d'Oscar de partager sa fortune avec son
frère.

Je m'arrangeai pour donner à penser au recteur qu'Oscar avait permis à Lucile de recevoir les hommages
d'un homme qui avait mangé sa fortune jusqu'au dernier sou.

A peine M. Finch eut-il compris ce que je venais de lui
dire qu'il me fit une harangue remarquable, mais que
par respect pour l'Eglise Évangélique, je ne rapporte
pas ici.

Je partis pour Londres par le premier train le lendemain.

Le soir même, je revins seule à Dimchurch, n'ayant pu

réussir à exécuter le projet qui m'avait appelé dans la capitale.

Oscar était venu dès le matin à l'ouverture des portes de la maison de banque. Il avait tiré des lettres de crédit pour quelques centaines de livres et avait prévenu le banquier qu'il lui ferait parvenir en temps voulu son adresse, pour le cas où il voudrait lui écrire. Puis il était parti pour le Continent sans laisser de traces.

Je passai la journée à essayer, afin de le retrouver, les divers moyens usités en pareil cas, et je quittai Londres désespérée quand je songeais à Lucile, et transportée de colère en songeant aux frères Dubourg.

A mesure que nous nous éloignions de Londres, roulant sans secousses à travers les bois tranquilles et les champs qui bordaient la ligne, je rentrai dans mon calme habituel.

Peu à peu la fermeté et la décision qu'avait montrées Oscar eurent, quoique je les déplorasse de tout mon cœur, un effet nouveau sur mon esprit.

J'étais étonnée, et je me reprochais le jugement hâtif que j'avais porté sur le caractère des deux frères.

Comme il n'y avait personne dans le compartiment pour troubler mes réflexions, j'arrivai à une conclusion qui eut une influence grande sur la conduite que je devais tenir pour guider Lucile à traver les dangers et les ennuis qui devaient encore l'assaillir.

Notre physique a une influence plus grande qu'on ne le pense généralement sur les actes qu'il nous porte à faire, et par conséquent sur le jugement porté sur ces actes par autrui.

Un homme doué d'un système nerveux très-délicat dit et fait des choses qui le déprécient à nos yeux d'une manière exagérée.

D'un autre côté, un homme vigoureusement constitué possède un fonds de santé et de hardiesse qui se manifeste à son avantage dans toutes ses manières et qui nous le fait juger superficiellement et à faux.

En effet, doué d'une bonne santé, il est gai et sa gaieté le rend sympathique à tous ceux qui l'approchent. Il peut cacher cependant sous ce vernis de bonhomie une âme gangrenée.

Ces deux natures opposées représentaient la première Oscar, la seconde Nugent.

Dans ces derniers temps, tout ce qu'il y avait de faible et d'inférieur dans la nature d'Oscar s'était montré au détriment de ce qu'il y avait chez lui de noble et de fort. Mais quelque chose avait donné à cet homme d'une sensibilité si exquise, et qui avait reculé devant les petites contrariétés de la vie ordinaire dans notre village, la force de résister à un moment donné au coup terrible qui le frappait.

Plus j'approchais de ma destination et plus je m'apercevais que je ne faisais que commencer à estimer Oscar, malgré l'amer désappointement qu'il m'avait causé, à sa juste valeur.

Encouragée par mes réflexions, je commençai à envisager les choses sous un meilleur aspect et je résolus que tant que ce jeune homme dont je n'avais pas su reconnaître les qualités sérieuses n'aurait pas abandonné à tout jamais sa fiancée, j'emploierais toute mon énergie pour le ramener à elle.

On m'apprit à mon arrivée au presbytère que M. Finch désirait me parler, mais mon anxiété au sujet de Lucile était si grande, que je fis répondre au recteur que je le rejoindrais dans quelques minutes, et je montai dans la chambre de Mlle Finch.

« Le temps vous a-t-il paru bien long, ma chère enfant? lui demandai-je, après l'avoir embrassée.

— Au contraire, répondit-elle d'un ton joyeux. J'ai passé une journée délicieuse. Avant de repartir pour Londres, Grosse m'a menée faire une promenade, devinez où. »

J'eus un sourire qui me glaça. Je reculai d'un pas et je regardai ses traits qui étaient si beaux.... sans la moindre admiration, je dirai même avec une vraie méfiance.

« Où êtes-vous allée?

— Aux Sables.... naturellement. »

Je crois que j'aurais étouffé de colère si je n'avais

poussé une exclamation en apprenant cette nouvelle.

« Infâme Grosse! » m'écriai-je en serrant les dents.

Lucile se mit à rire.

« Doucement, dit-elle, c'est moi qu'il faut blâmer; j'ai voulu à toute force parler à Oscar. Je me suis fort bien comportée dès que le docteur m'a eu donné son consentement. Je n'ai pas même demandé qu'on me retirât mon bandeau, et je me suis contentée de parler à Oscar. Le bon vieux docteur — il est bien moins sévère pour moi que vous ou mon père! — ne m'a pas quittée un instant pendant l'entrevue, qui m'a fait un bien énorme. Allons, ne vous fâchez pas, ma chère madame Pratolungo, puisque mon médecin a sanctionné lui-même cette imprudence. Je ne vous dérangerai pas pour m'accompagner demain aux Sables, car Oscar va me rendre ma visite. »

Ces derniers mots me firent prendre mon parti, malgré les fatigues de la journée.

Ce que Lucile m'avait dit ne me permettait pas d'hésiter.

« Attendez un peu, monsieur Dubourg, me dis-je à moi-même, nous aurons un compte à régler avant que j'aille me coucher. Permettez-moi, Lucile, de m'absenter un peu pour aller parler à votre père, qui m'attend chez lui. »

Lucile tressaillit.

« De quoi avez-vous à lui parler? s'écria-t-elle avec vivacité.

— D'affaires qui m'ont menée à Londres, » lui répondis-je en la quittant pour éviter ses questions, qui, dans l'état où j'étais, auraient fini par me rendre folle.

Je trouvai le recteur prêt comme toujours à m'inonder de son éloquence; mais eussé-je eu affaire à cinquante recteurs au lieu d'avoir affaire à un seul, je ne me serais pas sentie moins en humeur d'écouter patiemment. Je commençai donc, au profond étonnement du loquace révérend.

« Je quitte Lucile à l'instant, monsieur Finch, et je sais ce qui est arrivé.

— Minute, minute, madame Pratolungo! Veuillez, avant que nous procédions, me permettre d'établir un

fait important et reconnaitre que je ne suis nullement à
blâmer...

— Je le comprends parfaitement, répondis-je en lui
coupant la parole. Naturellement votre fille ne serait pas
allée aux Sables avec le docteur si vous aviez laissé Nugent entrer dans le presbytère.

— Arrêtez, ma brave dame, s'écria M. Finch en levant
la main droite. Dans votre agitation fébrile vous allez
trop vite. Veuillez m'écouter. J'ai fait plus que de refuser
à Nugent l'entrée de la maison. Quand ce Grosse... calmez-vous, je vous prie... quand ce Grosse est venu me
parler à ce sujet, j'ai fait plus, dis-je, que de refuser mon
consentement... beaucoup plus. Vous savez avec quelle
fermeté je sais m'exprimer. Ne vous en alarmez pas, mais
j'ai répondu : Monsieur, en ma qualité de pasteur et de
père, je m'y oppose formellement.

— Je comprends, monsieur Finch. Ce que vous avez
pu dire à Herr Grosse était tout à fait inutile, car il igno-
rait entièrement à quel point de vue personnel vous vous
placiez en refusant.

— Madame Pratolungo!...

— Il a trouvé Lucile dans un état dangereux d'agitation causé par l'absence d'Oscar et a dit qu'il agirait
d'après ce qu'il appelle sa liberté d'action, en qualité de
médecin.

— Madame Pratolungo!...

— Vous avez fermé la porte à Nugent, et le docteur,
non moins obstiné que vous, a emmené Lucile aux
Sables. »

M. Finch se redressa en criant de toute sa force : Silence! et en frappant de la paume de la main un grand
coup sur la table.

« Encore une question, lui dis-je, et je vous quitte.
Depuis la promenade de votre fille aux Sables, il s'est
écoulé un temps assez long. Avez-vous vu M. Dubourg ? »

Le maître de Dimchurch s'arrêta au milieu de sa bulle
foudroyante. On eût dit un ballon piqué d'un coup d'é-
pingle.

« Pardon, me dit-il avec une politesse exquise, ceci demande d'être expliqué en détail. »

Je n'avais pas le temps d'écouter ses explications.

« Vous ne l'avez pas vu?

— Ma position à l'égard de Nugent est singulière, madame Pratolungo. En ma qualité de père, je voudrais lui tordre le cou. En ma qualité de recteur, je sens qu'il est de mon devoir de réfléchir et de lui écrire. Vous représentez-vous ma responsabilité? Comprenez-vous cette différence? »

Ce que je compris, c'est qu'il avait peur. Je ne puis souffrir la lâcheté, je me contentai de lui répondre par un signe de tête en me dirigeant vers la porte.

M. Finch me rendit mon salut d'un air tout embarrassé.

« Vous vous en allez, madame? me dit-il d'une voix doucereuse.

— Oui, je vais aux Sables. »

Si j'avais répondu que j'allais à cet endroit dont le recteur avait souvent l'occasion de parler à ses ouailles en chaire, je ne pense pas qu'il aurait montré plus de frayeur et d'étonnement qu'il n'en décela quand je lui dis ces paroles.

Il leva sa main droite d'un air persuasif et ouvrit la bouche; mais avant qu'il eût pu lâcher l'écluse à son éloquence, je sortis et pris le chemin des Sables.

V.

SANS EXCUSE?...

Le domestique, qui, selon l'usage, avait encore un mois à rester au service d'Oscar, et qui gardait la maison, m'ouvrit.

Il commençait à se faire tard pour un endroit aussi rus-
tique que Dimchurch ; cependant cet homme ne se montra
nullement surpris en me voyant.

« M. Nugent Dubourg est-il chez lui ?

« Oui, madame. »

Il baissa la voix et ajouta : « Je crois que M. Nugent
vous attendait ce soir. »

Qu'il ait dit cela avec ou sans intention, il me rendait
un service... en me mettant sur mes gardes.

Nugent connaissait mon caractère mieux que je ne
connaissais le sien. Il avait prévu ce qui arriverait lorsque, de retour au presbytère, j'apprendrais la visite que
Lucile lui avait faite, et il avait pris ses précautions en
conséquence.

Je ressentis un certain tremblement nerveux en suivant
le domestique, mais je triomphai bien vite de cette
frayeur indigne de moi et, en entrant dans le boudoir,
j'étais redevenue la veuve du docteur Pratolungo.

Une seule lampe, recouverte d'un abat-jour, éclairait
Nugent, qui, étendu dans son fauteuil, lisait en fumant son
cigare. Il posa son livre sur la table en me voyant entrer.

Connaissant maintenant le pèlerin, je résolus de ne
laisser échapper aucun détail, et de savoir, pour m'aider à
mieux étudier son caractère, quelle était son occupation
pendant qu'il m'attendait.

Je regardai le volume posé sur la table : c'était les
Confessions, de Jean-Jacques Rousseau.

Nugent s'avança avec un sourire agréable et me tendit
la main, comme si rien n'était arrivé entre nous. Je
reculai d'un pas et je le regardai fixement.

« Vous refusez de me donner la main ?...

— Je vais vous répondre tout de suite... Où est votre
frère ?

— Je l'ignore.

— Alors, monsieur Dubourg, quand vous le saurez et
que vous l'aurez ramené ici, je consentirai à vous serrer
la main. »

Il s'inclina d'un air résigné et en haussant les épaules
de pitié, puis il me tendit un siège.

Je le refusai et je pris moi-même une chaise, sur laquelle je m'assis en face de lui. Il s'arrêta au moment de s'asseoir et regarda vers la fenêtre ouverte.

« Faut-il jeter mon cigare?

— Pas pour moi. La fumée ne me gêne pas. »

Il me remercia et s'assit, en tenant son visage caché dans l'ombre projetée par l'abat-jour. Après avoir lancé quelques bouffées de fumée, il reprit la parole, mais sans tourner les yeux vers moi.

« Puis-je vous demander ce qui me procure l'honneur de votre visite?

— Deux choses : d'abord vous voir quitter Dimchurch demain matin ; ensuite vous faire rendre votre frère à sa fiancée. »

Il se retourna vivement de mon côté. Habitué comme il l'était à mon irascibilité, il fut tout surpris du calme parfait avec lequel je lui répondis. Il réfléchit un instant, en faisant tomber d'une chiquenaude la cendre de son cigare.

« Quant à ce qui a trait à mon départ de Dimchurch, nous en reparlerons tout à l'heure, me répondit-il enfin. Avez-vous reçu une lettre d'Oscar?

— Oui.

— L'avez-vous lue?

— Oui.

— Alors, vous savez ce que nous avons arrangé?

— Je sais que votre frère s'est sacrifié... et que vous en avez bassement profité. »

Il tressaillit et me regarda de nouveau. Je vis que quelque chose, soit dans le ton dont je lui parlais, soit dans mon attitude, l'avait blessé.

« N'abusez pas de ce que vous êtes femme pour m'insulter, me répondit-il. Oscar a agi de son plein gré.

— Toute blâmable que soit la conduite d'Oscar, et malgré ses torts cruels envers Lucile, il y a quelque chose de noble et de généreux dans les motifs qui l'ont fait agir. Mais je ne puis voir que bassesse et lâcheté dans le motif qui vous a guidé. »

A ces mots, Nugent bondit et lança son cigare dans le foyer éteint.

« Madame Pratolungo, dit-il, je n'ai pas l'honneur de connaître votre famille, et je ne puis oublier que vous êtes une femme; mais si vous avez quelque parent en Angleterre ou en France qui veuille me donner satisfaction...

— J'ai ce qui fera aussi bien l'affaire, lui répliquai-je, un mépris profond pour toutes vos menaces et la ferme résolution de dire ma pensée tout haut. »

Nugent alla ouvrir la porte.

« Je refuse de vous dire un mot de plus, me dit-il. Vous me permettrez donc de vous quitter en vous souhaitant le bonsoir. »

Il tenait toujours la porte ouverte. Il me restait une seule ressource, que je gardais pour la dernière extrémité. J'avais espéré de tout mon cœur n'être pas forcée d'en venir là.

Je me levai donc et je l'arrêtai au moment où il s'en allait.

« Reprenez votre chaise et votre livre, lui dis-je. Notre entrevue est terminée. Je n'ai plus qu'un mot à vous dire et je m'en vais. Je veux vous avertir qu'en restant à Dimchurch vous perdez votre temps.

— C'est mon affaire, répondit-il en s'écartant pour me laisser passer.

— Pardon, dans votre position vous ne pouvez en juger. Savez-vous ce que je vais faire aussitôt que je serai revenue au presbytère? »

Nugent, à ces mots, changea vivement de place et se mit contre la porte pour m'empêcher de sortir.

« Que ferez-vous? me dit-il en me regardant fixement.

— Je veux vous forcer à quitter Dimchurch. »

Il se mit à rire avec insolence, ce qui ne m'empêcha pas de continuer tranquillement.

« Vous avez joué le rôle de votre frère auprès de Lucile ce matin. Eh bien, monsieur Nugent Dubourg, vous ne le jouerez plus.

— Je ne le jouerai plus!... Qui m'en empêchera?

— Moi. »

Il prit cette fois un air sérieux.

« Vous! dit-il, et comment pouvez-vous m'en empêcher ?

— En vous dévoilant à Lucile. Aussitôt que je serai revenue au presbytère, je puis tout révéler et je le ferai. »

Il tressaillit un instant, mais reprit bientôt son sang-froid.

D'une voix altérée par l'émotion, Nugent me dit : « Vous oubliez quelque chose, madame Pratolungo. Vous oubliez ce que son médecin nous a dit.

— Je me le rappelle parfaitement. Il a dit que si nous agitions la malade soit par nos actes, soit par nos paroles, il ne répondait de rien.

— Eh bien ?...

— Eh bien, quelque terrible que soit ma résolution, entre l'alternative de vous laisser briser le cœur de Lucile et celui d'Oscar et celle de braver la recommandation du médecin, je n'hésiterai pas. Oui, je vous le dis en face, j'aime mieux voir Lucile redevenir aveugle que de la voir vous épouser. »

Si Nugent se sentait si fort, c'est qu'il était persuadé que la menace d'Herr Grosse m'empêcherait de parler; je venais de détruire ses calculs.

Il devint si pâle que, malgré la demi-obscurité, je pus m'en apercevoir.

« Je ne vous crois pas ! s'écria-t-il.

— Venez au presbytère demain, lui répondis-je, et vous verrez. Je n'ai plus rien à vous dire; laissez-moi sortir. »

On pourrait supposer que je ne voulais qu'effrayer Nugent. Détrompez-vous... Blâmez-moi... approuvez-moi... je ne faisais qu'exprimer ma résolution arrêtée. Reste à savoir si je n'aurais pas fléchi dans cette résolution en revenant des Sables au presbytère, ou en me trouvant en présence de Lucile. Ce que je puis affirmer, c'est que dans mon irritation j'étais de bonne foi en menaçant Nugent. Il s'en aperçut probablement au ton dont je parlais.

« Démon ! » s'écria-t-il en s'approchant de moi d'un air furieux.

En m'appliquant cette épithète qui montrait sa haine
pour moi, l'amour forcené de ce misérable pour Lucile le
faisait trembler de la tête aux pieds.

« Trêve à vos insultes!... lui répondis-je. Je ne m'attends pas à ce que vous compreniez le mobile qui fait agir
une honnête femme. Encore une fois, laissez-moi sortir ! »

Au lieu d'obtempérer à ma demande, il ferma la porte
et mit la clef dans sa poche. Puis il me montra le siége
que je venais de quitter.

« Asseyez-vous, dit-il d'une voix si basse que je vis
qu'il avait changé d'idée, et laissez-moi réfléchir un instant. »

Je fis ce qu'il me demandait. Il prit, lui aussi, une chaise
de l'autre côté de la table et se couvrit la figure de ses
mains.

Nous attendîmes en silence et je le regardai de temps
en temps. Je vis à la lumière de la lampe quelque chose
qui brillait sur ses doigts. Je me levai sans bruit pour
me pencher sur la table et voir de plus près.

C'étaient des larmes, je l'affirme sur ma conscience, qui
découlaient à travers ses doigts. J'étais sur le point de
lui parler ; mais, en voyant cela, je me remis.

« Qu'exigez-vous de moi, me dit-il, que voulez-vous
que je fasse? »

Il me parlait, en cachant toujours sa figure, d'un ton
si triste, si désespéré, si plein d'une résignation morne,
que moi qui étais entrée la haine au cœur, moi qui un
instant auparavant aurais voulu, si j'en avais eu la force,
le renverser à mes pieds, je lui posai la main sur l'épaule
et le plaignis de toute mon âme.

Voilà bien les femmes! Un joli spécimen de leur bon
sens et de leur fermeté!

« Soyez juste, Nugent, lui dis-je. Soyez honorable et
redevenez ce que vous étiez dans mon estime. Voilà tout
ce que je vous demande. »

Il laissa retomber ses bras et sa tête sur la table et se
mit à sangloter. Il ressemblait, en ce moment, tellement
à son frère que j'aurais pu m'imaginer, moi aussi, les
avoir pris l'un pour l'autre.

« Comme il me rappelle bien Oscar le premier jour que
je l'ai vu ici-même! » me dis-je à moi-même. « Allons, repris-je, quand il fut un peu plus calme, nous finirons
par nous comprendre et par nous respecter mutuellement. »

Il repoussa ma main avec irritation de son épaule et
détourna sa figure de la lumière de la lampe.

« Ne parlez pas de me comprendre, répondit-il, toutes
vos sympathies sont pour Oscar. C'est lui qui est la victime, le martyr. Vous gardez pour lui votre estime et
votre compassion. Mais, moi... je suis le lâche, le scélé-
rat, je n'ai ni cœur ni honneur. Je ne suis bon qu'à être
écrasé sous le pied comme un reptile. Je n'ai que ce que
je mérite, n'est-ce pas? un misérable tel que moi ne vaut
pas la peine qu'on s'apitoie sur son sort. »

J'étais bien embarrassée pour lui répondre, car il disait
là précisément ce que je pensais de lui. Avais-je tort
après tout? Il s'était conduit d'une manière infâme et
méritait bien mon indignation. Cependant il est bien dur
pour notre sexe de refuser de pardonner à un homme,
quelque graves que soient ses torts, quand il a ainsi agi
à cause d'une femme.

« Quelle qu'ait été mon opinion sur vous, lui répondis-
je, vous pouvez encore regagner mon estime.

— Je le puis encore? répondit-il avec dédain. A d'autres!... Vous ne parlez pas à Oscar en ce moment, mais
à un homme qui connaît assez les femmes, et je sais
qu'elles tiennent à leurs opinions tout simplement parce
que ce sont leurs opinions, et qu'elles ne se demandent
pas si elles ont tort ou raison. Il peut se trouver des
hommes qui sauront me comprendre et me plaindre. Une
femme en serait incapable. Les meilleures et les plus in-
telligentes d'entre elles ne savent pas ce que c'est que le
cœur de l'homme. Vous ne ressentez pas la frénésie qui
nous possède quand nous aimons. La passion a des bornes chez la femme, tandis que chez l'homme elle brise
toutes les digues et lui enlève son intelligence, son honneur, son amour-propre, en le ramenant au niveau de la
bête. Elle en fait un idiot et le pousse à la folie. Tenez,

je ne suis pas responsable de mes actions. Le plus grand
service que vous puissiez me rendre serait de me renfer-
mer dans une maison de fous. Le mieux que je puisse
faire, c'est de me couper la gorge. Oh ! dites-vous, c'est
affreux ! Je devrais lutter contre le malheur et ne pas
parler ainsi. Je devrais me contenir. Ha ! ha ! et c'est
vous, qui vous targuez de votre esprit et de votre expérience, qui venez me dire ceci. Cent fois vous m'avez vu
auprès de Lucile, et vous n'avez pas su découvrir l'orage
qui grondait dans mon cœur. A peine ai-je aperçu cette
incomparable créature que la lutte a commencé dans mon
âme et que j'ai enduré les tortures infernales que m'infli-
geaient la honte et le remords. Et cependant, avec toute
votre intelligence, vous vous en êtes aperçue si peu, que
maintenant vous ne savez faire mieux que d'envisager
ma conduite comme celle d'un lâche et d'un misérable. »

Nugent se leva et se mit à marcher de long en large.
J'étais, naturellement je le crois, assez irritée de son interprétation de ma conduite. Un homme qui prétendait
en savoir plus sur le cœur qu'une femme ! n'était-ce pas
monstrueux ? J'en appelle à toutes les femmes !

« Vous devriez être le dernier à me blâmer, lui répondis-je. Si je n'ai conçu aucun soupçon, c'est que j'avais
de vous une opinion trop favorable. Cela ne m'arrivera
plus, je vous le promets. »

Il revint vers moi et s'arrêta en me regardant fixement.

« Me direz-vous que vous ne vous êtes aperçue de rien
qui pût exciter vos soupçons le premier jour où j'ai vu
Lucile ? Vous étiez présente cependant. Ne vous êtes-vous
pas aperçue qu'elle avait produit sur moi une impression
telle que j'en restai muet. N'avez-vous rien observé de
suspect dans la suite ? Rien ne vous a donc ouvert les
yeux tandis que je souffrais le martyre ?

— J'ai remarqué, en effet, que vous paraissiez troublé
auprès d'elle ; mais, comme je vous estimais et que j'a-
vais confiance en vous, je n'avais pas compris.

— Et dans la suite, n'ai-je pas parlé à son père ?... n'ai-
je pas essayé de hâter son mariage avec Oscar ? »

Il disait la stricte vérité : il avait essayé.

« Quand vous avez dit qu'Oscar devait révéler à Lucile
l'effet du nitrate d'argent, n'ai-je pas été de votre avis, et
n'ai-je pas dit qu'il devait le faire dans son propre intérêt? »

Il disait encore vrai; il était impossible de le nier.

« Et quand Lucile a presque découvert son secret, qui
a usé de son influence pour l'engager à dire la vérité,
sinon moi?... Qu'ai-je fait quand il a essayé et qu'il n'a
pu y réussir?... Qu'ai-je fait quand Lucile a cru que c'é-
tait moi qui étais défiguré? »

L'audace de Nugent me coupa la respiration.

« Vous avez, m'écriai-je avec indignation, aidé à cette
cruelle supercherie. Vous avez bassement encouragé votre
frère dans cette fatale voie du silence. »

Il me regarda aussi furieux et étonné que moi.

« Où sont et ce tact merveilleux et cette délicate per-
ception qui sont l'apanage de votre sexe? s'écria-t-il.
Vous ne voyez chez moi qu'un motif mauvais en me
sacrifiant pour Oscar. »

Je commençais à m'apercevoir qu'il pouvait y avoir un
autre motif que celui dont il parlait. Peut-être avais-je
tort, mais je lui en voulais du ton dont il me parlait. A
n'importe quel autre j'aurais avoué ma méprise; à lui,
jamais!

« Pensez-y bien un moment, reprit-il d'un ton plus
calme et plus doux, et voyez comme vous m'avez mal
jugé. J'ai saisi... je vous jure que je vous dis la vérité...
j'ai saisi cette occasion de me rendre un objet d'horreur
pour Lucile dès que j'ai appris son erreur, car je me sentais faiblir de plus en plus dans ma résolution de l'éviter,
et je voulais que ce fût elle qui m'évitât. Je suppliai
Oscar de me laisser quitter Dimchurch; mais il me sup-
plia, au nom de l'affection qu'il avait pour moi, et je ne
pus résister. Est-ce là la conduite d'un misérable?... Un
misérable se serait-il trahi plus de douze fois, comme je
l'ai fait quand je vous ai parlé dans le kiosque? Je me
rappelle même avoir dit en propres termes que j'aurais
voulu ne jamais venir à Dimchurch. En disant ces paroles, je ne pouvais avoir qu'un but. Comment se fait-il

que vous ne m'ayez jamais même demandé ce que je voulais dire?

— Vous oubliez que je n'ai pas eu l'occasion de le
faire, Lucile nous ayant interrompus et ayant détourné
mon attention. Mais comment osez-vous me questionner
ainsi? De quel droit, ajoutai-je avec une irritation croissante causée par le ton qu'il prenait, vous faites-vous
juge de ma conduite? »

Il me regarda avec un vague étonnement.

« Moi... je me fais juge de votre conduite?

— Oui.

— Alors je pensais peut-être que si vous vous étiez
aperçue à temps de mon amour, vous auriez pu y mettre
un terme. Mais non, s'écria-t-il avant que j'eusse pu lui
répondre, rien n'aurait pu l'arrêter, rien ne m'en guérira
que la mort. Tâchons de nous entendre. Je vous demande
pardon si je vous ai blessée et je consens à être juste
envers vous si vous voulez être juste envers moi. »

Malgré la manière dont Nugent m'avait apostrophée,
je me sentais une secrète sympathie pour lui, comme je
l'ai déjà dit. Cependant je ne pouvais oublier qu'il avait,
quand Lucile avait arraché son bandeau, essayé d'attirer
son regard ; que le matin même il avait joué le rôle de
son frère auprès d'elle et qu'il avait laissé celui-ci
quitter, le cœur brisé, tout ce qu'il avait de plus cher au
monde pour se condamner à un exil volontaire. Je pouvais ressentir de la compassion pour lui, mais il m'était
impossible de l'absoudre. Je m'assis sans répondre.

Il revint à la question en parlant d'un ton poli, ce qui
ne l'empêcha pas de m'alarmer encore plus par ses
paroles.

« Je vous répète ce que je vous ai déjà dit, continua-t-
il. Je ne suis plus responsable de mes actes. Si j'ai
quelque connaissance de mon propre caractère, je crois
qu'il serait imprudent d'avoir confiance en moi pour l'a-
venir. Laissez-moi dire la vérité, pendant que je puis
encore la dire, et, quoi qu'il arrive dans la suite, rappelez-vous, je vous prie, que j'ai tout avoué franchement
ce soir.

« Un instant, lui dis-je, je ne comprends pas cette
manière de parler. Tout homme est responsable de ses
actions... »

Il m'interrompit par un geste d'impatience.

« Gardez votre opinion pour vous, madame, je ne la
discute pas. Vous verrez !... vous verrez ! Oui, le jour où
nous avons eu cette conversation dans le kiosque, au
presbytère, est pour moi un jour néfaste, car c'est à partir de ce jour que j'ai cessé les efforts que je faisais pour
ne pas trahir Oscar. J'en ai fait depuis, mais ce ne sont,
à tout prendre, que les élans du désespoir, et ils n'ont
rien pu faire contre la passion qui me possède et qui fait
mon malheur. Quant à résister, ne m'en parlez pas.
Toute résistance s'arrête à un certain point. Depuis le
temps dont je vous parle, ce point je l'ai atteint. Je vous
ai appris comment j'ai lutté contre la tentation aussi
longtemps que j'ai pu. Je n'ai plus qu'à vous dire comment j'ai fini par y céder. »

Le calme et la hardiesse avec lesquels il me parlait,
ainsi que ses subterfuges continuels et la manière dont il
se contredisait à chaque instant, m'indisposèrent de nouveau contre lui. J'en étais à la fois irritée et ébahie. Il
eût été plus facile de saisir du vif-argent que de le
mettre au pied du mur.

« Vous rappelez-vous le jour où Lucile se mit en colère et vous reçut si mal aux Sables ? »

Je lui fis signe que oui.

« Vous disiez tout à l'heure que j'avais joué le rôle
d'Oscar. C'était la première fois que cela m'arrivait. Vous
êtes-vous donné seulement la peine de réfléchir aux
motifs qui me faisaient agir ainsi ?

— Si je m'en souviens bien, lui dis-je au hasard, je
croyais que vous vouliez vous amuser en faisant une
mauvaise plaisanterie aux dépens de Lucile.

— Eh bien non ; je voulais, ce qui est bien pis, voir
jusqu'à quel point je pouvais la tromper, et l'épouser si
je pouvais seulement vous tromper tous et l'emmener
avec moi. Le démon me possédait. Je ne sais comment
cela eût fini si Oscar n'était entré et si Lucile n'avait

éclaté... Sa colère m'effraya et me fit de la peine... Enfin
elle me fit revenir à de meilleurs sentiments. J'ai alors
parlé précipitamment de l'espoir qu'il y avait de lui
rendre la vue, seul moyen de détourner son esprit du
lâche artifice par lequel, profitant de son infirmité, je
l'avais trompée. Ce soir-là, madame Pratolungo, mes
remords m'ont fait souffrir d'une manière qui vous aurait satisfaite. A la première occasion, je réparai mes
torts envers Oscar. Je défendis ses intérêts et je lui mis
même dans la bouche ce qu'il devait dire à Lucile...

— Quand ?.... Où ?.. Comment ?... m'écriai-je.

— Quand les deux médecins nous eurent quittés, dans
le boudoir de Lucile. Dans la chaleur de la discussion
que nous avions pour savoir si elle devait subir l'opération tout de suite, ou épouser Oscar et se mettre ensuite
entre les mains d'Herr Grosse, vous vous rappellerez que
je fis tout pour déterminer Lucile à épouser mon frère
d'abord. Ce fut en vain. Vous êtes venue opposer à mes
arguments tout le poids de votre influence. Peu importe !
J'avais fait cela d'impulsion, poussé par le désespoir.
Quand une nouvelle tentation est venue m'assaillir, je
me suis conduit en misérable, comme vous le dites.

— Je n'ai rien dit, répondis-je brièvement.

— Fort bien, comme vous le pensez, alors. Aviez-vous
des soupçons sur moi quand vous m'avez rencontré dans
le village, hier ? Assurément, vous avez dû lire dans mon
cœur. »

Je répondis en inclinant la tête. Je ne voulais pas
m'engager dans une nouvelle querelle. Quoiqu'il fatiguât
ma patience, je voulais essayer, dans l'intérêt de Lucile,
de ne pas me fâcher avec lui.

« Alors vous avez caché votre découverte d'une manière merveilleuse quand j'ai voulu savoir s'il en était
ainsi. Vous autres gens vertueux, vous réussissez assez
bien quand vos intérêts vous forcent à user de ruse.
Inutile de vous dire quelle fut la nature de cette nouvelle
tentation d'hier. Quelle folie de croire que ce premier
regard d'amour et de bonheur jaillissant de ses yeux qui
s'ouvraient pour la première fois, j'allais le laisser tomber

sur un autre que moi. Aucun mortel, l'aimant comme je l'aime, n'aurait agi autrement. J'aurais pu tomber à genoux devant Grosse quand il me proposa innocemment de prendre la place que j'avais la résolution d'occuper. Vous vous êtes alors aperçue de ce qui se passait en moi et vous avez fait de votre mieux, avec une admirable habileté, je le reconnais, pour me contrecarrer. Oui, vous qui posez pour des modèles de vertu, vous pouvez trouver autant d'expédients et vous montrer aussi rusées que le plus fin d'entre nous quand vous voulez bien vous y mettre. Vous avez vu comment tout s'est passé. La fortune est venue au dernier moment me prendre par la main ; elle luit comme le soleil pour le juste et pour le méchant ! Son premier regard a été pour moi. Ses yeux ont reflété sur moi la lueur de joie qui les animait. »

Je ne pus en entendre davantage.

« Ouvrez la porte ! dis-je à Nugent. Je suis honteuse de me trouver avec vous !

— Et cela ne m'étonne pas. Moi aussi, je suis honteux de moi-même. »

Il n'y avait rien de cynique ou d'insolent dans le ton dont il prononça ces paroles. Cet homme, qui venait à l'instant de se vanter de sa victoire sur l'innocence et le malheur d'une façon si abominable, avait l'air à présent de se repentir sincèrement de sa conduite.

Si je m'étais aperçue qu'il se moquât de moi ou qu'il jouât l'hypocrisie, j'aurais su ce qu'il me restait à faire. Mais, je le répète, tout invraisemblable que cela soit, il se repentait sincèrement, et sans aucun doute, de ce qu'il venait de dire.

Malgré toute mon expérience du monde et tous les caractères bizarres que j'avais rencontrés, j'hésitais à sortir ou à rester. J'étais complétement intriguée.

« Me croyez-vous ? me dit-il.

— Je ne vous comprends pas, » répondis-je.

Il sortit de sa poche la clef de la porte et la mit sur la table, près du siége que je venais de quitter.

« Je perds la tête quand je parle de Lucile ; je donnerais tout ce que j'ai au monde pour n'avoir pas dit les

paroles que je viens de dire, et aucune expression n'est
assez forte pour les stigmatiser. Elles m'ont échappé
malgré moi. Je crois même que si Lucile avait été présente, je n'aurais pu me contenir. Partez si vous voulez,
je n'ai pas le droit de vous retenir ici après ma conduite. Voici la clef, prenez-la. Mais réfléchissez un peu
avant de me quitter. Vous aviez, lorsque vous êtes
entrée, quelque chose à me proposer. Faites comme il
vous plaira. Vous pourriez, par votre influence, amener
mon repentir et me faire revenir à de meilleurs sentiments. »

Quel était le rôle qu'il me faisait remplir, celui d'une
âme compatissante ou celui d'une sotte dupe? Je revins
à ma chaise et je résolus de lui donner une dernière occasion de s'expliquer.

« Vous êtes bien bonne, me dit-il, vous me rendez un
peu de courage et vous me montrez que je ne suis pas
indigne de votre bonté. J'ai eu un élan généreux dans
cette chambre, hier. Ça aurait pu être mieux que cela,
si une nouvelle tentation n'était venue m'assaillir.

— Quelle tentation?

— La lettre d'Oscar a dû vous en informer; c'est lui
qui m'a donné cette tentation. Cette lettre a dû vous
apprendre...

— Rien de semblable...

— Ne vous apprend-elle pas que j'ai offert de quitter
Dimchurch pour toujours? J'avais l'intention de remplir
ma promesse. Je vis l'angoisse du pauvre garçon au moment où, assisté de Grosse, je conduisais Lucile à sa
chambre; s'il m'avait donné la main en me disant adieu
à ce moment-là, je serais parti. Il ne l'a pas fait et il a
demandé à réfléchir; puis il est revenu, décidé à se sacrifier...

— Pourquoi avez-vous accepté ce sacrifice?

— Parce qu'il m'en a donné la tentation.

— Il vous en a donné la tentation?

— Oui, ne m'a-t-il pas tenté en me donnant la liberté
de plaider ma propre cause devant Lucile? Ne m'a-t-il
pas montré en perspective mon mariage avec Lucile?

Pauvre garçon ! quand il aurait dû au contraire me conseiller de partir ! Comment aurais-je pu lui résister ? Blâmez, si vous le voulez, la passion qui me possède corps et âme, mais ne me blâmez pas. »

Je jetai un regard sur le livre qu'il lisait quand j'étais entrée. Il empruntait ses sophismes à Rousseau.

« Bon, me dis-je, s'il me débite du Rousseau falsifié, je m'en vais, moi, lui donner du pur Pratolungo. »

Je me sentais en humeur de le combattre.

« Comment un homme de votre intelligence peut-il s'abuser à ce point ? dis-je. Votre existence future avec Lucile ! Mais on n'ose pas y songer tant ce serait affreux. Supposons, — soyez tranquille, cela n'arrivera pas tant que je vivrai, — qu'elle soit votre femme. Quelle vie atroce pour vous deux ! Croyez-vous que vous pourrez jouir d'une minute de repos avec cette pensée, toujours présente à votre esprit : J'ai volé à Oscar la femme qu'il aimait ; j'ai perdu son existence et je lui ai déchiré le cœur. Et vous aimez votre frère ! Vous ne pourriez regarder Lucile, lui parler ou la toucher sans que cet amer remords vînt empoisonner votre existence. Et Lucile ! Quelle épouse auriez-vous là quand elle saurait ce que vous avez fait pour l'avoir ? Je ne sais lequel des deux elle haïrait le plus, vous ou elle-même. Elle ne pourrait voir un homme passer dans la rue sans se demander s'il a jamais commis une action aussi vile que son mari. Elle ne pourrait voir une femme mariée sans être rongée par l'envie et le regret, et sans se dire : Quelle que soit la conduite de ton mari, il n'a pu t'épouser comme le mien m'a épousée. Vous, heureux ? Vous pourriez endurer une pareille vie ? Tenez, j'ai mis depuis que je suis avec Lucile quelques livres de côté. Je vous parie jusqu'au dernier liard de ce que je possède que vous seriez séparés de votre propre consentement avant six mois de mariage. Eh bien, maintenant, à quoi vous décidez-vous ? Voulez-vous quitter l'Angleterre ou rester ici ? Voulez-vous agir en honnête homme et ramener Oscar, ou l'abandonner et vous plonger irrévocablement dans l'infamie ? »

Un éclair lui passa dans les yeux et le sang lui monta

au visage. Il se releva et courut ouvrir la porte. Allait-il me chasser ou partir pour l'étranger?

Il appela son domestique.

« James!

— Monsieur?

— Vous fermerez complétement la maison aussitôt que nous l'aurons quittée, Mme Pratolungo et moi. Je ne reviendrai pas. Vous ferez ensuite ma valise et vous me l'enverrez à l'Hôtel Nagle, à Londres. »

Il revint vers moi après avoir fermé la porte.

« Vous avez refusé de me serrer la main en arrivant ici. La prendrez-vous maintenant? Je pars en même temps que vous et je ne reviendrai qu'avec Oscar. »

Je lui serrai les deux mains dans les miennes sans pouvoir dire un mot, tant sa conduite m'étonnait. Je me demandai si je rêvais ou si j'étais dans mon bon sens.

« Allons, lui dis-je enfin, je vais vous accompagner jusqu'à la porte du presbytère. Vous ne pouvez vous en aller ce soir. Le dernier train est parti il y a longtemps.

— Pardon! Je puis aller à pied jusqu'à Brighton, y coucher, et prendre le train pour Londres demain matin. Rien ne me fera passer encore une nuit ici. Permettez-moi, avant que j'éteigne la lampe, de vous poser une autre question.

— Quoi?

— Avez-vous cherché les traces d'Oscar tandis que vous étiez à Londres aujourd'hui?

— Je suis allée chez un homme de loi et me suis arrangé avec lui de mon mieux.

— Veuillez me donner le nom et l'adresse de cet homme. »

Nugent me tendit son carnet, où j'écrivis ce qu'il me demandait, puis il éteignit la lampe et me conduisit dans le corridor.

« Adieu, James, dit-il au domestique, qui restait tout ébahi, en prenant sa canne et son chapeau, je m'en vais ramener votre maître aux Sables. »

Il me prit le bras, et, un instant après, nous nous diri-

gions vers le village par la vallée plongée dans l'obscurité
de la nuit.

Pendant tout le chemin, il me parla avec une volubilité
fiévreuse. Évitant avec soin toute allusion à l'entrevue
étrange et orageuse que nous venions d'avoir, il se mit à
se vanter avec plus d'assurance que jamais des chefs-
d'œuvre qu'il allait donner au monde; de sa mission, qui
était de réconcilier l'homme et la nature en reproduisant
pour le bien de l'humanité souffrante les scènes les plus
grandioses sur une vaste échelle. On devait voir en lui
non pas un simple paysagiste, mais le rédempteur de l'art.
Enfin il me répéta tout ce qu'il m'avait déjà dit sur ce
qu'il avait l'intention de faire et me fit part de toutes ses
espérances. Ce ne fut qu'au moment où nous approchions
de la porte du presbytère qu'il parla, fort brièvement, il
est vrai, de notre entrevue.

« Eh bien! dit-il, je regagne votre estime, et croyez-
vous maintenant qu'on puisse trouver de bons sentiments
chez moi? L'homme est un être d'une nature complexe,
et sur... dix mille femmes on ne trouverait pas votre pareille. Tenez, embrassez-moi. »

Il m'embrassa sur les deux joues.

« Et maintenant, à la poursuite d'Oscar! » s'écria-t-il
gaiement.

Il agita son chapeau en l'air et disparut dans les ténèbres.

Je restai à la porte jusqu'à ce que le bruit de ses pas se
fût perdu dans le silence de la nuit.

Un découragement indescriptible me saisit.

A peine fus-je seule, que je me pris à douter de la sin-
cérité de Nugent.

« Se pourrait-il que j'eusse à refaire un jour tout ce
que j'ai fait ce soir? » me dis-je en ouvrant la porte du
presbytère.

M. Finch me barra le chemin en agitant triomphalement
à mes yeux un manuscrit assez considérable.

« C'est la lettre que j'écris à Nugent, et où je lui fais
des remontrances toutes chrétiennes. »

J'interrompis le recteur en lui faisant connaître que

Nugent avait quitté les Sables après notre entrevue, que je décrivis le plus brièvement possible.

M. Finch regarda sa lettre. Quoi! ces pages pleines d'éloquence ne serviraient à rien? Non, il n'en serait pas ainsi.

« Vous avez agi sagement, très-sagement même, vu les circonstances, me dit-il avec condescendance. Mais moi, je n'agirais pas sagement si je détruisais ces feuillets. »

Il renferma soigneusement son manuscrit, se tourna vers moi avec un sourire mystérieux, et me dit, avec une humilité feinte : « Je crois qu'on aura besoin de ma lettre. Sans vouloir vous décourager, je vous demanderai si l'on peut avoir confiance en Nugent Dubourg. »

Ces paroles étaient dites par un sot, qui ne les aurait jamais prononcées s'il n'avait écrit cette lettre dont il était si fier; et cependant elles s'accordaient trop bien avec mes propres inquiétudes et avec le doute de lui-même exprimé si catégoriquement par Nugent pour ne pas m'impressionner.

Je souhaitai le bonsoir au recteur, je montai. Lucile était couchée et dormait.

La vue de Lucile, si belle et si calme dans le sommeil, me rendit si triste que je détournai la tête après l'avoir regardée un instant. Je jetai sur elle un dernier regard et je ne pus m'empêcher de répéter les paroles de M. Finch : « Nugent est-il digne de confiance? »

VI.

ÉTUDE.

Le lendemain amena des réflexions qui n'étaient pas des plus agréables et un sérieux embarras, auquel je n'a-

vais pas songé en quittant Nugent aux portes du presbytère.

Les frères avaient quitté les Sables.

Qu'allais-je dire à Lucile quand elle ne recevrait pas la
visite promise de celui qu'elle croyait être Oscar?

Dans quel labyrinthe un premier mensonge, qui en
avait entraîné d'autres à sa suite, nous avait-il placés!

Des malheurs consécutifs étaient venus nous en punir,
et maintenant, seule pour faire face aux difficultés de
notre position, je me voyais forcée de continuer à tromper
Lucile!

J'étais fatiguée et honteuse du rôle que je jouais.

Ayant appris que Lucile ne s'attendait à recevoir la
visite de Nugent que dans l'après-midi, j'évitai d'en parler au déjeuner et je m'arrangeai pour occuper la jeune
fille à son piano. Quand elle fut fatiguée de jouer et qu'elle
se remit à parler d'Oscar, je mis mon chapeau et je m'en
allai faire quelques-unes des emplettes de Zillah, pour
éviter momentanément la nécessité de tromper encore
Lucile. Le temps était en ma faveur; il menaçait de pleu-
voir, ce qui fit que Lucile ne me proposa pas de m'accompagner.

Après m'être arrêtée dans une ferme sur la route de
Brighton, je poursuivis mon chemin malgré la pluie qui
commençait à tomber. Je ne craignais pas l'eau pour ma
toilette et, du reste, j'aimais mieux, dans l'état d'esprit où
j'étais, recevoir une averse que de rentrer au presbytère.

Un mille plus loin, je vis sur la route une voiture
ouverte qui venait de Brighton.

Le tablier était levé, pour protéger contre la pluie celui
qui l'occupait.

Je reconnus la voix de Grosse qui, en me voyant, cria
au cocher d'arrêter. Le galant médecin me força à monter
à ses côtés et à l'accompagner au presbytère.

« Nous ne nous attendions pas, lui dis-je, à l'agréable
surprise de vous voir. Je croyais que vous ne deviez
revoir Lucile qu'à la fin de la semaine.

Grosse me regarda fixement, avec une gravité que
n'aurait pas désavouée M. Finch lui-même.

J'avais eu l'intention de faire à Herr Grosse d'assez vives remontrances sur son imprudence de mener Lucile aux Sables. Il était alors inutile de les lui faire, et doublement inutile d'espérer qu'il me permît de me tirer d'embarras en disant la vérité à Lucile.

« Vous savez mieux que personne ce qu'il convient de faire, lui dis-je. Mais vous ne vous doutez guère de ce qu'il nous en coûte d'observer vos instructions. »

Il m'interrompit vivement.

« Fous ferrez fous-même si ça n'en faut pas la peine. Si l'examen de ses yeux me satisfait, che permettrai à ma belle Lucile de les exercer aujourd'hui même. Fous ferrez, femme obstinée, s'il serait sache d'ajouter encore à l'agitation, à l'irritabilité, à l'épuisement, enfin à doutes les diapleries dont elle souffre en apprenant à exercer sa fue abrès avoir été afeugle doute sa vie. Tenez, n'en barlons blus jusqu'à ce que nous soyons au presbytère. »

Voulant changer le sujet de la conversation, le docteur Grosse me fit une question à laquelle j'eus à répondre avec prudence.

« Comment va mon cheune et indelligent ami Nugent? me demanda-t-il.

— Très-bien. »

Je m'arrêtai, hésitant à m'aventurer su un terrain dangereux.

« Écoutez-moi pien, reprit Herr Grosse. M n ami Nugent faut mieux que fous tous. Il sait dranq 'liser Lucile, et ch'entends qu'il continue à lui rendr isite, en tépit de ce ballon gonflé de vent de M. Finc Che lo répète, che feux que Nugent ait ses entrées ans la maison. »

Force m'était d'apprendre au docteur que le frèr d'Oscar était parti et que c'était moi qui étais la caus e ce départ.

Je crus un instant que le grand savant allait tout n-plement m'administrer une paire de soufflets.

Il serait impossible de rendre l'affreux jargon dans quel il exhala sur moi sa colère. Qu'il me suffise de di qu'il déclara d'une importance capitale pour la guériso d'une malade aussi irritable et aussi délicate que la sienne le rôle indigne que jouait Nugent en l'absence de son frère.

J'eus beau lui faire observer que Nugent n'avait quitté Dimchurch que pour ramener son frère et détromper Lucile, il refusa tout net d'entendre mes raisons. Il me dit, en jurant, que mon intervention lui créait des obstacles, et que, n'était son affection pour Lucile, il ordonnerait sur l'heure au cocher de retourner à Brighton et nous laisserait nous tirer d'affaire.

En arrivant devant la grille de la maison, le docteur se calma un peu. Il me rappela, tandis que nous traversions le jardin, que j'avais promis d'être présente quand il lèverait le bandeau de Lucile.

Herr Grosse annonça brièvement à Lucile que, n'étant pas retenu à Londres, il avait avancé le jour de sa visite.

« Comme fous n'afez rien à faire par un chour aussi bluvieux, dit-il, fous montrerez au père Grosse comment fous pouvez vous servir de vos yeux, maintenant que je fous ai rendu la fue. »

En disant ces mots, le docteur enleva le bandeau; et, prenant le menton de Lucile, il examina ses yeux à l'œil nu d'abord, puis avec la loupe.

« Trouvez-vous que je vais mieux? demanda Lucile avec anxiété.

— Très-pien, lui répondit-il. Fous allez, comme on dit en Amérique, *first-class*. Allons, un premier regard de reconnaissance pour le père Grosse, puis examinez ce qui fous entoure. »

Il n'y avait pas à s'y tromper. Herr Grosse était non-seulement satisfait, mais triomphant.

« Soh! fit-il avec un grognement en se tournant vers moi, pourquoi M. Sebright n'est-il pas ici pour foir la cure que ch'ai opérée ? »

Je m'approchai de Lucile avec empressement. Je remarquai que ses yeux étaient encore un peu troubles et un peu égarés.

Mais quel changement s'était opéré en elle et comme sa

beauté était augmentée de ce nouveau sens! Son sourire toujours charmant se répandait de ses lèvres à ses yeux, et donnait à son visage une expression irrésistible.

Je ne pouvais m'empêcher de l'embrasser. Je m'approchai d'elle pour le faire et pour la féliciter, mais Herr Grosse m'arrêta.

« Non, me dit-il. Allez à l'extrémité de la chambre pour foir si elle saura aller jusqu'à fous. »

J'ignorais, comme tant d'autres, quelles difficultés immenses éprouvent les aveugles de naissance à qui l'on a rendu la vue à exercer ce sens nouveau pour eux. On croirait assister aux efforts d'un enfant qui apprend à marcher, et sans la conversation amusante de Grosse, j'aurais éprouvé un sentiment des plus pénibles.

Ma pauvre Lucile, au lieu de me causer la joie que j'espérais, aurait fait couler mes larmes et m'aurait déchiré le cœur.

« Allons, dit Grosse en lui prenant le bras et en me montrant, la foilà devant fous. Poufez-vous aller chusqu'à elle?

— Naturellement.

— Eh pien, je fous parie dix mille lifres contre six pence que vous ne le faites pas. Essayez un peu. »

Lucile, répondant par un geste de défi, fit trois pas en avant ; mais, toute surprise et effrayée, elle s'arrêta subitement avant d'avoir fait la moitié du chemin qui me séparait d'elle.

« C'est ici que je l'ai vue, dit-elle en jetant un regard affligé sur Grosse et en montrant du doigt l'endroit où elle s'était arrêtée. Je l'aperçois et je ne sais où elle est. Elle me semble si près qu'on dirait qu'elle me touche les yeux, et cependant je ne puis la saisir. Qu'est-ce que cela veut dire, mon Dieu ?... s'écria-t-elle en faisant un autre pas et en agitant ses mains dans le vide, en croyant me saisir.

— Cela feut dire que fous avez six pence à me payer, dit Herr Grosse. Ch'ai gagné mon pari. »

Lucile se fâcha de la plaisanterie du docteur. Elle secoua la tête et fronça ses beaux sourcils.

« Attendez un peu, lui dit-elle, vous n'avez pas encore gagné. Vous allez voir. »

Tout à coup elle marcha jusqu'à moi, comme j'aurais marché jusqu'à elle si nous avions changé de place.

« Che fous parie cette fois-ci vingt mille livres contre une pièce de quatre pence que, pour arriver à fous, elle a fermé les yeux. »

Il ne se trompait pas. Les yeux fermés, Lucile pouvait mesurer les distances exactement, ce qu'elle était incapable de faire les yeux ouverts !

Son innocente supercherie découverte, la pauvre fille s'assit en soupirant.

« C'était bien la peine, me dit-elle avec tristesse, d'endurer l'opération pour arriver à un pareil résultat. »

Grosse nous rejoignit à l'autre bout de la chambre.

« Batience, dit-il. Vos yeux finiront par apprendre à y voir. Ah ! che m'en fais fous donner une première leçon. Fous avez fos idées à fous sur les couleurs et ainsi de suite? Quelles étaient dans fotre imagination les couleurs que fous auriez le mieux aimé à contempler si fous aviez eu l'usage de fos yeux?

— Le blanc d'abord, répondit-elle, puis l'écarlate. »

Herr Grosse réfléchit un instant.

« Quant au blanc, che le comprends fort pien. Doutes les cheunes filles aiment le blanc. Mais pourquoi l'écarlate? Afiez-fous quelque notion de cette couleur quand fous étiez aveugle ?

— Oui. Quand on me montrait un objet de cette nuance, je sentais quelque chose me passer devant les yeux.

— Les bersonnes atteintes te la cataracte voient bresque cette couleur, dit Grosse en se parlant à lui-même. Il doit y avoir une raison à cela et il faudra que che la découfre. Quelle était la couleur qui fous était la plus désagréable?

— Le noir. »

Herr Grosse remua la tête.

« C'est pien ça, dit-il, les aveugles détestent le noir. Il faudra que ch'en cherche aussi la raison. »

Le docteur s'approcha du bureau, où il prit une feuille
de papier et un essuie-plume de drap écarlate. Il chercha
ensuite autour de lui et prit le chapeau en feutre noir
qu'il avait porté pendant son voyage de Londres. Il
rangea le chapeau, le papier et l'essuie-plume à côté l'un
de l'autre ; mais, avant que le docteur eût pu lui poser
une question, Lucile indiqua le chapeau avec un geste de
mécontentement.

« Otez-le de là ! dit-elle. Je n'aime pas à voir cet objet.

— Attendez un peu, me dit Herr Grosse à l'oreille.
Cette antipathie n'est pas si exdraortinaire que fous le
pensez. Les afeugles qui recoufrent la vue l'ont tous. »

Il se tourna vers Lucile et lui demanda si elle pouvait
distinguer sa couleur favorite parmi ces trois objets.

Lucile dédaigna le chapeau, prit l'essuie-plume, le
regarda, et le posa sur la table. Elle en fit de même pour
la feuille de papier.

Elle réfléchit ensuite un instant et ferma de nouveau
les yeux.

« Un instant! s'écria Grosse. Comment osez-fous fermer
les yeux devant moi ? Quoi, che fous rends la vue, et
fous fous conduisez ainsi! Oufrez les yeux tout de suite,
ou che fous mets en pénitence dans un coin comme une
méchante petite fille que fous êtes. Allons, dites-moi où
sont vos couleurs de prédilection ? »

Lucile ouvrit les yeux avec répugnance et examina de
nouveau le papier et l'essuie-plume.

« Je ne vois ici rien qui approche de l'éclat des couleurs
que j'aime. »

Herr Grosse tint devant elle la feuille de papier et continua à l'interroger sans pitié.

« Quoi! lui dit-il, me soutiendrez-fous que le blanc est
plus brillant que ceci ?

— Cinquante mille fois plus blanc.

— Pon. Che fous donne fotre première leçon, ma chère,
répondit Herr Grosse en tirant de la poche de son tablier
le mouchoir de Lucile. Tenez, ce mouchoir est blanc
ainsi que ce papier, et che tiens dans la main deux objets
de la couleur que vous préfériez étant aveugle.

— Quoi ! ils sont blancs ! » dit-elle en indiquant du doigt le mouchoir et le papier posés sur la table par le docteur, tandis que sa figure exprimait le désappointement.

Elle tourna et retourna l'essuie-plume et le chapeau, et me regarda.

Herr Grosse, qui attendait pour faire un nouvel essai, me laissa le soin de questionner Lucile.

Le résultat fut le même que pour le papier et le mouchoir. L'écarlate n'était pas à moitié aussi brillant, le noir était cent fois moins noir que ce qu'elle s'était imaginé étant aveugle. Et cependant cette dernière expérience sur cette dernière couleur lui avait rendu un peu d'espoir, en produisant chez elle une impression désagréable et analogue à celle qu'avait produite sur elle la figure du pauvre Oscar, sans qu'elle sût que c'était la couleur qu'elle haïssait tant.

La pauvre enfant, faisant un effort pour se rebiffer contre son professeur, lui dit qu'elle n'avait pu souffrir la vue de ce chapeau, sans savoir cependant qu'il était noir.

Elle voulut, en parlant ainsi, jeter le chapeau sur une chaise qui se trouvait près d'elle, mais elle se trompa et le lança par-dessus la chaise, contre le mur, et à six pieds plus loin que le but qu'elle visait.

« Je ne suis qu'une pauvre sotte, s'écria-t-elle les joues rouges de honte. Je ne veux pas qu'Oscar me voie. L'idée de paraître ridicule à ses yeux m'est intolérable. Il va venir, ajouta-t-elle en se tournant vers moi d'un air suppliant. Arrangez-vous pour trouver une excuse qui lui fasse remettre sa visite à plus tard. »

Je promis ce que me demandait Lucile, d'autant plus volontiers que je voyais là une occasion pour l'habituer à l'absence d'Oscar pendant qu'elle apprenait à s'exercer la vue.

La jeune fille reprit en s'adressant à Herr Grosse avec impatience : « Allons, faites en sorte que je ne sois pas aussi maladroite qu'une idiote, ou mettez-moi mon bandeau. Mes yeux ne me servent à rien, entendez-vous ?

dit-elle en saisissant avec rage le docteur par ses larges épaules et en le secouant de toute sa force. Oui, mes yeux ne servent à rien.

— Allons, allons, calmons-nous, petite tiaplesse, où je ne fous apprendrai plus rien, répondit Herr Grosse en prenant la feuille de papier et l'essuie-plume, qu'il plaça sur ses genoux en la forçant à s'asseoir. Safez-vous distinguer entre ce qu'on appelle un corps rond et ce qu'on appelle un corps carré ? »

Au lieu de répondre au docteur, Lucile se tourna vers moi.

« N'est-ce pas monstrueux, s'écria-t-elle, de l'entendre me poser une question aussi humiliante ? Sais-je distinguer un objet carré ? Tenez, j'en suis tellement honteuse que je vous prie de ne rien dire de ceci à Oscar.

— Mais, puisque fous le savez, dites-le-moi, reprit Herr Grosse. Regardez bien ces deux objets qui sont sur vos genoux. Sont-ils tous deux ronds ou carrés ? Diffèrent-ils de forme ? »

Elle les examina, mais ne répondit pas.

« Eh bien ? dit Grosse, j'attends.

— Tenez, vous me troublez en me fixant ainsi à travers vos affreuses lunettes, répondit-elle avec irritation. Détournez les yeux, et je vous répondrai tout de suite. »

Grosse détourna la tête avec son sourire diabolique et me fit signe de la surveiller à sa place.

A peine le docteur avait-il le dos tourné que Lucile, fermant les yeux, se mit à palper des doigts les bords du feuillet et de l'essuie-plume.

« L'un est rond, l'autre est carré, » répondit-elle juste à temps pour que Grosse, qui se retournait à ce moment, ne pût s'apercevoir de sa ruse.

Herr Grosse, qui comprenait parfaitement qu'elle venait de le tromper, lui prit des mains les deux objets et les remplaça par une soucoupe en bronze et par un livre.

« Lequel est rond ? » lui demanda-t-il en les tenant devant elle.

Elle examina tour à tour le livre et la soucoupe, incapable de se tirer d'affaire rien que par l'usage de ses yeux.

« Cho fous embarrasse, hein... ma cholie Lucile? dit Grosse; fous no poufez pas fermer maintenant les yeux sans que cho m'en aperçoive. »

Lucile rougit et pâlit.

Je craignis de la voir fondre en larmes.

Herr Grosse savait la prendre ; ce vieillard excentrique et si mal léché montrait le tact le plus admirable.

« Fermez les yeux, dit-il à Lucile d'une voix caressante. C'est, en effet, la manière d'apprendre à y foir. Fermez les yeux, prenez-les dans fotre main, et dites-moi si c'est le livre qui est carré ou la soucoupe »

Lucile lui répondit sans se tromper.

« Pon! maintenant oufrez les yeux et constatez vou-mème que c'est la soucoupe que vous tenez tans la main droite et le livre tans la main gauche. Pon ; maintenant, remettez-les sur la table et foyons ce que nous allons faire ensuite.

— Pourrais-je essayer d'écrire? lui demanda-t-elle vive-ment. J'aimerais tant voir si je puis écrire en ouvrant les yeux au lieu de me guider avec la main.

« Non, dix mille fois non. Cho fous le défends, aussi bien que d'essayer de lire. Fenez avec moi à la fenêtre et foyons si fous pouvez voir, de ces yeux qui fous causent tant de chagrin, les objets éloignés. »

Pendant que nous étions occupés, le temps s'était éclairci. Le soleil sortait de derrière les nuées, et le bleu du ciel commençait à reparaître. L'ombre des nuages poussés par le vent passait majestueuse sur les col-lines.

Lucile, muette d'admiration, leva les bras en l'air lors-que le docteur ouvrit la fenêtre.

« Oh ! s'écria-t-elle, ne me parlez pas, ne me touchez pas, laissez-moi toute à mon bonheur! Au moins je ne trouve pas ici que déboire et désenchantement. Non, jamais je n'ai rêvé quelque chose d'aussi beau que ce que je vois. »

Herr Grosse se tourna vers moi et m'indiqua d'un geste Lucile plongée dans l'extase par la vue sublime de la terre et du ciel, qui lui apparaissaient pour la première fois, tremblant de tous ses membres.

Je compris que le geste du docteur voulait dire : Voyez à quelle nature délicate nous avons affaire ! Saurait-on prendre trop de précautions avec un tempérament aussi sensible?

Je tremblai, moi aussi, en songeant à l'avenir. Tout à présent dépendait de Nugent, et Nugent m'avait dit en propres termes qu'il n'avait pas confiance en lui-même.

Je me sentis soulagée quand Herr Grosse tira Lucile de sa contemplation.

La jeune fille eut beau le supplier de la laisser encore quelques instants à la fenêtre, il fut inexorable.

Lucile, passant d'un extrême à l'autre, lui dit avec colère qu'elle était maîtresse chez elle, et qu'elle ferait comme elle l'entendrait.

« Pien, à votre guise, lui répondit Grosse sans hésiter; fatiguez-fous pien les yeux, et demain, quand fous regarderez par la fenêtre, fous n'y ferrez plus rien. »

La jeune fille, terrifiée par cette menace, aida elle-même à replacer le bandeau sur ses yeux et demanda, avec la soumission et la naïveté d'un enfant, si elle pouvait retourner dans sa chambre occuper sa pensée de ce qui venait de la ravir d'admiration.

Le docteur consentit à ce qu'elle demandait, d'autant plus qu'il approuvait tout ce qui pouvait tendre à calmer sa malade.

« Si Oscar venait, me dit Lucile en passant près de moi pour gagner la porte, n'oubliez pas de me le faire savoir, et ne lui parlez pas surtout des bévues que je vins de commettre. »

Elle continua après un moment de réflexion : « Je n'y comprends rien; je n'ai jamais été aussi heureuse de ma vie, et cependant je me sens près de pleurer. »

Elle se tourna vers Herr Grosse.

« Venez, papa Grosse, que je vous donne un baiser; vous avez été bien bon pour moi aujourd'hui. »

Elle posa légèrement les mains sur les épaules du doctour et l'embrassa sur sa joue rude et ridée, puis elle me pressa doucement la taille et s'en alla.

Herr Grosse se tourna subitement vers la fenêtre et, pour la première fois, je crois, son immense foulard lui servit à un usage inusité depuis bien des années.

VII.

SUR LA PISTE.

« Madame Pratolungo!

— Herr Grosse? »

Le docteur remit son foulard dans sa poche et se retourna tenant sa vaste tabatière, après avoir maitrisé son émotion.

« Eh pien, me dit-il en frappant un coup sur la boîte à thé où il mettait son tabac, oserez-vous maintenant tire à ma charmante Lucile lequel des deux frères l'a quittée à tout chamais? »

Il n'est pas facile de trouver une limite à l'entêtement d'une femme quand un homme lui demande d'avouer qu'elle s'est trompée. Après ce que je venais de voir, je n'aurais pas plus osé avouer la vérité à Lucile que le docteur, et cependant j'étais trop obstinée pour le reconnaître.... du moins pour le moment.

« Écoutez pien, dit-il. Que vous lui fassiez peur, que fous l'irritiez, ou que fous la chagriniez, c'est tout un; ce sont ses yeux, qu'elle a encore si faibles, qui en souffriront. Sa vue est encore si imparfaite et si faible que che fous demanderai encore une fois la permission de coucher ici cette nuit afin de foir demain matin si l'effort que je leur ai imposé aujourd'hui n'a pas été trop grand.

Che vous le demande une dernière fois.... auriez-vous l'affreux courage de lui dire la vérité? »

Le docteur me mettait enfin au pied du mur. Je fus forcée, bien contre mon gré, d'admettre que ce qu'il y avait de mieux à faire était de lui cacher la vérité jusqu'à nouvel ordre.

Je voulus ensuite savoir quelle serait la manière la plus sûre d'expliquer à Lucile l'absence d'Oscar. Le docteur me répondit que ce n'était pas à un homme à en apprendre à une femme sur la question des prétextes et des subterfuges.

« Che n'ai pas fréquenté aussi longtemps le monde sans y acquérir quelque expérience, me dit-il. Quand il s'agit de mentir et pour se tirer d'une affaire épineuse, croyez-moi, une femme en sait plus qu'un homme. Foulez-fous fenir faire un tour avec moi au chardin? J'ai encore quelque chose à fous dire et ch'ai à la fois soif et faim de ceci. »

En parlant ainsi, il tira sa pipe, qu'il me montra. Je le suivis.

Le docteur, après avoir aspiré voluptueusement sa première bouffée, me causa une grande surprise en m'annonçant qu'il avait l'intention d'envoyer sans retard Lucile aux bains de mer, pour deux raisons : il voulait affermir sa santé et l'empêcher de faire quelque découverte pénible par les cancans du presbytère et du village.

Herr Grosse avait de M. Finch et de son ménage la plus triste opinion. Sa méfiance et son aversion pour le recteur surtout n'avaient pas de bornes. Il appelait le papa de Dimchurch le singe à la longue langue, et lui attribuait les penchants pervers de cet animal.

Le docteur avait choisi Ramsgate comme étant à une distance sûre de Dimchurch et assez près de Londres pour lui permettre d'aller voir Lucile fréquemment. Il ne manquait plus que ma coopération à son plan. Il se chargeait, si je pouvais accompagner Lucile, de parler au singe à la longue langue, et nous pourrions partir pour Ramsgate avant la fin de la semaine.

6

Y avait-il quelque obstacle à ce qu'il me proposait?
Aucun.

Mon anxiété au sujet de Lucile d'un côté, et au sujet
de mon père de l'autre, n'avait plus heureusement de
raison d'être.

Toutes les lettres de mes sœurs m'annonçaient l'heureux changement survenu chez mon père, qui, tout vert
et fort qu'il était encore, s'était enfin aperçu qu'il n'était
plus jeune.

L'innocent vieillard s'occupait à faire des collections
de papillons et à jouer de la guitare.

J'étais contente de pouvoir maintenant consacrer toute
mon attention à Lucile.

Seule avec elle et loin du presbytère, où elle courait
toujours les dangers des bavardages, j'avais la persua-
sion de la préserver de tout mal pour le moment et de la
conserver à Oscar.

Je consentis donc de tout cœur aux propositions d'Herr
Grosse.

Il alla chez le recteur lui annoncer la décision qu'il
avait prise dans l'intérêt de la santé de sa fille, tandis
que, de mon côté, je rejoignis Lucile pour lui annoncer
le meilleur prétexte que je pouvais trouver pour expliquer le retard d'Oscar.

Je voulais aussi tout préparer pour mon départ.

« Parti sans même me dire adieu.... sans m'écrire un
mot!... »

Telle fut la première exclamation de Lucile, quand je
tâchai de lui expliquer d'une manière aussi satisfaisante
que possible l'absence d'Oscar.

J'avais cru pouvoir me tirer d'affaire en intervertissant
les faits et en lui disant que Nugent avait eu des embarras très-sérieux à l'étranger, et qu'Oscar était parti tout
de suite pour lui porter secours.

Ce fut en vain que je lui représentai combien Oscar
aimait peu les adieux de quelque espèce qu'ils fussent et
que je lui démontrai que l'urgence du départ d'Oscar
était si grande, qu'il m'avait chargé de faire ses adieux et
ses excuses pour lui.

J'eus beau lui dire qu'Oscar lui écrirait à la première occasion, elle m'écouta sans croire à mes paroles. Plus je je m'efforçais de la convaincre, plus elle s'obstinait à parler du manque de considération que son fiancé montrait pour elle, et qui lui semblait inexplicable. Quant à notre voyage à Ramsgate, impossible de lui inspirer le moindre intérêt. A bout d'arguments, j'abandonnai la partie.

« Oscar doit avoir laissé une adresse quelconque où je puisse lui écrire? » me dit-elle.

Je ne pouvais que lui répondre qu'il ne savait pas lui-même où il serait peut-être forcé d'aller.

« C'est plus ennuyeux que vous ne pensez, continua-t-elle. Je crois qu'Oscar a peur d'amener en ma présence son malheureux frère. Il est vrai que son visage m'a épouvantée au premier abord, mais j'ai triomphé de cette sensation et je ne sens plus cette absurde terreur que j'avais lorsque j'étais aveugle. Maintenant que j'ai vu de mes propres yeux ce qu'il en était, je me sens une certaine sympathie pour lui. Je voulais même en parler à Oscar et lui dire d'amener, s'il le voulait, son frère pour le garder auprès de nous. Je voulais justement empêcher ce qui vient d'arriver et qu'il me quittât quand il voudrait voir son frère. Vous êtes bien durs pour moi, et j'ai des raisons pour me plaindre. »

Malgré la mortification que ces paroles m'inspiraient, je me sentais une certaine consolation en songeant que le malheur d'Oscar ne serait pas un obstacle aussi terrible à son retour auprès de Lucile que je l'avais craint tout d'abord.

J'avais grand besoin de cette réflexion consolante.

Sans que Lucile fût en hostilité ouverte avec moi, il y avait de sa part une froideur que je trouvais encore bien plus dure à supporter.

Je déjeunai au lit le lendemain matin et je me levai seulement vers midi, juste à temps pour dire adieu à Herr Grosse, qui partait pour Londres.

Le docteur était fort content de sa malade, dont les yeux, loin de souffrir des efforts qu'il leur avait imposés la veille, n'avaient fait qu'en profiter. L'air vivifiant de Ramsgate compléterait la guérison. M. Finch avait bien fait des objections à ce voyage, toujours sur la question de la dépense. Mais qu'importait cela, puisque sa fille était maîtresse de ses actions et de sa fortune?

Nous devions partir le lendemain ou le surlendemain au plus tard. Je promis d'écrire à notre bon médecin aussitôt que nous serions établies, et il s'engagea, de son côté, à nous rendre visite peu de temps après notre arrivée.

« Elle devra, dit Herr Grosse en me quittant, exercer ses yeux deux heures tous les chours. Elle pourra les exercer comme elle l'entendra, mais je lui défends expressément de lire et d'écrire jusqu'à ce que che sienne vous retroufer à Ramsgate. C'est étonnant de foir combien sa fue progresse. Hein! comme je fais me donner des airs quand che rencontrerai M. Sepright, si correct dans sa mise! »

J'avais des appréhensions sur la manière dont se passerait le reste de la journée après que le docteur m'eut laissée seule avec Lucile.

A mon grand étonnement, non-seulement Lucile me fit des excuses sur sa conduite de la veille, mais elle se montra parfaitement résignée à la perte temporaire de la compagnie d'Oscar.

Ce fut elle cette fois, et non pas moi, qui fit la remarque qu'Oscar n'aurait pu choisir pour son absence un meilleur moment que celui où sa fiancée ne savait pas encore distinguer un objet rond d'un objet carré. Ce fut elle encore qui déclara que ce petit voyage à Ramsgate viendrait interrompre la monotonie de sa vie et l'habituerait à l'absence d'Oscar. Bref, si la jeune fille avait reçu d'Oscar une lettre qui eût enlevé tout sujet d'anxiété sur son compte, Lucile n'aurait pu offrir par son attitude et par ses paroles un contraste plus complet avec sa conduite de la veille.

Si là s'était arrêté le changement que je constatais en elle, j'aurais marqué ce jour comme un jour de bonheur complet.

Mais malheureusement il n'en fut pas ainsi. Je remarquai, tandis qu'elle me faisait les excuses dont je viens
de parler, une sorte de réticence que je n'avais jamais vue
chez elle; et, chose encore plus singulière, cette réticence
et cet embarras se reproduisirent dans l'expression des
traits de la vieille Zillah, lorsqu'elle entra dans la pièce
où nous étions.

Je ne pouvais qu'en conclure que l'on me cachait quelque chose et que Lucile et Zillah en éprouvaient plus ou
moins de honte.

J'ai dit quelque part que je suis facilement portée à
soupçonner les autres. C'est pour cela que, lorsque l'on
me force à soupçonner, je tombe dans l'autre extrême. Je
choisis naturellement celui qui me semblait le plus suspect, en raison précisément de la confiance que j'avais
eue en lui jadis.

« D'une manière ou d'une autre, me dis-je, Nugent est
au fond de tout ceci. »

Maintenant, restait à savoir s'il écrivait à Lucile en
continuant à jouer le rôle d'Oscar.

Mais la simple idée qu'il pouvait en être ainsi me
rendit imprudente et montra à Lucile que j'avais remarqué le changement survenu en elle.

« Lucile, lui dis-je, est-il arrivé quelque chose ?

— Que voulez-vous dire ? demanda-t-elle froidement.

— Il me semble que vous êtes changée... commençai-je.

— Je ne vous comprends pas, » me répondit-elle en s'é-
loignant de moi.

Je me tus.

Si notre amitié avait été plus nouvelle et moins solide,
j'aurais pu lui avouer ouvertement ce qui me passait
dans l'esprit. Mais comment aurais-je pu dire à Lucile
qu'elle me trompait ? Le lien qui nous unissait eût été
rompu. Supprimez la confiance entre deux personnes qui
s'aiment et tout est fini. A partir de ce moment on se
regarde comme des étrangers et on fait des cérémonies.
Les gens à esprit délicat comprendront pourquoi je ne
répondis pas à Lucile.

J'allai seule dans le village et, m'arrangeant pour ne

susciter aucun soupçon, je fis parler Gootheridge, l'aubergiste, et le domestique des Sables au sujet de Nugent.
Je me disais que l'un d'eux devait l'avoir vu, s'il était
revenu au village.

Ils me répondirent tous deux qu'ils ne l'avaient pas vu.

J'en conclus que le frère d'Oscar n'avait pu avoir une
entrevue avec Lucile. Restait à savoir si, adoptant un
moyen plus prudent, il lui avait écrit.

Je retournai au presbytère. Nous n'étions pas loin de
l'heure fixée, du consentement de Lucile, maintenant
qu'en l'absence d'Herr Grosse j'en prenais la responsabilité, pour qu'elle exerçât sa vue.

Je remarquai, en lui enlevant le bandeau, qu'elle évitait
de me regarder, ce qui confirma mes soupçons. Cachant,
autant que possible, le chagrin que cela me causa, je lui
répétai les injonctions de Herr Grosse, et lui défendis de
toucher à un livre ou d'écrire jusqu'à sa prochaine visite.

« Il n'y a aucune nécessité de me le défendre, dit-elle.

— Auriez-vous déjà essayé, par hasard ? lui demandai-je.

— J'ai regardé dans un petit livre de gravures, répondit-elle ; mais je n'ai rien pu distinguer. Les contours
s'effacent et s'offrent tout confus à mes yeux.

— Avez-vous essayé d'écrire ? » lui demandai-je ensuite.

J'étais honteuse de lui tendre ce piége, mais la nécessité urgente de découvrir si elle correspondait avec Nugent aurait pu assurément m'excuser !

« Non, » répondit-elle.

Elle rougit en me répondant. En lui faisant cette question, j'étais trop émue pour songer qu'elle pouvait cor-
respondre secrètement avec Nugent sans se servir de
ses yeux.

Zillah, avant mon arrivée, avait l'habitude de lui lire
ses lettres, et elle pouvait écrire quelques lignes en se
guidant par le toucher. Du reste, ayant appris à lire dans
des livres imprimés en relief, rien que l'expérience lui
aurait permis d'écrire elle-même, si ses yeux avaient été
suffisamment exercés pour distinguer de petits objets.

Tous ces détails, qui ne me frappèrent pas alors, me revinrent à l'esprit plus tard dans la journée et me firent jusqu'à un certain degré changer d'opinion. J'interprétai sa rougeur comme signe qu'elle soupçonnait mon motif pour l'interroger. Quant au reste, mes doutes sur Nugent ne se dissipèrent point. Je ne pouvais, quoi que je fisse, me débarrasser de l'idée qu'il se jouait de moi et que, d'une façon ou de l'autre, il avait non-seulement écrit à Lucile, mais qu'il lui avait recommandé de ne rien m'en dire.

Je remis mes recherches au lendemain.

J'eus avant de me coucher l'idée de questionner Zillah; mais une réflexion m'arrêta.

Je savais par expérience que la vieille nourrice nierait tout, puis instruirait sa maîtresse de ce qui était arrivé.

Je connaissais assez Lucile pour savoir qu'après ce qui s'était passé entre nous, une querelle serait inévitable. Les choses allaient assez mal déjà sans les embrouiller encore plus. Je résolus, quand le matin arriva, de surveiller la vieille nourrice et les abords du bureau de poste.

Je reçus une lettre de France.

L'adresse était de l'écriture d'une de mes sœurs. Nous nous écrivions d'ordinaire tous les quinze jours ou toutes les trois semaines. J'avais déjà reçu une lettre une semaine auparavant.

Allais-je apprendre une bonne ou une mauvaise nouvelle?

Je l'ouvris.

Elle contenait une dépêche qui annonçait que mon pauvre cher père était à Marseille, dangereusement blessé. Mes sœurs étaient allées le retrouver et me suppliaient de venir les rejoindre aussi vite que possible.

Raconterai-je la cause de cet horrible malheur, qui commençait naturellement par un enlèvement et qui finissait par un duel avec un jeune homme.

J'ai déjà dit combien mon père était susceptible et combien il était brave. Hélas! c'était toujours la même chose.

Il y a un proverbe qui décrit bien cela : Qui a bu,
boira, etc., etc.

Tirons le rideau, je veux dire terminons ce chapitre.

VIII.

VICISSITUDES.

Aurais-je dû être préparée à la calamité qui venait d'ac-
cabler mes sœurs et moi ? La connaissance du tempérament de mon père aurait dû me démontrer le peu de pro-
babilité qu'il y aurait pour lui de se corriger, avec le
temps, des habitudes de sa vie entière. J'aurais pu prévoir que plus il se retiendrait, plus il serait près d'une
rechute, et plus il serait probable qu'il tromperait l'espoir
que j'avais formé de le voir guéri de sa folie. Mais trou-
vez-moi donc des gens exemplaires qui sachent user de
leur intelligence quand elle leur indique une chose et
que leurs intérêts leur en indiquent une autre. Ah ! seulement si nous savions quel fonds de stupidité nous avons
en nous !

Quand je me fus remise de la première secousse, je
n'hésitai pas sur ce que je considérais comme un devoir.
Il fallait absolument que je quittasse Dimchurch pour
prendre le train-poste qui partait de Londres à huit
heures du soir.

Quitter Lucile !

Pleine d'amitié pour elle, l'aimant tendrement, ses intérêts étaient aussi sacrés que ceux qui m'appelaient au
chevet de mon père. Comme j'avais encore quelques
heures devant moi, je ne pouvais mieux les employer
qu'à prendre mes précautions pour sa sûreté pendant mon
absence. Je ne serais pas bien longtemps loin d'elle, et je

saurais bientôt si mon père guérirait, à un âge aussi avancé, de sa blessure, ou en mourrait.

Je la fis prier de venir me trouver dans ma chambre, et je lui lus ma lettre.

Elle manifesta une douleur sincère, et la contrainte pénible que j'avais observée chez elle disparut pour quelques instants pendant qu'elle m'adressait des paroles sympathiques. Mais elle la reprit quand je lui annonçai mon intention de partir pour la France le jour même, tout en exprimant mon regret d'avoir à remettre notre voyage à Ramsgate. Non-seulement elle me répondit avec contrainte, mais il me sembla qu'une idée nouvelle s'était présentée à son esprit et elle me quitta en me faisant une excuse banale.

« Vous devez avoir bien des réflexions à faire dans cette affaire. Je vous laisse seule. Vous savez où me trouver si vous avez besoin de moi. »

Elle sortit.

Je ne me rappelle jamais avoir ressenti un trouble aussi grand de ma vie. Je mis dans une malle les quelques effets dont je pouvais avoir besoin pendant mon voyage, sentant instinctivement que si je ne m'occupais pas à quelque chose, je tomberais dans l'accablement.

Accoutumée dans toutes les occasions urgentes à prendre une décision rapide, je ne me sentais pas l'esprit assez lucide pour voir les faits sous leur vrai jour. Quant à prendre une résolution, j'en étais à peu près aussi capable que le baby de Mme Finch.

L'occupation à laquelle je me livrais me remit un peu, mais je n'étais pas encore dans mon assiette ordinaire.

Quand j'eus fini, je me laissai tomber accablée sur une chaise en sentant la nécessité impérieuse de m'expliquer avec Lucile, et sachant moins que jamais comment m'y prendre.

A mon grand dégoût, je commençais à sentir les larmes me venir aux yeux ! Mais, en me souvenant que j'étais la veuve du docteur Pratolungo, je me sentis honteuse de ma faiblesse. Les vicissitudes et les dangers que j'avais éprouvés pendant ma carrière m'avaient endurcie à la marche, et j'avais, comme Jicks, un véritable amour de bohémienne pour le grand air.

Je pris mon chapeau et je sortis pour voir si la marche ne me ferait pas du bien.

J'allai dans le jardin, mais je ne sais pourquoi il ne me sembla pas assez grand. Comme j'avais encore quelques heures devant moi, je me dirigeai vers les montagnes.

En tournant à gauche et passant devant l'église, j'entendis à travers les fenêtres ouvertes le son de la grosse voix de M. Finch, qui discourait devant les enfants du village. Dieu merci, je pouvais l'éviter ; je me mis à monter les collines en marchant aussi vite que possible.

Le grand air et le mouvement me dégagèrent l'esprit. Après avoir marché vigoureusement pendant plus d'une heure, je m'en revins au presbytère complétement remise.

Peut-être me restait-il encore quelques traces de mon irrésolution, ou peut-être que l'influence énervante de mon affliction me fit sentir plus vivement le changement qui était survenu dans mes relations avec Lucile. Ayant pris enfin la résolution de m'expliquer franchement avec elle, avant de la quitter et de la laisser sans protection, j'hésitais encore, en songeant que je pouvais essuyer un affront en m'adressant à elle personnellement. Prenant donc un feuillet dans un cahier du pauvre Oscar, j'écrivis ce que j'avais à lui dire.

Je sonnai une fois, deux fois. Personne ne me répondit.

J'allai à la cuisine. Zillah n'y était pas. Je frappai à la porte de sa chambre. On ne me répondit pas et je vis, en ouvrant la porte, que la chambre était vide. A mon grand embarras je serais forcée ou de donner ma lettre moi-même à Lucile, ou de me décider à lui parler.

Je ne pus me résoudre à cette dernière alternative. J'allai donc à sa chambre et je frappai à la porte.

Comme rien ne me répondit, je frappai de nouveau, mais sans résultat. Il n'y avait personne dans la chambre.

Sur une petite table au pied du lit se trouvait une lettre qui m'était adressée. Elle avait été écrite par Zillah.

Lucile avait écrit, selon son habitude, son nom au coin

de l'enveloppe pour montrer qu'elle l'avait dictée à Zillah.

Cette lettre m'enleva un poids de dessus la poitrine.

Je pensais que Lucile avait eu la même idée que moi, et qu'elle aussi elle avait reculé devant une explication verbale.

Elle avait donc écrit et se tenait à l'écart en attendant que j'eusse pris connaissance de sa lettre, qui devait nous réconcilier avant mon départ.

Rassurée, j'ouvris la lettre. Jugez de ce que je sentis quand je lus ce qui suit :

« Chère madame Pratolungo,

« Vous conviendrez avec moi, après ce qu'a dit Herr
« Grosse sur ma guérison, de l'urgence qu'il y a à ne pas
« remettre mon voyage à Ramsgate. Comme vous ne
« pouvez, par des circonstances que je déplore amèrement,
« m'accompagner, j'ai pris la résolution d'aller à Londres,
« chez ma tante, et de la prier de vous remplacer auprès
« de moi. Je la connais assez pour être sûre qu'elle fera
« ce que je lui demande avec plaisir. Comme il n'y a pas
« de temps à perdre, je pars pour Londres sans attendre
« votre retour de la promenade pour vous dire adieu.
« Vous devez comprendre si bien la nécessité de ne pas
« faire de longs adieux dans un cas urgent, que je suis
« assurée d'avance que vous ne vous offenserez pas de la
« façon dont je vous quitte. Je vous adresse mes vœux
« pour la guérison de votre père, et croyez-moi toute à
« vous de cœur.

« LUCILE. »

« P. S. — Ne vous inquiétez pas sur mon compte; Zillah m'accompagne jusqu'à Londres, et j'écrirai à Herr Grosse aussitôt que je serai arrivée chez ma tante. »

Sans une certaine phrase, j'aurais répondu à cette lettre cruelle en donnant à Lucile ma démission de dame de compagnie.

Cette phrase contenait une allusion sarcastique aux

prétextés que j'avais donnés pour expliquer l'absence
d'Oscar en parlant de cas urgent et de l'inutilité d'un
adieu en règle.

Mes derniers doutes sur la duplicité de Nugent furent
dissipés. Mes soupçons se changèrent en la certitude
qu'il avait écrit en signant du nom de son frère et qu'il
s'était arrangé, par des moyens que je ne pouvais deviner, pour influencer Lucile et détruire la confiance qu'elle
avait en moi en réveillant ce naturel méfiant, fruit de son
infirmité.

Malgré cela, je me sentis encore une compassion généreuse pour Lucile. Loin de blâmer ma pauvre amie
de m'avoir quittée d'une manière aussi cruelle et de m'a-
voir écrit aussi durement, je rejetai tout le blâme sur
Nugent.

Toute préoccupée que j'étais de mes propres chagrins,
je pensais encore au danger que courait Lucile et à la
supercherie dont Oscar était victime. Je ressentis dans
toute sa force mon désir de réunir les deux amants et de
me venger de Nugent.

Devant la tournure que prenaient les choses et avec le
peu de temps qui me restait, que devais-je faire? Dans
l'hypothèse que Mlle Batchford accompagnerait sa nièce
à Ramsgate, comment pourrais-je empêcher Nugent de
communiquer avec elle pendant mon absence?

Il m'était impossible de me décider à cet égard avant
de savoir si je pourrais me confier à Mlle Batchford en
lui révélant la triste position d'Oscar à l'égard de Lucile.
Le recteur était évidemment celui qu'en sa qualité de
père de famille je devais consulter. La responsabilité
pendant mon absence lui revenait.

J'allai donc lui parler chez lui. Si M. Finch n'était pas
revenu de sa classe, je serais forcée d'aller le demander
dans le village et d'aller le chercher dans les chaumières
de ses paroissiens. Son immense voix me renseigna juste
à point ; je l'entendis qui parlait dans son cabinet.

Quand j'entrai, je trouvai M. Finch qui haranguait vivement Mme Finch et le baby, cachés tous deux, comme
d'ordinaire, dans leur coin.

Mon entrée détourna sur moi tout le cours de son éloquence. Si vous vous souvenez que, de temps immémo-
rial, le recteur et la tante de Lucile étaient à couteaux
tirés, vous ne vous étonnerez pas de ce qui m'attendait.

« C'est justement vous que j'allais envoyer chercher,
s'écria le pasteur de Dimchurch. Ne parlez pas à madame
Finch, vous lui causeriez trop d'émotion. Vous saurez
pourquoi tout à l'heure. Ne vous adressez qu'à moi, madame Pratolungo, et soyez calme! Vous ne savez pas ce
qui est arrivé, je vais vous le dire. »

Je me hasardai à l'interrompre en lui apprenant que
Lucile m'avait informée par lettre de son brusque départ
pour la maison de sa tante. M. Finch agita la main
comme pour dire qu'une pareille bagatelle n'avait aucune
importance.

« Oui... oui..., dit-il. Vous avez une connaissance superficielle des faits, mais vous êtes loin de vous douter
de ce que signifie ce départ de la maison paternelle. Ne
vous alarmez pas, madame Pratolungo, et n'effrayez pas
Mme Finch. Comment allez-vous, ma chère, et comment
va l'enfant? Bien, tous deux bien, grâce à la toute-puis-
sante Providence. La fuite de ma fille, je dis fuite exprès,
n'est rien moins qu'un *nouveau coup* dirigé contre moi
par les parents de ma première femme. Dirigé contre
moi, répéta M. Finch en s'excitant au souvenir de son
ancienne rancune contre les Batchford, par la tante de
Lucile, Mlle Batchford, qui atteint ainsi ma femme et
mon innocent baby. Vous trouvez-vous mieux, ma chère,
et le baby? Merci, ô Providence! Faites attention, madame Pratolungo, votre esprit est ailleurs. Poussée par
Mlle Batchford, ma fille a abandonné le toit paternel...
Ramsgate n'est qu'un prétexte... et comment l'a-t-elle
quitté? non-seulement sans me voir, je ne suis personne
pour elle, mais sans montrer le moindre égard pour la
position de Mme Finch. Ma fille, pour me servir de l'expression graphique de ma femme, a fait irruption dans
la chambre des enfants en toilette de voyage, tandis
qu'elle était occupée à donner à son enfant le suc nourricier. Dans des circonstances qui auraient touché le

cœur d'un bandit ou d'un sauvage, ma fille dénaturée...
rappelez-moi, madame Finch, de vous lire le *Roi Lear*
ce soir... ma fille dénaturée, dis-je, a annoncé brusquement qu'un malheur de famille vous empêchait de l'accompagner à Ramsgate. Je suis fâché, madame Pratolungo, d'apprendre cette nouvelle. Remettez-vous aux
mains de la Providence... Allons, courage, madame
Finch, courage !... Après avoir ainsi effrayé ma femme
en lui annonçant cette triste nouvelle, elle l'a choquée en
ajoutant qu'elle allait quitter la maison sans dire adieu à
son père. Toujours poussée par Mlle Batchford, elle at-
tache plus d'importance à attraper le train qu'à m'embrasser et à recevoir ma bénédiction. Cette enfant sans
cœur, je me sers encore de l'expression pittoresque de
Mme Finch... vous vous exprimez très-bien, ma chère,
très-bien... s'est précipité dehors pour attraper le train,
ayant, sans s'en soucier un instant, causé à mon épouse
un choc qui aurait pu tarir le suc nourricier à sa source.
Voilà où le coup m'atteint, madame Pratolungo. Qui sait
si en ce moment l'enfant n'imbibe pas au lieu de lait pur
un produit acide ? Je vais vous préparer une potion alca-
line, madame Finch, et vous la prendrez après les repas.
Ne parlez pas, ne bougez pas, ma chère. Donnez-moi
votre main que je vous tâte le pouls. Rappelez-vous,
madame Pratolungo, que Mlle Batchford est responsable
de tout ce qui peut arriver, et que ma fille n'est qu'un
instrument dans les mains des parents de ma première
femme. Je ne suis pas satisfait de votre pouls, madame
Finch. Montez tout de suite et prenez une posture ho-
rizontale après avoir pris un autre bain chaud, ce qui
pourra, madame Pratolungo, avec l'aide de la Providence,
parer le coup. Auriez-vous la bonté d'ouvrir la porte et
de ramasser le mouchoir de Mme Finch ? Peu importe le
roman, madame. »

Je saisis la première occasion de demander la parole
en m'adressant à M. Finch qui, le bras autour de la taille
de sa femme, la conduisait à la porte. Je lui posai pru-
demment cette question : « Avez-vous l'intention, monsieur, d'écrire à Mlle Batchford ou à votre fille pendant

son absence? Si je vous demande cela, c'est que... »

M. Finch, se tournant et faisant retourner Mme Finch avec lui, me regarda de la tête aux pieds avec étonnement et indignation.

« Pouvez-vous voir, me dit-il en m'indiquant sa femme et son baby, ces deux êtres brisés et vous imaginer un instant que j'écrirais aux personnes qui sont la cause du malheur ou que je leur permettrais de m'écrire? Pouvez-vous, ma chère, m'expliquer pourquoi Mme Pratolungo me fait une question aussi extraordinaire et dois-je en conclure qu'elle veut m'insulter en me la faisant? »

Il était inutile d'essayer de m'expliquer, aussi bien que pour Mme Finch de vouloir apaiser son mari. La pauvre femme ne put que me recommander de lui écrire quand je serais partie.

« Je suis fâchée de voir que vous êtes dans la peine, et je serai très-heureuse que vous me donniez de vos nouvelles. »

A peine avait-elle dit ces mots que le recteur me cria d'une voix de tonnerre de regarder ces deux existences flétries et de les respecter au moins puisque je ne le respectais pas, et sur ce il disparut avec sa femme et son baby.

Ayant atteint le but que j'avais en vue, je n'essayai pas de retenir le recteur. Le peu de bon sens que possédait cet homme dans ses meilleurs moments avait été chassé par la blessure faite à son amour-propre par le départ précipité de sa fille. Il n'y avait cependant pas à douter qu'à la veille du jour où Lucile avait l'habitude de payer sa part des dépenses de la maison il se réconcilierait avec elle. Mais jusque-là j'étais également sûre qu'il refuserait d'écrire ou de communiquer avec sa fille ou la tante de sa fille.

Pendant mon absence, Mlle Batchford ignorerait la position périlleuse de Lucile, placée entre les deux frères, position dont la jeune fille elle-même n'avait pas conscience.

C'était là ce que je voulais savoir. Je n'avais plus qu'à réfléchir et à agir ensuite.

Agir ! Et comment ?

Je ne voyais pour le moment qu'une façon de m'y prendre. Si Grosse se prononçait et déclarait la guérison de Lucile complète avant mon retour en Angleterre, ce que j'avais de mieux à faire, c'était de mettre Mlle Batchford à même de révéler la vérité à ma place, sans risquer que Lucile la découvrît prématurément.

En un mot, il ne fallait pas livrer le secret à la vieille dame avant que le temps où l'on pourrait le révéler sans danger fût arrivé.

Je surmontai cette difficulté, qui n'était insurmontable qu'en apparence, en écrivant avant mon départ deux lettres au lieu d'une.

J'adressai la première à Lucile.

Je lui disais, sans faire la moindre allusion à sa conduite envers moi, quelle était sa position à l'égard des deux frères Dubourg, et je la renvoyais à ses parents pour appuyer mon dire.

« Écrivez-moi ou ne m'écrivez pas, mais veuillez vous
« assurer de la vérité de ce que j'avance, et si vous vous
« demandez pourquoi je ne vous ai pas révélé la vérité
« plus tôt, prenez-vous-en à Herr Grosse, qui est seul
« responsable de ce retard. »

Je n'en disais pas plus long, résolue que j'étais à laisser, après la conduite injuste de Lucile, les faits établir mon innocence.

J'avoue que j'étais trop blessée pour me justifier tout en rejetant le blâme sur Nugent.

Ayant cacheté cette première lettre, j'en écrivis une seconde à la tante de Lucile.

Savoir en quels termes s'adresser à Mlle Batchford n'était pas chose facile.

Le mépris qu'elle avait pour les opinions politiques et religieuses de M. Finch n'égalait que l'aversion qu'elle avait pour les miennes.

J'ai déjà raconté comment les portes de la maison de cette vieille tory s'étaient fermées pour moi à la suite d'une discussion politique orageuse.

Je m'aventurai à lui écrire cependant, sachant qu'à part

ses préjugés enracinés, j'avais affaire à une femme du monde dans toute l'acception du terme et qu'elle pouvait, en faisant appel à l'affection qu'elle avait pour sa nièce, être aussi juste envers moi que j'aurais pu être juste, malgré mes préjugés aussi enracinés que les siens, envers elle.

Lui écrivant donc en termes des plus respectueux, et la priant de se montrer la première disposée à oublier nos torts mutuels, je lui demandai de donner ma lettre à Lucile le jour où le médecin la déclarerait complétement guérie.

Jusque-là, je suppliais Mlle Batchford de considérer ma lettre, dans l'intérêt de sa nièce, comme strictement confidentielle, et j'ajoutais qu'on verrait mes raisons pour faire cette recommandation dans ma lettre à Lucile, mais que je l'autorisais à la lire à sa nièce au jour indiqué.

C'était, selon moi, le seul moyen d'empêcher Nugent de faire du mal pendant mon absence.

Quelque violente que fût sa passion pour Lucile, il ne pouvait, quoi qu'il fît, lui faire courir un danger sérieux tant que Herr Grosse n'aurait pas prononcé la guérison radicale de la jeune fille comme un fait accompli.

Le jour où le docteur se prononcerait, elle découvrirait en lisant ma lettre l'abominable supercherie dont elle avait été victime.

Je n'eus pas même l'idée d'essayer de retrouver Nugent. Il serait inutile d'en appeler à son honneur, fût-il en Angleterre ou à l'étranger. C'eût été se manquer à soi-même que de lui reparler et de lui rendre sa confiance.

La seule chose à faire, c'était de le dévoiler à Lucile aussitôt qu'il serait possible de le faire.

J'avais mes deux lettres toutes prêtes et mises l'une dans l'autre quand le brave Gootheridge, que j'avais prévenu, vint me chercher pour me conduire dans son char-à-bancs à Brighton.

La voiture qu'il louait ordinairement était partie avec Lucile et la nourrice et n'était pas encore revenue à l'auberge. J'attrapai le train à temps et j'arrivai à Londres.

II. — 7

Ayant quelques heures devant moi et résolue à ce qu'il n'y eût aucun malentendu, je me fis conduire à la maison de Mlle Batchford et je donnai moi-même ma lettre au cocher pour qu'il la remît au domestique.

Ce fut pour moi un moment bien amer que celui où je me vis forcée, pour éviter d'être vue de Lucile, dans le cas où elle regarderait par la fenêtre, de baisser mon voile. Mais je ne vis que le domestique, qui vint ouvrir la porte. Je crois que si j'avais eu une plume sous la main, je lui aurais écrit directement. Je ne pouvais que lui pardonner l'injure qu'elle m'avait faite. Je lui pardonnais du fond de mon cœur, et je me demandais quand viendrait l'heureux moment qui nous verrait réconciliées.

Enfin, puisque j'avais fait tout mon possible pour la sauvegarder, je pouvais diviser mon attention entre Oscar et mon pauvre père.

Comme j'allais sur le Continent, je résolus, quoique les chances de succès se réduisissent à une pour cent, de faire tout mon possible, dans la situation pénible où je me trouvais, pour découvrir la retraite d'Oscar.

Les heures que je devais passer au chevet de mon père me sembleraient moins longues en pensant que ce serait à mon instigation que l'on chercherait la trace d'Oscar et qu'il y avait des chances pour qu'on entendît parler de lui d'un jour à l'autre.

Le bureau de l'homme de loi que j'avais consulté lors de ma dernière visite à Londres se trouvait sur le chemin de la gare. Je m'y fis conduire, et j'eus le bonheur de le trouver.

Il n'avait encore rien appris sur Oscar. Il me donna cependant une lettre d'introduction pour un homme demeurant à Marseille, et qui avait l'habitude de se charger de toutes sortes de missions secrètes et difficiles.

Cet homme avait des agents dans toutes les grandes villes de l'Europe. En s'y prenant bien, un homme défiguré comme l'était Oscar ne serait pas bien difficile à trouver. Jusqu'à un certain point, mes épargnes pouvaient suffire pour payer les frais, et je résolus de les y employer en arrivant à ma destination.

Nous eûmes une mauvaise traversée, et je préférai rester sur le pont plutôt que de respirer l'air de la cabine.

De tous les côtés du vaisseau, la morne immensité des vagues agitées me semblait être l'image du sombre avenir qui se déroulait devant moi. Sur ce chemin invisible que s'ouvrait la quille du vaisseau, un pâle rayon de lune jetait une lueur vague.

J'y vis le faible rayon de l'espérance, presque expirant dans mon esprit quand je songeais à l'avenir!

IX.

AUTOBIOGRAPHIE.

En décrivant les faits et gestes de Lucile, lorsque le médecin lui apprenait à exercer sa vue, j'ai parlé de l'anxiété qu'elle montrait pour qu'on lui permît d'écrire.

Son motif était celui de toute femme qui aime.

Elle voulait se montrer sous son meilleur jour, même au préféré de son cœur. Telle était son ambition.

Convaincue que son écriture, jusque-là exécutée à grand'-peine et à l'aide du toucher, devait contraster désavantageusement avec celle des autres femmes qui avaient l'usage de leurs yeux, elle tourmentait le digne Allemand pour qu'il lui permît d'écrire avec ses yeux au lieu de le faire avec ses doigts, comme il le disait lui-même.

Elle finit par le fatiguer, et cela, joint aux progrès rapides vers la guérison complète depuis qu'elle était au bord de la mer, détermina le docteur à céder à sa prière.

Peu à peu, en augmentant chaque jour la tâche qu'elle imposait à ses yeux, elle surmonta la difficulté sérieuse qu'elle éprouvait à écrire au moyen de la vue et non du toucher.

Commençant par des modèles d'écriture, elle en vint à
écrire des mots faciles qu'on lui dictait; de là elle passa à
prendre des notes.

Enfin elle put écrire un journal, ce qui lui fut suggéré
par sa tante qui se souvenait du temps où la poste à deux
sous était inconnue, où les gens tenaient un journal de
leurs propres faits et gestes et écrivaient de longues lettres,
où non-seulement on trouvait le temps de penser à soi-
même, mais encore d'écrire ses pensées.

Le Journal de Lucile pendant son séjour à Ramsgate
est devant moi au moment où j'écris ces lignes.

J'avais d'abord l'intention d'y puiser pour continuer
sans interruption l'histoire de Lucile en vous la donnant
comme je l'ai fait jusqu'ici et comme je veux le faire
ensuite quand je reparaîtrai sur la scène.

Mais, en y réfléchissant et en relisant le susdit Journal,
il me semble plus sage de laisser à Lucile le soin de raconter ce qui se passa à Ramsgate, en ajoutant des annotations de temps en temps et lorsque je le jugerai nécessaire.

De cette façon nous aurons plus de vraisemblance et de
variété.

Pourquoi l'histoire est-elle, à part quelques brillantes
exceptions, si peu intéressante?

C'est parce que les événements que l'on y raconte sont
décrits par des gens qui ne les ont pas vus. Tout ce que
je demande, c'est de ne pas être ennuyeuse. Je n'admets
pas que j'aie pu l'être déjà dans ce livre, quoi que vous en
pensiez. Il y a des gens qui s'ennuient avant de commencer leur lecture et qui ensuite accusent l'auteur d'être
fastidieux.

Ainsi donc je laisse à Lucile le soin de raconter pendant
mon absence les événements qui se passèrent à Ramsgate
et je me contenterai de faire des annotations que je signe-
rai d'un P, première lettre de mon nom.

JOURNAL DE LUCILE.

Falaise de l'Est, Ramsgate, le 28 août.

« Il y a aujourd'hui quinze jours que ma tante et moi sommes arrivées à Ramsgate. J'ai renvoyé Zillah de Londres au presbytère. Ses rhumatismes la tourmentent dix fois plus que de coutume, à cause de l'air humide de la mer.

« Je suis un peu plus satisfaite des progrès que j'ai faits pour mon écriture ; je commence à mieux manier la plume et mon écriture ne ressemble plus à celle d'un écolier arriéré. Je saurai écrire aussi bien que n'importe qui avant mon mariage avec Oscar. »

Note. — « Ma pauvre Lucile est facile à contenter. Cette
« écriture dont elle est si fière est fort mauvaise. Il y a des
« lettres qui se touchent et semblent s'embrasser comme
« de vieux amis et d'autres qui semblent s'éviter. Je ne
« fais pas de reproche à Lucile, mais je ne veux pas que
« le blâme retombe sur moi si je me trompe quelquefois
« en transcrivant son journal. » — P.

« Mon mariage avec Oscar! Quand donc serai-je sa femme. Je ne l'ai même pas encore vu depuis que je suis ici. J'ai bien peur qu'il ne soit retenu auprès de son frère. Ses lettres sont empreintes d'une certaine réserve qui m'inquiète et m'intrigue. Je ne suis pas aussi heureuse que je m'attendais à l'être en recouvrant la vue.

« Ce n'est pas la faute d'Oscar, mais la mienne, s'il m'arrive de temps en temps d'être triste. J'ai blessé mon père et je crains d'avoir agi injustement envers Mme Prato-lungo.

« Serait-ce ma destinée d'être toujours incomprise? Je n'avais pas l'intention d'offenser mon père par mon départ subit, départ causé par la répugnance que j'éprouve à mo

trouver face à face, après ce que je pense d'elle à présent,
avec cette femme que j'ai tant aimée. Il est insupportable
de sentir disparaître la confiance qu'on éprouvait pour
une personne dans laquelle on avait une foi implicite, et
de continuer à rencontrer cette personne et à lui faire bon
visage à toute heure du jour, comme si rien n'était arrivé.
Le désir que j'éprouvais d'éviter d'autres rencontres
(quand j'ai su qu'elle avait été faire une promenade) a
été irrésistible. Je ferais de même si l'occasion s'en présentait encore. J'ai fait allusion à cette affaire dans la
lettre que j'ai écrite à mon père, disant qu'un différend
s'était élevé entre Mme Pratolungo et moi, et que cela
seul m'avait fait part* si subitement. Inutile! Il n'a rien
répondu. Depuis, j'ai écrit à ma belle-mère. La réponse
de Mme Finch m'a fait part de l'injustice dont il fait
preuve en parlant de ma tante. Sans la moindre raison,
il est encore plus offensé contre Mlle Batchford que contre
moi.

« Quelque triste que soit ce démêlé, j'ai toujours une
consolation en ce qui me concerne personnellement : il ne
durera pas. Nous sommes sûrs, mon père et moi, de nous
réconcilier un jour ou l'autre. Quand je serai de retour,
je ferai ma paix avec lui, et nous nous entendrons mieux
que jamais.

« Mais qu'arrivera-t-il entre Mme Pratolungo et moi?

« Elle n'a pas répondu à ma lettre. Je commence à regretter de l'avoir jamais écrite.... une partie de cette
lettre, du moins : la dernière. Je n'ai eu d'elle aucune
nouvelle depuis qu'elle a quitté l'Angleterre. Je ne sais
quand elle reviendra à Dimchurch, si elle y revient du
tout. Oh! que ne donnerais-je pas pour éclaircir cet affreux
mystère; pour savoir si je dois me jeter à ses pieds et lui
demander pardon, ou compter parmi les plus tristes jours
de ma vie celui où cette femme est venue à moi en com-
pagne et en amie!

« Ai-je agi étourdiment, ou ai-je agi sagement?

« Voilà l'interrogation que je me pose sans cesse et qui
me tourmente quand je veille, la nuit. Relisons, c'est
au moins la cinquantième fois, la lettre d'Oscar.

NOTE. — « Je copie cette lettre. D'autres yeux que les
« siens doivent la voir ici. C'est Nugent, cela va sans
« dire, qui écrit au nom et comme Oscar. Vous verrez
« comment les bonnes intentions qu'il avait en me quit-
« tant lui restèrent jusqu'à Paris, et cédèrent comme il
« suit. » — P.

« Ma chère adorée,

« Je suis à Paris, et je saisis la première occasion de
« vous écrire depuis que j'ai quitté les Sables. Mme Pra-
« tolungo vous aura dit sans doute qu'une nécessité subite
« m'a appelé auprès de mon frère. Je ne suis pas en-
« core arrivé à l'endroit où je dois le rencontrer. Avant
« que je le voie, laissez-moi vous expliquer le vrai motif
« qui nous a séparés. Mme Pratolungo ne possède plus
« ma confiance. Quand vous aurez lu quelques lignes, elle
« ne possédera plus la vôtre.

« Hélas! mon amour, je vous surprends sans doute, je
« vous choque, je vous fais de la peine. Je sacrifierais ma
« vie à votre bonheur. Je vais vous le dire en quelques
« mots. J'ai fait une terrible découverte, Lucile. Vous avez
« pensé que Mme Pratolungo était votre amie. Détrompez-
« vous. Elle est votre ennemie et la mienne.

« Il y a quelque temps déjà, je l'ai soupçonnée. Mes
« plus graves soupçons sont confirmés.

« Il y a longtemps que j'aurais dû vous dire ce que je
« vous apprends maintenant. Mais je n'aime pas à vous
« faire de la peine. La tristesse empreinte sur votre cher
« visage me brise le cœur. Ce n'est que lorsque je suis
« loin de vous, lorsque je crains les conséquences d'un
« malheur si vous n'êtes avertie du danger, que je trouve
« le courage d'arracher le masque à cette femme per-
« verse et de vous la montrer telle qu'elle est. Je ne
« puis vous donner des détails dans une lettre; je les
« réserve jusqu'à notre première rencontre, et jusqu'à ce
« que je puisse montrer ce que vous avez le droit d'exi-
« ger, la preuve de ce que j'affirme.

« En attendant, je vous prie de jeter un regard sur vos

« pensées, de vous rappeler vos paroles, le jour où Mme
« Pratolungo vous blessa dans le jardin.

« Cette fois, la vérité sortit des lèvres de cette Fran-
« çaise, et elle le savait bien.

« Vous rappelez-vous ce que vous dîtes après qu'elle
« vous eût suivie jusqu'aux Sables? Je veux dire, après
« qu'elle vous eut dit que vous eussiez aimé mon frère
« s'il s'était présenté avant moi? et après que Nugent,
« grâce à elle sans doute, eut profité de votre infirmité
« pour vous faire croire que vous me parliez, à moi.
« Qu'avez-vous dit quand, frémissant devant l'insulte,
« vous avez découvert la supercherie?

« Vous avez dit ces mots, ou à peu près :

« Elle vous a toujours haïe, Oscar, elle s'est entichée
« de votre frère dès son arrivée ici. Ne m'épousez pas à
« Dimchurch! Cherchez un endroit qui leur soit inconnu!
« Ils conspirent ensemble contre vous et contre moi.
« Prenez garde à eux! Prenez garde à eux!

« Lucile, je vous renvoie vos paroles. A mon tour je
« vous renvoie l'avertissement.... l'avertissement prophé-
« tique.... que vous m'avez donné alors sans en conce-
« voir l'opportunité.

« Je crains que mon malheureux frère ne vous aime,
« et je sais que Mme Pratolungo lui porte un intérêt
« qu'elle ne m'a jamais porté. Ce que vous avez dit, je
« le dis. Ils s'entendent pour conspirer contre nous. Pre-
« nez garde à eux! Prenez garde à eux!

« Je serai en mesure de déjouer leurs machinations,
« quand nous nous reverrons. Jusque-là, si vous tenez à
« votre bonheur et au mien, ne laissez pas soupçonner à
« Mme Pratolungo que vous connaissez ses intentions.
« C'est elle, j'en suis fermement convaincu, qui est cou-
« pable. Je vais retrouver mon frère, comme vous pensez,
« avec un tout autre objet que celui que j'ai cru devoir
« donner à votre perverse amie. Ne craignez pas que nous
« nous querellions, Nugent et moi. Je le connais. Je
« crois fermement qu'il a été tenté et trompé. Maintenant
« qu'il n'est plus sous l'empire de mauvaises influences,
« je me porte garant de sa conduite d'homme d'honneur

« et je suis certain qu'il méritera votre pardon et le
« mien. Le prétexte que j'ai donné à Mme Pratolungo
« l'empêchera de se mêler de nos affaires. Tel a été mon
« but en le lui donnant.

« Informez-moi exactement de vos mouvements et des
« siens. Je vous envoie une adresse à laquelle vous pour-
« rez m'écrire avec la certitude que vos lettres me par-
« viendront.

« De mon côté, je vous promets de vous écrire cons-
« tamment. Encore une fois, ne confiez à qui que ce soit
« le secret que vous révèle cette lettre! Soyez sûre que je
« viendrai bientôt, avec l'autorité d'un mari, vous débar-
« rasser de la femme qui nous a si cruellement trompés.
« Croyez à ma plus sincère affection, à mon amour le
« plus dévoué,

« Oscar. »

Note. — « Inutile de parler de l'astuce diabolique —
« je ne puis employer une autre phrase — qui avait ins-
« piré cette lettre abominable. Relisez les chapitres vingt-
« sept et vingt-huit, et vous verrez avec quelle habileté
« les paroles que je prononçai dans un moment d'irrita-
« tion ridicule, et celles de Lucile quand elle s'emporta,
« sont retournées de façon à infuser la haine dans son
« cœur. Nous donnons sans le savoir à notre ennemi la
« base de son complot. Quant au reste, la lettre s'expli-
« que d'elle-même. Nugent continue à remplir le rôle de
« son frère. Il devine aisément l'excuse que j'aurais pu
« donner à Lucile pour expliquer son absence; et il
« élude la difficulté d'avoir semblé confier son message à
« une femme dont il se défie, en déclarant qu'il a dû me
« tromper sur la nature même de ce message. Dans la suite
« du Journal, vous verrez avec quelle habileté il fait jouer
« les rouages de la conspiration qu'il a imaginée. La seule
« explication qu'il soit nécessaire de donner, c'est que le
« délai, avant son arrivée à Ramsgate, dont Lucile se
« plaignait, n'eut pour cause que son hésitation. Le sen-
« timent de l'honneur, comme je le sus plus tard, n'était
« pas entièrement éteint chez lui. Plus il s'enfonçait,

« plus ce qu'il y avait de bon dans sa nature luttait pour
« le relever. Rien, absolument rien, si ce n'est le re-
« mords, n'aurait pu le retenir à Paris (il est inutile de
« dire qu'il n'alla pas plus loin, et ne découvrit jamais
« la retraite de son frère), après que Lucile lui eut appris
« par lettre que j'étais partie pour la France, et qu'elle
« était à Ramsgate avec sa tante. J'ai fini. Que Lucile
« continue. — P. »

« J'ai relu la lettre d'Oscar.

« Oscar est l'honneur même; il est incapable de me
tromper. En effet, je me rappelle avoir dit ce qu'il m'at-
tribue, et l'avoir pensé, aussi, quand j'étais hors de moi.
Cependant les apparences ne peuvent-elles pas avoir
trompé Oscar? Oh! madame Pratolungo! J'avais de vous
une si haute opinion, je vous aimais tant! Est-il possible que vous ayez été indigne de l'admiration et de l'affection que vous m'aviez inspirées?

« Comme Oscar, je pense que son frère n'est pas coupable. Il est triste et surprenant que Nugent se soit laissé
aller jusqu'à m'aimer. Mais je ne puis m'empêcher de le
plaindre. Pauvre homme! J'espère qu'il aura une bonne
épouse. Comme il a dû souffrir!

« Je ne puis plus longtemps supporter le fardeau de
l'attente. Oscar le doit, il m'éclairera de vive voix sur le
compte de Mme Pratolungo; je lui écrirai par le prochain
courrier, et je le presserai de venir à Ramsgate. »

« 29 août. — Je lui ai écrit hier, à l'adresse de Paris. Ma lettre arrivera demain. Où est-il? Quand la rece-
vra-t-il? »

Note. — « Cette innocente lettre fit son fatal ouvrage.
« Elle mit fin à la lutte avec lui-même qui retenait Nu-
« gent à Paris. Il partit pour l'Angleterre le matin même
« où elle lui parvint. Voici ce qu'en dit Lucile dans son
« journal. — P. »

« 31 août. — Télégramme arrivé pour moi à l'heure

du déjeuner. Je suis trop heureuse pour avoir la main ferme, j'écris horriblement. Tant pis; je ne songe qu'à mon télégramme. (Oh! quelle créature que l'homme qui a inventé les télégrammes!) Oscar est en route pour Ramsgate. »

« 1ᵉʳ septembre. — Je me sens assez calme pour revenir à mon journal, et pour m'occuper un peu de tout ce que j'ai pensé et ressenti depuis qu'Oscar est arrivé.

« Depuis que j'ai perdu Mme Pratolungo, je n'ai plus d'amie à qui je puisse confier mes petits secrets. Ma tante est aussi affable et bonne que possible pour moi. Mais comment causer, avec une personne âgée, qui a vécu dans un monde différent du mien, et dont les idées semblent si éloignées des miennes, de mes folies, de mes extravagances, et m'attendre à une sympathie réciproque? Mon seul ami de cœur, c'est mon Journal. Dans ces pages, je puis me parler à moi-même. Ma position me semble bien triste quelquefois. Aujourd'hui j'ai aperçu deux filles, sur la plage, qui se disaient leurs secrets, et je crains de les avoir enviées.

« Je tremble de l'avouer, mais mon livre ferme à clef, et je puis lui confier la vérité. J'étais prête à pleurer, tant j'étais horriblement, complétement désappointée.

« Non. Désappointée n'est pas le mot. Je ne puis trouver l'expression propre. Il y a eu un moment.... j'ose à peine l'écrire : cela est si atrocement méchant!.... il y a eu un moment où j'ai regretté ma cécité.

« Il me prit dans ses bras, il tint ma main dans la sienne. Du temps que j'étais aveug , quel sentiment aurais-je ressenti? Un délicieux frisson aurait couru à travers mon corps. Rien de cela n'est arrivé. Son frère ne m'aurait pas produit d'autre effet. Depuis, j'ai souvent pris sa main, et j'ai fermé les yeux pour tâcher de renouveler ma cécité et rentrer complétement dans mon ancienne peau. Toujours le même résultat. Rien, rien, rien !

« Est-ce parce qu'il est, de son côté, un peu contraint auprès de moi? Quant à cela, il n'y a pas de doute. Je

l'ai senti à partir du moment où il est entré. Je l'ai toujours senti depuis.

« Non, ce n'est pas cela. Jadis, quand nous commen-
cions à nous aimer, il était contraint. Mais ce n'était rien
alors. Je n'étais pas l'être insensible que je suis aujour-
d'hui.

« Je ne puis expliquer mes sentiments que d'une
façon. Le retour de la vue a fait de moi une autre créature. J'ai acquis un sens, je ne suis plus la même femme.
Ce grand changement a dû avoir sur moi une influence
dont je ne me suis pas doutée avant l'arrivée d'Oscar.
Aurais-je acquis le sens de la vue au prix du sens du toucher ?

« Quand Grosse viendra, je le lui demanderai.

« En attendant, j'ai eu un autre désappointement. Il
n'est pas de beaucoup aussi beau que je le voyais quand
j'étais aveugle.

« Je ne voyais qu'indistinctement, le jour où mon
bandeau a été levé pour la première fois. Lorsque je me
précipitai dans la chambre, au presbytère, je devinai
plutôt que je ne vis Oscar. La tête grise de mon père et
la robe de Mme Finch auraient permis à tout autre à
ma place de reconnaitre l'homme que j'aimais. Mais
tout est changé. Je peux voir ses traits en détail, et il en
résulte, quoique je ne veuille l'avouer à personne, que
l'idée que j'avais de lui au temps de ma cécité est bien,
oh ! oui, bien différente de la réalité. La seule chose qui
ne me désabuse pas, c'est sa voix. Quand il ne peut me
voir, je ferme les yeux, et je laisse mon oreille jouir de
l'ancien charme.

« Voilà ce que j'ai gagné à subir une opération et à
souffrir un emprisonnement dans une chambre obscure !

« Qu'est-ce que j'écris donc ? Je devrais être honteuse !
N'est-ce donc rien que d'avoir vu se dérouler sous mes
yeux toute la beauté de la terre et de la mer, toutes les
merveilles des nuages et de la lumière ? N'est-ce donc
rien de pouvoir regarder mes pareils, de voir les figures
gaies des enfants me sourire quand je leur parle ? Assez

parlé de moi ! Je me sens malheureuse et ingrate quand je songe à moi-même.

« Parlons d'Oscar.

« Ma tante l'apprécie. Elle le trouve beau et dit qu'il a les manières d'un homme du monde. Cet éloge est précieux dans la bouche de Mlle Batchford. Elle méprise la nouvelle génération de jeunes gens.

« De mon temps, disait-elle l'autre jour, je voyais de jeunes hommes du monde. Aujourd'hui je ne vois que de jeunes animaux, bien nourris, bien lavés, bien habillés, animaux à monter à cheval, animaux à ramer, animaux à parier, rien de plus.

« Oscar, de son côté, semble apprécier Mlle Batchford à mesure qu'il la voit. Quand je le lui présentai, je fus assez surprise de le voir changer de couleur et sembler très-mal à l'aise. Quelquefois il est inquiet. Le grand air de ma tante lui en aura imposé. »

Note. — « Il faut réellement que j'interrompe. Le « grand air de sa tante me donne sur les nerfs. Entre « nous, ce grand air consiste en un nez crochu et en un « corset très-raide. Ce qui en imposa à Nugent à sa pre- « mière entrevue avec la vieille dame n'était que la crainte « d'être dévoilé. Il aurait sans doute appris de son frère « qu'Oscar et Mlle Batchford ne s'étaient jamais vus. Si « vous jetez un regard en arrière, vous verrez que, par « la nature des choses, il était impossible qu'ils se ren- « contrassent. Mais est-il également clair que Nugent « pouvait découvrir d'avance que Mlle Batchford igno- « rait ce qui s'était passé à Dimchurch? Cela lui était im- « possible, il ne pouvait être sûr d'être à l'abri d'une « découverte tant qu'il n'aurait pas sondé le terrain en « personne. Assurément le risque était assez sérieux pour « inquiéter même Nugent. Et Lucile parle du grand air « de sa tante ! Pauvre innocente ! Je la laisse conti- « nuer. » — P.

« Dès que ma tante nous eut laissés, les premiers mots que j'adressai à Oscar furent naturellement au sujet de sa lettre sur Mme Pratolungo.

« Il fit un petit signe de prière et parut affecté.

« — Pourquoi gâterions-nous le plaisir de notre première rencontre en parlant d'elle ? dit-il. Ce sujet, autant qu'à moi, vous est pénible. Nous y reviendrons d'ici à quelque temps. Pas maintenant, Lucile. Pas encore!

« Son frère fut l'objet de ma seconde question. Je ne savais trop comment il accueillerait mes paroles sur un tel sujet. Malgré tout cependant, je risquai une question. Il fit un autre signe de prière, et parut encore peiné.

« — Nous comprenons, mon frère et moi, Lucile. Il demeurera pendant quelque temps encore sur le Continent. Parlerons-nous d'autre chose ? Donnez-moi de vos nouvelles, dites-moi ce qui se passe au presbytère. Je n'ai rien appris depuis que vous m'avez écrit que vous étiez ici avec votre tante et que Mme Pratolungo avait été rejoindre son père. Comment se porte M. Finch ? Viendra-t-il vous voir à Ramsgate ?

« J'hésitais à lui raconter notre différend.

« — Je n'ai rien reçu de mon père depuis mon arrivée ici, dis-je. Puisque vous êtes de retour, je puis écrire au presbytère afin d'annoncer notre retour, et savoir ce qu se passe.

« Il me regarda d'un air assez étrange, d'un air qui me fit craindre qu'il n'eût quelque objection à ce que j'écrivisse à mon père.

« — Vous voudriez sans doute que M. Finch fût ici ? dit-il.

« Puis il s'arrêta court et me regarda encore.

« — Il est très-peu probable qu'il vienne, répondis-je.

« Oscar semblait s'intéresser extraordinairement à mon père.

« — Vraiment, dit-il, et pourquoi ?

« Je me vis forcée de faire allusion à la querelle de famille, ne disant rien cependant de la manière injuste dont mon père avait parlé de ma tante.

« — Aussi longtemps que je serai avec Mlle Batchford, dis-je, il est inutile d'espérer que mon père viendra me trouver. Ils sont en froid, et je crains qu'ils ne se réconci-

lient pas d'ici à longtemps. Vous opposez-vous à ce que
j'écrive chez nous pour annoncer votre arrivée à Ramsgate? demandai-je.

« — Moi?... s'écria-t-il, au comble de la surprise, qui a
pu vous faire écrire cela? Ecrivez, écrivez... et laissez-
moi un peu de place. J'ajouterai quelques lignes à votre
lettre.

« Je ne puis vraiment dire que sa réponse me sou-
lagea. Il était évident que je l'avais très-mal compris.
Oh! mes nouveaux yeux! mes nouveaux yeux! pourrai-je
jamais me fier à vous, comme je me fiais à mon toucher? »

Note. — « Il faut vraiment que je fasse appel encore à
« votre bienveillance ou que j'éclate d'indignation en
« transcrivant le Journal de Lucile, à moins que je ne me
« soulage de temps en temps en vous donnant des expli-
« cations. Observez, je vous prie, avant d'aller plus loin,
« l'habileté avec laquelle Nugent a su s'implanter à Rams-
« gate, et comme tout se ligue pour lui permettre de jouer
« le rôle d'Oscar sans crainte d'être découvert. Mlle Batch-
« ford, vous le voyez, est entièrement à sa merci; non-
« seulement elle ne sait rien, mais elle a empêché M. Finch
« d'aller à Ramsgate reprendre sa fille et de dévoiler ainsi
« la supercherie. De quelque côté qu'il se tourne, Nugent
« n'a rien à craindre. Je suis séparée d'Oscar. Quant à
« Mme Finch elle ne bouge pas de la chambre des en-
« fants, et Zillah est de retour au presbytère. Le doc-
« teur de Dimchurch, qui jadis avait donné ses soins à
« Oscar et qui aurait pu être un témoin dangereux, est
« parti pour les Indes, comme nous le verrons du reste.
« L'autre médecin de Londres, qu'il avait également
« consulté, n'a plus depuis longtemps de relations avec
« son ancien malade. Quant à Herr Grosse, s'il reparaît
« sur la scène, il fermera les yeux, comme médecin, sur
« ce qui se passe, car il ne se souciera absolument que
« de la santé de Lucile. Rien ne fera donc obstacle à Oscar,
« et Lucile restera à sa merci, à moins que cet instinct
« fidèle, et dont elle ne se rend pas compte, ne lui dise
« qu'elle se trompe. Finira-t-elle par écouter ses pressen-

« timents avant qu'il ne soit trop tard? Mais il ne faut
» pas que cette note insérée pour ma satisfaction person-
« nelle, interrompe la lecture du Journal de Lucile. »— P.

« 2 septembre. — Il a plu toute la journée. Ma conversation avec Oscar ne vaut guère la peine d'être rap-
portée.

« Ma tante, influencée par le mauvais temps, m'a retenue longtemps dans son boudoir, s'amusant à me faire
exercer ma vue. Oscar, appelé par invitation spéciale, aidait la vieille dame à imaginer toutes sortes de nouveaux
moyens de mettre mes yeux à l'épreuve. Il voulait absolument voir un spécimen de mon écriture, mais j'ai refusé. Je n'écris pas assez bien, quoique j'aie déjà fait des
progrès.

« Je ferai remarquer ici combien il est difficile de faire,
pour ainsi dire, l'apprentissage d'un sens qui est nouveau.

« Nous avons à la maison un chien et un chat. Croiriez-vous que je les ai pris l'un pour l'autre! et cependant,
j'y vois si bien, que je puis écrire sans presque faire de
ratures. M'étant fiée à ma mémoire pour aider mes yeux
au lieu d'appeler le sens du toucher à mon secours, je
me suis trompée; mais cela ne m'arrivera plus, car j'ai
pris Minet en fermant les yeux — quand donc me déferai-je
de cette habitude? — et en passant la main sur sa fourrure
si douce et si peu semblable à celle du chien, puis j'ai
rouvert les yeux, et depuis j'associe toujours la vue d'un
chat à la sensation que j'ai éprouvée en le touchant.

« Une autre expérience que j'ai faite aujourd'hui m'a
en outre prouvé que je ne faisais guère de progrès dans
l'appréciation des distances.

« En dépit de tout cela, il n'est rien que j'aime tant que
d'exercer ma vue en regardant dans le lointain, à moins
cependant que je ne vienne gâter le plaisir que j'éprouve
en cherchant à juger des distances. Il me semble que je
m'échappe de prison, après être restée si longtemps dans
les ténèbres, quand je regarde de mes fenêtres la ville,
le promontoire qui s'avance hardiment jusqu'à la jetée,

et la mer qui borne l'horizon. Mais dès que ma tante se
met à me questionner sur les distances, elle me gâte tout
mon plaisir. C'est bien pis lorsqu'on me demande d'indiquer les proportions des vaisseaux et des barques.
Quand je n'aperçois qu'un bateau, j'exagère ses dimen-
sions; mais, en le comparant à un vaisseau, je tombe dans
l'extrême opposé. J'éprouve autant de dépit que ce jour
où, voyant de ma fenêtre un cheval attelé à une voiture,
je les pris pour un chien et une brouette! Je dois dire, il
est vrai, pour m'excuser d'une méprise aussi absurde,
que lorsque j'étais aveugle, je m'imaginais qu'un cheval
et une voiture étaient cinq fois plus grands qu'ils ne le
sont réellement. Cette explication vous fera comprendre
mon erreur.

« Ma tante me ,uesti·nnait avec un véritable plaisir.

« Quant à Oscar, je crois que ces interrogatoires pro-
duisaient sur lui un effet tout contraire. Devrais-je en
croire mes yeux? Non, ils ne me trompent pas en me le
montrant tout triste et mélancolique lorsqu'il est avec
moi.

« Trouverait-il quelque changement en moi? J'en
pleure de dépit. C'est Oscar, et ce n'est pas lui cependant.
Ce n'est plus le même Oscar que je connaissais alors que
j'étais aveugle. Tout étrange que cela puisse vous sembler, je devinais d'instinct sa façon de me regarder. A
présent que je puis le voir, je me demande si c'est bien
l'amour qui se reflète dans ses yeux. Au temps où je ne
me fiais qu'à mon imagination, j'aurais pu m'en assurer.
Maintenant elle ne me dit pas ce que me disent mes
yeux. Je crains bien qu'il ne s'aperçoive qu'il reste in-
compris pour moi. Oh! mon Dieu! mon Dieu! pourquoi
avant d'avoir connu Oscar n'ai-je pas rencontré ce bon
Herr Grosse qui m'a ouvert les portes de ma nouvelle
existence? Je n'aurais plus mes préjugés, mes souvenirs,
qui ne me laissent aucun repos. Mais j'espère que le
temps me les fera oublier et que je m'habituerai à la nouvelle impression produite sur moi par Oscar. Tenez, cette
après-midi, il me passa le bras autour de la taille, comme
nous descendions avec Mlle Batchford dans la salle à

manger. Eh bien, je suis restée froide! Il y a quelques mois à peine tout mon être eût frissonné à ce contact. Une larme vient de mouiller le papier sur lequel j'écris. Pauvre fille que je suis! Mais pourquoi vous donner tous ces détails?

« J'ai écrit de nouveau à mon père pour lui annoncer le retour d'Oscar en Angleterre. Je ne lui parle pas de ma première lettre restée sans réponse. Ce qu'il y a de mieux à faire, c'est de laisser mon père revenir de lui-même à de meilleurs sentiments. J'ai montré à Oscar ma lettre où j'avais laissé un espace en blanc en le priant d'y ajouter lui-même quelques lignes. Il me demanda, pendant qu'il l'écrivait, d'aller lui chercher un objet qui se trouvait dans ma chambre. Quand je revins, il avait cacheté la lettre en oubliant de me montrer le post-scriptum. Je jugeai inutile de rompre le cachet, puisqu'il m'assurait l'avoir écrit. »

Note. — « Il faut que vous lisiez les lignes tracées par « Nugent au bas de la lettre de Lucile, afin de com- « prendre le motif de sa conduite. On verra dans la suite « que ce post-scriptum était d'une certaine importance.

« C'est en ces termes que Nugent, personnifiant Os- « car, écrivait au recteur de Dimchurch. Je crois vous « avoir dit combien les deux frères se ressemblaient. Ils « avaient jusqu'à la même écriture. Voici le post-scrip- « tum en question :

« CHER MONSIEUR FINCH,

« La lettre de Lucile vous explique comment, revenu « à la raison, je me retrouve auprès d'elle comme son « fiancé. Si j'ajoute ces quelques lignes, c'est simplement « pour vous proposer d'oublier le passé et de nous récon- « cilier.

« Nugent s'est conduit en homme de cœur. Il me délie « des engagements que j'avais pris si témérairement, « lors de notre dernière entrevue. Il a tenu fidèlement et « avec la plus grande générosité la promesse qu'il avait

« faite à Mme Pratolungo de découvrir ma retraite et de
« me rendre à Lucile. Pour le moment il est à l'étranger.

« Dans le cas où vous voudriez bien m'honorer d'une
« réponse, je vous prie d'observer la plus grande pru-
« dence, car Lucile voudra voir votre lettre. Rappelez-
« vous que je suis venu la retrouver après un court
« séjour à l'étranger où j'étais appelé par mon frère.
« Vous ferez bien aussi de ne pas parler de cette malheu-
« reuse couleur qui me défigure. J'ai tout expliqué à la
« satisfaction de Lucile et elle a fini par s'y habituer. Ce-
« pendant c'est un sujet pénible et auquel il ne faut faire
« allusion que le moins possible.

« Tout à vous,

« Oscar. »

« Je dois donner ici un mot d'explication au sujet de ce
« post-scriptum, afin de vous montrer toute l'habileté
« avec laquelle Nugent continuait à tromper les gens.

« Écrit comme s'il venait d'Oscar et représentant Nu-
« gent comme ayant tenu toutes ses promesses, on n'y
« retrouve pas la politesse habituelle de son prétendu au-
« teur, et Nugent cherche ainsi à blesser l'amour-propre
« de M. Finch dans un but facile à expliquer. Le recteur
« était homme à se fâcher en ne recevant pas d'excuses
« de la part de son futur gendre, surtout lorsqu'il se rap-
« pellerait la manière dont Oscar l'avait quitté. Il impor-
« tait peu que les circonstances parussent excuser le
« fiancé de Lucile. Ce post-scriptum bref et sans gêne
« signé de son nom était bien propre à envenimer la bles-
« sure dont souffrait déjà l'amour-propre de M. Finch, et
« à le faire revenir peut-être sur son intention d'officier à
« la cérémonie nuptiale. Qu'arriverait-il alors? Un pas-
« teur quelconque qui ne saurait distinguer Nugent d'Os-
« car remplacerait M. Finch et le tour serait joué!

« Mais les gens les plus habiles ne prévoient pas tou-
« jours les événements. La trame la mieux ourdie a pres
« que toujours son point faible.

« Le post-scriptum n'en était pas moins un petit chef-

« d'œuvre, mais il exposait Nugent à un danger dont il
« ne reconnut la présence que lorsqu'il était trop tard
« pour reculer. Forcé, afin de sauvegarder les apparences,
« de donner à Lucile le conseil d'annoncer au recteur so*
« arrivée à Ramsgate, il courait le risque que cette nouvel*
« importante ne me fût communiquée par M. Finch ou par
« sa femme. Rappelez-vous que cette digne Mme Finch
« m'avait prié de lui écrire après mon départ et vous ver-
« rez que, malgré son habileté, Nugent s'aventurait sur
« un terrain dangereux. Mais reprenons le Journal de
« Lucile. » — P.

« 3 septembre. — Oscar a omis, je pense, quelque
chose dans le post-scriptum qu'il a ajouté de sa main. Il
m'a demandé si j'avais encore la lettre, et sur ma réponse
négative il montra un certain mécontentement qui cependant n'a pas duré longtemps. Il s'est écrié :

« — Qu'importe après tout, j'en serai quitte pour écrire
de nouveau. A propos de lettres, a-t-il ajouté, en attendez-
vous une de Mme Pratolungo?

« Vous voyez que cette fois c'était lui qui en parlait.

« Je lui répondis que c'était peu probable après ce qui
s'était passé entre elle et moi.

Je saisis cette occasion de lui faire une question au
sujet de Mme Pratolungo. Il me pria, pour la seconde
fois, de quitter ce désagréable sujet, et cependant il se
mit précisément à faire ce qu'il me défendait en m'inter-
rogeant à son tour sur Mme Pratolungo.

« — Croyez-vous, dit-il, qu'elle corresponde avec votre
père ou votre belle-mère, à présent qu'elle a quitté l'Angleterre ?

« — Je doute qu'elle écrive à mon père, lui répondis-je,
mais il se pourrait qu'elle écrivît à Mme Finch.

« Il réfléchit un instant, puis il changea de conversation
pour parler de notre séjour à Ramsgate.

« — Combien de temps comptez-vous rester ici ? me
demanda-t-il.

« — Cela dépendra d'Herr Grosse. Je lui en parlerai
lorsqu'il viendra.

« Il se retourna et me prit la main, cette main insensible qui reste froide quand il la touche.

« — Soyez ma femme, Lucile, me dit-il, et je resterai à Ramsgate pour vous faire plaisir.

« Tout heureuse que j'étais en entendant ces paroles, il me sembla qu'il y avait quelque chose d'étrange dans la manière dont il les prononça, et l'expression de sa figure me fit tressaillir. Je ne lui répondis pas immédiatement et il continua :

« — Pourquoi ne pas nous marier tout de suite? dit-il. Nous sommes tous deux majeurs et nous sommes maîtres de faire ce qui nous plaît. »

NOTE. — « Veuillez lire comme suit : Pourquoi le ma-
« riage n'aurait-il pas lieu avant que Mme Pratolungo
« n'apprenne ma présence à Ramsgate? De cette façon
« vous verrez quel était le motif de Nugent. La situation
« devenait de plus en plus périlleuse et il ne lui restait
« plus que la ressource d'engager Lucile à faire célébrer
« le mariage avant que je ne fusse avertie et avant que
« le docteur Grosse ne jugeât Lucile assez bien portante
« pour quitter Ramsgate. » — P.

« — Dans tout ceci vous comptez sans mon père, lui répondis-je; n'était-ce pas chose convenue qu'il devait nous marier lui-même à Dimchurch ? »

« Oscar eut un sourire... mais non pas le sourire que je trouvais si charmant dans mon imagination lorsque j'étais aveugle.

« — Alors s'il faut que ce soit votre père qui nous marie, nous courons le risque d'attendre longtemps.

« — Que voulez-vous dire?

« — Je vous expliquerai cela quand nous reparlerons de Mme Pratolungo.

« — Croyez-vous actuellement que M. Finch réponde à votre lettre?

« — Je l'espère.

« — Croyez-vous qu'il répondra au post-scriptum que j'y ai ajouté?

« — J'en suis persuadée. »

« Il eut le même sourire désagréable, et, cessant assez brusquement la conversation, il alla jouer au piquet avec ma tante.

« Tout ceci s'est passé hier au soir. Je suis allée me coucher, fort mécontente de moi-même, ou d'Oscar, ou bien de tous les deux. Je ne saurais préciser.

« Nous sommes allés nous promener aujourd'hui sur les rochers. Quel bonheur de respirer l'air frais de la mer et de jouir du spectacle qui s'offrait à nos regards! Oscar n'était pas moins heureux que moi. Pendant la première partie de notre promenade il fut charmant et je sentis que je l'aimais plus que jamais. Mais en revenant il survint un petit incident qui me le montra sous un jour moins favorable et qui me rendit toute triste. Je lui pro- posai de revenir en suivant le rivage. Ramsgate est en- core rempli de baigneurs et l'animation qui règne sur la plage dans l'après-midi présente pour moi, qui ai été si longtemps privée de la vue, un attrait plus puissant que pour les autres. Oscar a une sorte d'horreur instinctive de la foule et fuit tout contact avec les gens qui ne sont pas ses égaux par l'éducation et par les manières. Il fut surpris de mon désir de me mêler à ce qu'il appelle la populace de la plage. Il consentit cependant à m'accom- pagner si j'y tenais beaucoup ; et comme j'insistai, nous descendîmes sur la plage. Nous nous assîmes sur les chaises qu'on loue sur la promenade et nous nous mîmes à regarder la foule, qui était fort remuante. Des singes savants, des joueurs d'orgues, de jeunes saltimbanques marchant sur des échasses, un escamoteur, une troupe de *negro minstrels*, caricatures de la race noire, s'é- vertuaient à amuser la foule.

« Le mélange des couleurs, l'animation joyeuse de la foule, la mer bleue resplendissant des rayons d'un soleil ardent, tout me sembla délicieux. Je pensais que deux yeux ne suffisaient pas pour admirer tout cela. Une bonne vieille dame assise à mes côtés entama la conversation et m'offrit gracieusement des biscuits et du xérès qu'elle portait dans un petit sac. A mon grand désappointement,

Oscar se montra fort maussade. Il prétendit que la bonne vieille dame avait des manières vulgaires et que la foule qui se pressait autour de nous n'était qu'un troupeau de snobs [1]. Comme il murmurait encore sur le désagrément du contact avec les basses classes, il aperçut quelque objet qui le fit se lever et se tenir devant moi de manière à me le cacher. Comme je lui demandais la raison de ce mouvement, une dame, vêtue d'une robe de nuance particulière, et que j'avais déjà remarquée, passa devant moi et je tirai Oscar de côté afin de la regarder. Elle était accompagnée d'un homme de haute taille et de deux beaux enfants. Je vis que la figure du compagnon de cette dame présentait cette même teinte bleuâtre qui m'avait tant effrayée lorsque j'avais aperçu le visage du frère d'Oscar après l'opération. En ce moment, j'éprouvai le même sentiment de frayeur, mais plutôt parce que j'observais cette singulière nuance reproduite sur la figure d'un inconnu que par l'effet de la couleur elle-même.

« Je ne laissai pas cependant d'admirer la toilette de la dame et la beauté de ses enfants. Tandis que je les regardais, Oscar répondit à ma question d'un ton de reproche qui me sembla immérité.

« — J'ai voulu vous épargner la vue de cet homme et si vous avez eu peur, ne vous en prenez qu'à vous-même.

« — Je n'ai pas eu peur le moins du monde, lui répondis-je vivement.

« Oscar me regarda attentivement et s'assit sans ajouter un seul mot.

« La bonne vieille dame qui avait vu et entendu tout ce qui s'était passé, se mit à parler du monsieur à la figure bleue ainsi que de la dame et des enfants qui l'accompagnaient. C'était un officier en retraite qui avait servi aux Indes.

« — Il est malheureux de voir un aussi bel homme défiguré de cette manière, me dit-elle, mais qu'importe ?

---

1. Gens communs et mal élevés.

Il est marié et a deux beaux enfants pour le consoler. Je connais la propriétaire de l'appartement qu'ils occupent et elle dit qu'on ne pourrait trouver dans toute l'Angleterre de ménage aussi heureux. Après tout, son malheur n'est pas si grand, quand on y réfléchit. N'êtes-vous pas de mon avis, mademoiselle?

« Je répondis à la vieille dame que je partageais son opinion. Notre conversation semblait irriter Oscar. Je n'y comprenais rien. Il se leva de nouveau avec impatience, et regarda sa montre.

« — Votre tante va se demander ce que nous sommes devenus, dit-il ; vous devez avoir assez de cette foule?

« Tout au contraire, j'aurais voulu rester et je ne me sentais nullement fatiguée de regarder les promeneurs. Mais, voyant que je contrarierais Oscar en restant plus longtemps, je souhaitai le bonjour à la bonne vieille dame et je quittai la plage assez à contre-cœur.

« Il ne dit mot tandis que nous traversions la foule. Puis il reparla de l'officier et du souvenir qu'il avait éveillé en moi par la ressemblance de son teint avec celui de Nugent.

« — Comment se fait-il que vous n'ayez montré aucune frayeur à la vue de cet homme, comme vous l'avez fait en apercevant mon frère.

« — C'est à cause de l'idée que je me faisais de votre frère, étant aveugle. Quelque temps après l'avoir vu, je m'y étais habituée.

« — Cela vous plait à dire, répondit-il d'un air de doute.

« Il y avait quelque chose de fort irritant de se voir pour ainsi dire accusée de mensonge. D'un autre côté, il est vrai qu'il n'était pas très-bien de ma part de faire allusion à son frère après ce qu'il m'avait dit de l'infatuation de celui-ci. Je n'aurais pas dû le faire, et cependant je ne pus m'empêcher de revenir sur ce sujet.

« — Je dis ce que je pense, lui répondis-je. Avant de savoir ce que vous m'avez dit touchant votre frère, j'allais vous proposer, dan··· votre intérêt et dans le sien, de le prendre avec nous après notre mariage.

« Oscar s'arrêta subitement. Il retira son bras qu'il m'avait donné pour me guider à travers la foule.

« — Si vous parlez ainsi, c'est que vous êtes fâchée contre moi.

« Je niai qu'il en fût ainsi, et je lui déclarai de nouveau que je ne lui avais dit que la stricte vérité.

« — Vous ne me soutiendrez pas que vous auriez pu vivre avec la figure de mon frère continuellement devant vos yeux.

« — Si vraiment... S'il avait consenti à me regarder comme sa sœur.

« Oscar me montra à quelques pas de là la maison où je demeurais avec ma tante.

« — Vous voilà arrivée, dit-il d'une voix singulière et étouffée et les yeux baissés. Je m'en vais continuer ma promenade, nous nous reverrons à dîner.

« Il me quitta sans lever les yeux et sans dire un mot de plus.

« Était-il jaloux de son frère? Il y aurait eu dans une pareille jalousie quelque chose de si peu naturel et de si dégradant que je me sentis honteuse de l'en avoir soupçonné un seul instant. Cependant que pouvait signifier une conduite si singulière? »

Note. — « C'est à moi à répondre à cette question. Pour
« être juste envers ce malheureux, je dois dire que sa
« conduite décelait tout simplement le remords. La seule
« excuse qu'il pût se faire vis-à-vis de sa propre con-
« science, c'était que le malheur de son frère était un obs-
« tacle fatal à son mariage. Mais Lucile venait de déclarer
« qu'elle pouvait, sans horreur, s'habituer à voir Oscar.
« La torture que lui infligeait sa conscience en faisant
« cette découverte, l'avait forcé à quitter Lucile. Il se
« serait trahi s'il lui avait adressé la parole à un pareil
« moment, et je suis parfaitement certaine à l'heure qu'il
« est de ce que j'avance. » — P.

« La nuit est venue! Je suis dans ma chambre, trop agitée pour pouvoir me livrer au sommeil. J'aime mieux continuer à rapporter les événements intimes de cette journée.

« Oscar est venu un peu avant l'heure du dîner, pâle, égaré et ne semblant pas avoir conscience de ce qu'il disait. Il n'y a pas eu d'explication entre nous. Il m'a demandé pardon de la brusquerie et de la mauvaise humeur qu'il avait montrée lors de notre promenade. J'acceptai volontiers ses excuses et je fis de mon mieux pour cacher l'inquiétude que me causait son air préoccupé et distrait. Pendant qu'il me parlait, ses pensées étaient ailleurs et il ressemblait encore moins que jamais à l'idée que je m'étais faite de lui quand j'étais aveugle. Sa voix était bien la même ; mais il me parlait d'un ton jusque-là inconnu pour moi.

« Je sais qu'il avait jadis l'air calme et discret, mais je ne me rappelle pas l'avoir jamais vu aussi désespéré et aussi abattu qu'aujourd'hui ! Inutile de lui en demander la raison. Je ne pouvais autrefois le voir de mes propres yeux et les moyens par lesquels je le jugerais autrement et ceux grâce auxquels je le juge maintenant diffèrent tant, qu'il est inutile de les comparer. Combien Mme Pratolungo me manque ! Comme je me sentirais soulagée si je pouvais tout lui confier et savoir ce qu'elle pense de tout ceci !

« J'ai cependant une occasion de dissiper mes doutes en attendant jusqu'à demain.

« Oscar semble résolu enfin à me donner les explications qu'il m'a refusées jusqu'ici. Il m'a demandé un rendez-vous pour le matin, ce qui excite au plus haut point ma curiosité. Il y a quelque chose là-dessous qui concerne mes intérêts et peut-être aussi les siens.

« Voici comment la chose est arrivée.

« En revenant à la maison, lorsque Oscar m'a eu quittée, je trouvai une lettre dans laquelle mon bon vieux docteur m'annonçait sa visite prochaine, et il ajoutait un post-scriptum pour me dire qu'il arriverait vers l'heure du second déjeuner. Je connaissais si bien mon bravo Allemand, que j'en conclus qu'il fallait demander à ma tante de faire de son mieux sous le rapport culinaire, afin

de recevoir dignement le docteur. Je ne pouvais m'empêcher de penser à Mme Pratolungo et à la fameuse mayonnaise. Hélas! ces jours heureux reviendront-ils jamais!

« Nous étions à table lorsque j'annonçai cette nouvelle,
en ajoutant d'un air significatif que Herr Grosse viendrait
déjeuner.

« Ma tante eut un léger tressaillement et il me sembla,
contre mon attente, qu'elle s'intéressait peu à la question
du menu, pour ne s'occuper que de l'opinion du médecin
par rapport à ma santé.

« — Je suis très-inquiète de savoir ce que dira Herr
Grosse à votre sujet, ma chère enfant, me dit ma bonne tante.
J'insisterai pour qu'il me fasse sur votre état un rapport
plus détaillé que le dernier. Vos yeux me semblent, ma
chère enfant, complétement guéris à présent.

« — Est-ce que par hasard vous désireriez que je sois
guérie afin de pouvoir quitter Ramsgate? Est-ce que
vous en êtes déjà fatiguée? dis-je à ma tante.

« Toute âgée qu'elle était, le tempérament bouillant de
Mlle Batchford se révéla dans le regard qui jaillit de ses
yeux.

« — Je suis fatiguée, me répondit-elle, de garder une
lettre qui vous est adressée.

« — Quelle lettre?

« — Une lettre que je ne dois vous remettre que lorsque
Herr Grosse aura déclaré que vous êtes complétement
guérie.

« Oscar, qui jusque-là n'avait pas fait la moindre attention à notre conversation, s'arrêta subitement, la four-
chette en l'air, pâlit, et regarda ma tante fixement.

« — Qu'est-ce que cette lettre? répétai-je. Qui vous l'a
donnée et pourquoi ne dois-je pas la voir avant d'être
complétement guérie?

« Pour toute réponse Mlle Batchford secoua la tête.

« — Je hais les secrets et toutes ces façons mystérieuses
d'agir, dit-elle avec impatience. J'ai hâte d'en finir avec
ce secret, voilà tout, et comme je n'en ai que trop dit, je
me tairai.

« Mes prières furent inutiles. Ma tante s'était laissé

entraîner par sa vivacité à commettre une imprudence.
Elle s'en était aperçue à temps pour ne pas compliquer
davantage les choses.

« J'eus beau faire et beau dire, elle ne voulut plus me
parler de cette mystérieuse lettre. Elle répondit à toutes
mes questions en me priant d'attendre l'arrivée d'Herr
Grosse.

« Ce petit incident produisit sur Oscar un effet qui vint
exciter encore la curiosité que ma tante avait éveillée
en moi.

« Il m'écoutait avec une attention extraordinaire, tandis
que je suppliais ma tante de satisfaire ma curiosité. Quand
il vit que je ne pouvais obtenir de réponse, il repoussa
son assiette et cessa de manger; mais en revanche, quoiqu'il fût d'habitude fort modéré sur la boisson, il but une
forte quantité de vin pendant et après le repas. Le soir il
joua tout de travers avec ma tante, qui, tout irritée, finit
par renoncer à la partie. Puis il s'assit dans un coin,
écoutant en apparence le morceau que j'exécutais au
piano, mais en réalité plongé dans un abîme de réflexions.

« Au moment de me quitter il me glissa d'un air inquiet
ces mots à l'oreille, en me pressant la main :

« — Il faut absolument que je vous voie seule demain
avant l'arrivée de Herr Grosse. Pouvez-vous me ménager
une entrevue ?

« — Oui.

« — A quelle heure ?

« — A onze heures. Au bas de l'escalier qui conduit
à la plage.

« Il me quitta sur ces paroles. Mais une idée fixe me
poursuivait : Oscar connaît-il l'auteur de la lettre mystérieuse ?

« Oui, j'en suis persuadée. Nous verrons demain si je
me suis trompée.

« Le temps va me sembler bien long jusque-là. »

« 4 septembre. — Je compte ce jour comme le plus
triste de ma vie. Oscar m'a montré Mme Pratolungo

tello qu'elle est. Il me l'a dépeinte si nettement que je n'ai pu rien répondre. J'avais placé ma confiance dans une femme pleine de duplicité. Je l'avais aimée, cette créature, dépourvue de tout honneur et de toute reconnaissance! Et dire que j'ai pensé!... Mais non, le dégoût me saisit et j'aime mieux ne pas en parler. »

NOTE. — « Vous êtes-vous jamais trouvé comme moi, « dans la nécessité de transcrire une opinion peu flatteuse « vous concernant? Si vous êtes blasé, je vous recom- « mande cette nouvelle sensation. Vous verrez quelle « force de caractère il vous faudra pour résister au désir « d'y ajouter une ligne ou deux de votre cru. » — P,

« Oscar se trouva au rendez-vous. Il me conduisit jusqu'à la jetée de l'ouest. A l'exception de quelques marins qui ne firent point grande attention à nous, il n'y avait personne. C'était une des plus belles journées de la saison pour nous reposer aux rayons d'un magnifique soleil et respirer la brise embaumée de la mer. Il y avait quelque chose d'affreux et contre nature à nous entretenir, pendant des heures entières, de piéges, de mensonges, d'ingratitudes, de supercheries, de méchancetés. Je fis en sorte que ma première question le poussât à aborder le sujet sans perdre de temps à me préparer à ses révélations.

« — Me suis-je trompée en supposant que vous saviez quelque chose de la lettre dont ma tante a parlé hier à dîner ?

« — Oui. Je soupçonne seulement qu'elle vient d'une personne qui nous veut du mal à vous et à moi.

« — Madame Pratolungo?

« — Précisément !.... madame Pratolungo.

« Je ne fus pas de son avis sur ce point. Mme Pratolungo avait eu une discussion politique avec ma tante. Il était donc peu probable que mon ancienne amie lui eût écrit une lettre, et surtout une lettre confidentielle. Je demandai à Oscar s'il avait quelque idée de la teneur de cette lettre et pourquoi elle ne devait m'être remise que

lorsque Herr Grosse aurait déclaré que j'étais complète-
ment guérie.

« — Je ne saurais deviner son contenu. Mais je puis
savoir dans quel but elle a été écrite.

« — Et ce but ?...

« — Ce but est celui qu'elle a toujours eu en vue·
mettre tous les obstacles possibles à notre mariage.

« — Quel intérêt aurait-elle à agir ainsi ?

« — Celui de mon frère.

« — Je ne puis l'en croire capable.

« Nous nous promenions. A ces paroles, il s'arrêta et
me regarda fixement.

« — Vous l'avez cru cependant lorsque j'ai répondu à
votre lettre.

« Je reconnus en effet qu'après sa lettre j'avais partagé
son opinion à son sujet, tant qu'elle était restée auprès
de moi.

« — Sa présence, lui dis-je, augmentait ma colère et
mon aversion d'une façon inexplicable; à présent que j'ai
eu le temps de réfléchir, son absence même plaide en sa
faveur, ébranle ma conviction, et me force à me demander
avec anxiété si j'ai été juste envers elle. Je ne puis vous
donner une meilleure explication du sentiment que j'é-
prouve, mais il n'en existe pas moins, quoique je ne puisse
me l'expliquer.

« Il m'examina avec une attention croissante.

« — Cette bonne opinion doit être bien enracinée en
vous... Qu'a-t-elle pu faire pour la mériter ?

« Si j'avais énuméré les souvenirs qui me la rappelaient, j'aurais fini par fondre en larmes. Et cependant
je devais prendre sa défense autant que possible. Je surmontai la difficulté en disant à Oscar :

« — Voici ce qu'elle a fait lorsque j'ai reçu votre lettre.
Heureusement pour moi elle était indisposée ce matin-là
et elle a déjeuné au lit; j'ai eu tout le temps de retrouver
mon calme et d'avertir Zillah qui m'avait lu votre lettre
avant de vous voir. Je m'étais sentie blessée la veille du
motif qu'elle donnait de votre départ. Je pensais qu'elle
ne me témoignait pas la confiance que j'aurais montrée

en semblable circonstance. Me rappelant votre recommandation, je lui fis des excuses et lui dis tout ce qu'elle était en droit d'attendre de moi. Je me sentais si agitée, si malheureuse, que je serais volontiers tombée dans l'exagération. Enfin, je lui donnai lieu de soupçonner qu'il se passait quelque chose de fâcheux, puisque non-seulement elle me demanda s'il n'était pas arrivé quelque chose d'extraordinaire, mais elle alla jusqu'à me déclarer qu'elle croyait s'apercevoir d'un changement dans ma manière d'être auprès d'elle. Je l'arrêtai en lui disant que je ne la comprenais pas. Elle dut s'apercevoir que je ne disais pas la vérité et que je lui cachais quelque chose. Et cependant elle n'ajouta pas un mot. Un sentiment de fierté, que je vis aussi clairement que je vous vois se peignit sur son visage en même temps qu'elle avait l'air d'être blessée et peinée. Son expression à ce moment est encore présente à ma mémoire. Je me suis demandé plus tard si une femme aussi fausse et se sentant coupable aurait pu se conduire ainsi. Elle eût, au contraire, lutté de ruse avec moi et elle m'eût amenée insidieusement à lui révéler la découverte que j'avais pu faire. Oui, Oscar, quoi que je fasse, ce silence plein de délicatesse, ce regard de fierté blessée intercèdent en sa faveur quand je pense à elle. Je ne puis croire plus longtemps qu'elle puisse être l'abominable créature que vous m'avez dépeinte. Je sais que vous êtes incapable de me tromper et que vous avez confiance en mes paroles. Êtes-vous bien sûr de ne pas avoir commis une erreur cruelle à son égard ?

« Il s'arrêta sans me répondre et me fit signe de m'asseoir à côté de lui sur le parapet de la jetée. Je lui obéis, mais, au lieu de me regarder, il jeta les yeux sur la mer. Je n'y comprenais rien et sa conduite faisait naître en moi un sentiment d'inquiétude, de frayeur même.

« — Vous ai-je offensé ? lui dis-je.

« Il tourna les yeux vers moi aussi soudainement qu'il les avait tournés vers la mer. Il avait un air égaré et il était fort pâle.

« — Vous êtes une bonne et généreuse fille, me dit-il d'une voix rapide, mais entrecoupée. Parlons d'autre chose.

« — Non pas, j'ai trop besoin de connaître la vérité pour m'intéresser à autre chose.

« Il rougit de nouveau et poussa un soupir comme un homme qui fait un grand effort.

« — Vous le voulez? dit-il.

« — Oui, je le veux.

« Il se leva de nouveau. Plus il semblait prêt à me révéler ce qu'il m'avait caché jusque-là, plus il lui semblait difficile de commencer.

« — Vous plairait-il de reprendre notre promenade? me demanda-t-il.

« Je me levai sans répondre et je pris son bras. Nous allâmes ainsi à pas lents jusqu'au banc de la jetée, où il s'arrêta en regardant l'immensité de la mer azurée au lieu de se tourner vers moi et prononça ces paroles qui semblaient lui coûter tant.

« — Sans vous forcer à conclure dans mon sens, je vais vous prouver à l'aide de ses actions que cette femme est coupable.

« Je l'intérrompis pour lui faire une question.

« — Dites-moi tout d'abord ce qui vous la fait soupçonner à ce point?

« — Les renseignements que vous m'avez donnés vous-même sur elle aux Sables. Veuillez vous reporter par la pensée à l'époque dont j'ai parlé dans ma lettre, alors qu'elle s'est trahie devant vous dans le jardin du presbytère. Ne vous a-t-elle pas dit que vous auriez aimé Nugent si vous l'aviez rencontré avant de me connaître?

« — C'est parfaitement vrai. Elle a dit cela, influencée par la mauvaise humeur que nous partagions tous.

« — Eh bien! rappelez-vous qu'elle vous a suivi aux Sables. Était-elle toujours fâchée en vous faisant ses excuses?

« — Nullement.

« — S'est-elle interposée lorsque Nugent, abusant de votre cécité, vous a induite en erreur en imitant ma voix?

« — Non certes.

« — Était-elle toujours en colère?

« Je voulais encore la défendre et je répondis à Oscar

qu'elle pouvait bien être de mauvaise humeur à ce moment à cause de la froideur avec laquelle j'avais repoussé des excuses qu'elle me faisait de la manière la plus affable.

« Mes paroles ne produisirent aucun effet sur Oscar. Il résuma froidement tout ce qu'il avait dit.

« — Elle a fait des comparaisons malveillantes entre Nugent et moi. Elle ne l'a pas empêché de vous tromper en imitant ma voix. Eh bien, sa conduite dans ces deux circonstances s'explique par son ressentiment. Admettons cela en conservant chacun notre opinion, mais avant d'aller plus loin, tâchons de nous entendre sur un fait irrécusable. Lequel de nous deux a-t-elle toujours préféré ?

« Il n'y avait aucun doute à cet égard. Je dus avouer que Nugent était son favori et de plus je me souviens de l'avoir accusée d'injustice vis-à-vis d'Oscar. »

NOTE. — « Revoir le passage où je dis : Vous entendrez « parler dans la suite de cette accusation. — P. »

« Oscar continua :

« — Prenez ce fait en considération et arrivons à l'époque où, réunis dans votre boudoir, nous discutions au sujet de l'opération qui devait vous rendre la vue. On avait, je m'en souviens, posé la question de savoir si le mariage devait précéder ou suivre cette opération, ou bien s'il ne devait avoir lieu qu'après votre guérison complète ? Quelle a été l'opinion de Mme Pratolungo à ce sujet ? Elle a montré son hostilité en conseillant de remettre le mariage.

« Je persistai à la défendre.

« — Elle l'a fait, dis-je, par sympathie pour moi.

« Oscar me surprit encore en consentant à se placer à mon point de vue et en ne me contredisant pas.

« — Eh bien ! nous dirons donc que c'est par pure sympathie pour vous, continua-t-il ; mais quels que soient ses motifs, le résultat final a été le même. Notre mariage a été remis à une époque indéterminée et Mme Pratolungo a approuvé ce délai.

« — Et votre frère, ajoutai-je, a été d'un avis contraire et a essayé de me faire consentir à un mariage immédiat. Comment expliquez-vous cette contradiction?

« Il m'interrompit.

« — Ne parlez pas de mon frère dans tout ceci, dit-il. Il était encore capable à ce moment de montrer des sentiments honorables et d'accomplir son devoir en se sacrifiant pour moi. Bornons-nous à parler des faits et gestes de Mme Pratolungo. Souvenez-vous que, quelques instants après la fin de ce débat de famille, mon frère a été le premier à s'en aller et que vous m'avez laissé seul avec elle.

« — Je m'en souviens parfaitement.

« — Vous m'avez alors fait éprouver un désappointement amer en n'appréciant pas le vif désir que j'avais de vous voir recouvrer la vue. Vous avez élevé toutes sortes d'objections. Je me rappelle vous en avoir parlé avec une certaine amertume, en vous blâmant de n'avoir pas, comme moi, foi dans l'avenir. Puis je vous ai quittée pour m'aller enfermer dans ma chambre.

« Je lui dis que je me rappelais aussi bien que lui tout ce qui s'était passé ce jour-là. Il m'écouta sans dire un mot et attendit que j'eusse fini pour me questionner.

« — Mme Pratolungo partageait votre opinion injuste sur mon compte, mais elle se servit de termes plus énergiques pour le déclarer. Elle s'est trahie devant vous dans le jardin. Elle s'est trahie devant moi lorsque vous nous avez laissés ensemble dans le boudoir. Encore son tempérament irascible me direz-vous? Je suis de votre avis, si elle avait pu se maîtriser, jamais elle ne m'eût parlé comme elle l'a fait.

« Je commençai à être un peu surpris.

« — Comment se fait-il que vous ne m'en ayez encore rien dit. Vous avez donc craint de me faire de la peine? dis-je à Oscar.

« — Je craignais de perdre votre affection.

« Je retirai mon bras que j'avais tenu sous le sien

jusque-là. Ses paroles démontraient qu'il m'avait crue capable de manquer à la foi que je lui avais jurée. Il s'aperçut qu'il m'avait blessée.

« — Souvenez-vous, dit-il, que j'avais eu le malheur ce jour-là de vous offenser et que Mme Pratolungo a eu l'audace de me dire à ce sujet qu'il aurait été bien plus heureux pour vous d'épouser mon frère au lieu de moi. Voilà ses paroles exactes.

« On m'aurait dit que c'était moi qui avais prononcé ces paroles que je ne l'eusse pas plus cru que de Mme Pratolungo.

« — Êtes-vous bien sûr qu'elle vous ait tenu un propos aussi cruel? lui dis-je.

« Oscar au lieu de me répondre, tira de son portefeuille, après l'avoir cherché un instant, un morceau de papier tout froissé qu'il me mit sous les yeux pour me le faire lire.

« — Reconnaissez-vous mon écriture?

« — Oui!

« J'avais vu un nombre suffisant de ses lettres depuis que j'avais recouvré la vue pour être sûre que je ne me trompais pas. »

« — Alors, me répondit-il, lisez et jugez vous-même! »

Note. — « Vous connaissez cette lettre. J'avais laissé « échapper devant Oscar ces paroles absurdes, qui m'a- « vaient été arrachées par l'indignation naturelle que « toute femme qui a un peu d'amour-propre eût ressenti « à ma place. Au lieu de me les reprocher ouvertement, « Oscar s'en était retourné chez lui et selon son habitude « avait jugé convenable d'écrire ce qu'il n'osait me dire en « face. Ayant eu de mon côté le temps de me calmer et sen- « tant toute l'absurdité qu'il y avait à s'écrire quand nous « étions à quelques minutes l'une de l'autre, j'étais allée « tout droit aux Sables après avoir, comme je le croyais, « froissé et jeté la lettre au feu. Après l'explication que « j'eus avec Oscar, je m'en étais retournée au presbytère « où j'appris que Nugent était venu pendant mon absence « et qu'il était reparti après avoir attendu quelque temps

« seul dans le boudoir. Vous comprenez que cette lettre
« qu'il montrait à Lucile était celle que m'avait écrite
« Oscar et que j'avais jetée dans le garde-feu croyant la
« jeter dans le feu même. Si je ne l'avais pas vue à mon
« retour, c'est que Nugent l'ayant aperçue s'en était em-
« paré. J'ai déjà donné à ce sujet des détails plus étendus
« et j'ai inséré la lettre en question, la lettre où j'en parle.
« Je veux vous éviter le désagrément d'avoir à la cher-
« cher en vous la donnant; je l'aperçois collée sur la page
« même du Journal de Lucile. Vous m'en saurez gré,
« j'en suis sûr. Quel est l'auteur qui vous traiterait,
« cher lecteur, avec autant de considération. Mais je
« m'aperçois que j'entonne mes propres louanges! Repre-
« nons bien vite le Journal de Lucile. — P. »

« Je lui pris la lettre des mains et je la parcourus. Il
m'a permis sur ma demande de la garder comme pièce
justifiant l'opinion que j'ai maintenant sur Mme Pratolungo. Je m'empresse, avant d'aller plus loin, de la placer
dans mon Journal.

« Madame Pratolungo,

« Comment saurais-je exprimer tout le chagrin et la
« douleur que vous m'avez causés? Mes torts sont graves,
« je l'avoue, mais tout en vous demandant sincèrement
« pardon de tout ce que j'ai pu faire ou dire pour vous
« offenser, je ne puis me soumettre à l'arrêt cruel que
« vous avez prononcé sur moi. Si vous saviez combien
« j'adore Lucile, vous seriez moins dure et vous me com-
« prendriez mieux. Il me semble entendre encore vos pa-
« roles impitoyables et je ne puis vraiment vous revoir
« avant que vous ne m'en ayez donné l'explication par
« écrit. En me déclarant que Lucile serait plus heureuse
« en épousant mon frère, vous m'avez enfoncé un poi-
« gnard dans le cœur. J'espère que vous n'avez pas voulu
« parler sérieusement. Veuillez m'écrire et me dire s'il
« en est ainsi.

                                        « OSCAR. »

« La première chose que je fis après avoir lu cette lett.e
fut de reprendre le bras d'Oscar en le pressant fortement.
Ensuite je demandai naturellement quelle avait été la
réponse de Mme Pratolungo à cette lettre si touchante et
si affectueuse.

« — Je ne puis vous la montrer, dit-il.

« — Est-ce que par' hasard vous l'auriez perdue?

« — Madame Pratolungo ne m'a jamais répondu.

« Je lui fis répéter cela deux ou trois fois.

« — Est-il possible qu'une pareille supplication ait pu
être laissée sans réponse par une honnête femme?

« Oscar l'affirma de nouveau sur son honneur. Cette
femme était donc bien dépravée. Mon amour de la justice
et l'amitié que j'avais pour elle me firent tenter un
nouvel effort pour l'excuser.

« — Sa conduite ne peut s'expliquer que de cette façon,
dis-je à Oscar. Elle n'aura pas reçu votre lettre. Où l'avez-
vous envoyée?

« — Au presbytère.

« — Qui l'y a portée?

« — Mon propre domestique.

« — Il a pu la perdre en chemin et n'aura pas osé
l'avouer; ou bien la servante du presbytère aura négligé
de la remettre à destination.

« — Non pas, dit Oscar en secouant la tête, je sais que
Mme Pratolungo a reçu ma lettre.

« — Comment?

« — Je l'ai retrouvée toute froissée au coin du garde-feu
dans votre boudoir.

« — Était-elle décachetée?

« — Oui. Cette femme, après l'avoir reçue et en avoir
pris lecture, avait voulu la brûler, mais elle ne l'a pas
jetée avec assez de force pour qu'elle tombât dans le feu.
Maintenant, Lucile, trouvez-vous toujours que je ca-
lomnie Mme Pratolungo?

« A quelques pas de nous se trouvait un autre banc. Ne
pouvant plus me soutenir, j'y allai et je m'assis. Je me
sentais comme un poids sur l'esprit et je ne pouvais ni
parler ni pleurer. Je restai là silencieuse, tordant mes

mains sur mes genoux. Je sentais que les derniers liens
qui m'attachaient encore à celle qui avait été mon amie
venaient de se briser et qu'un abîme infranchissable nous
séparait. Oscar me suivit et se pencha vers moi, puis il
se résuma d'une voix calme, mais inflexible. Il acheva de
me convaincre et de me rendre honteuse de m'être laissée
surprendre à regretter cette femme.

« — Examinons, dit-il, une dernière fois, tout ce qu'a
dit et fait cette femme et vous trouverez que l'idée qui
est toujours présente à son esprit sous une forme ou sous
une autre, c'est celle de vous faire épouser Nugent.
Qu'elle s'oublie dans sa colère ou qu'elle parle de sang-
froid, c'est toujours là l'idée qui ressort. La première fois
elle dit que si aviez rencontré Nugent au lieu de moi,
vous l'auriez aimé. Une autre fois, elle souffre que
Nugent vous adresse la parole en contrefaisant ma
voix. Une troisième fois, voyant que vous êtes irritée
contre moi, elle triomphe et a la cruauté de me dire
que vous seriez bien plus heureuse en épousant mon
frère au lieu de m'épouser. Je lui demande poliment et
d'une façon amicale d'expliquer ces affreuses paroles.
Que fait-elle? Remarquez qu'elle a eu le temps de réfléchir à ce qu'elle a dit. Elle m'écrit?... Non pas! Elle jette
avec mépris ma lettre au feu. Ajoutez à cela le résultat de
vos propres observations, c'est-à-dire qu'elle n'a d'yeux
que pour Nugent. C'est son préféré. Elle n'a montré pour
moi, à partir du jour où elle m'a connu, que haine et pré-
vention. Nugent a avoué en secret.... je le sais de bonne
source,.... qu'il vous aimait. En considérant tous ces faits,
quelle est la conclusion à laquelle on arrive forcément?
Je vous le demande encore. Ai-je eu raison de vous avertir,
comme vous m'aviez déjà averti vous-même, de vous méfier d'elle?

« Pouvais-je faire autrement que de convenir qu'Oscar
avait raison. Je devais, pour lui et pour moi, faire taire
de suite ce qui me restait d'affection dans le cœur pour
cette fausse amie. Oscar s'assit auprès de moi et me prit
la main.

« — Après de pareils faits, pourquoi vous étonneriez-

vous de ce que cette femme me donne des craintes pour
l'avenir? me dit Oscar avec douceur. Serait-ce la première
fois que, sachant leur confiance mutuelle, on réussirait à
séparer de fidèles amants? Ne croyez-vous pas Mme Pratolungo assez habile et assez dénuée de scrupules pour se
servir contre nous, dans un but des plus pervers, de l'influence qu'elle possède au presbytère? Qui sait si en ce
moment même elle ne s'entend pas avec Nugent!

« Ne pouvant en endurer plus long, j'interrompis
Oscar.

« — Vous m'avez dit que vous aviez vu votre frère, lui
dis-je, et que vous vous étiez arrangé avec lui. En ce cas,
qu'avez-vous à craindre?

« — J'ai à craindre l'influence de Mme Pratolungo et
l'infatuation de mon frère à votre égard. Les promesses
qu'il m'a faites en toute honnêteté sont de ces promesses
sur lesquelles je ne saurai compter dès que j'aurai tourné
le dos et que Mme Pratolungo sera venue le retrouver. Il
y a déjà quelque chose qui s'agite sous la surface. Je
n'aime guère cette lettre mystérieuse que l'on ne doit vous
montrer que dans certaines conditions, pas plus que le
silence de votre père. Il a eu tout le temps de répondre à
votre lettre et au post-scriptum que j'y ai ajouté. Cependant il n'en a rien fait.

« Nous touchions à un sujet assez délicat. En effet, mon
père n'avait pas encore envoyé de réponse. Je fis observer
à Oscar que peut-être la recevrions-nous ce jour même,
mais il fut d'un avis tout contraire et se montra aussi
entêté que moi.

« — Eh bien, si la réponse de votre père n'arrive pas
avant la fin de la semaine, adressée à vous ou à moi,
consentirez-vous à admettre que ce silence soit suspect?

« — J'admettrai que ce silence indique un manque total
de considération pour vous, lui répondis-je.

« — Ah! voilà tout ce que vous voudrez bien admettre.
Vous vous obstinez à fermer les yeux sur l'influence de
Mme Pratolungo, influence qui se fait sentir au presbytère et qui empoisonne l'esprit de votre père en le préve-
nant contre notre mariage.

« Il me pressait de trop près. Je fis cependant mon possible pour lui exposer franchement ma pensée.

« — Je vois fort bien, lui dis-je, que Mme Pratolungo s'est conduite envers vous d'une façon des plus cruelles, et je suis porté à croire, après ce que vous venez de me raconter, qu'elle serait charmée de me voir rompre l'engagement que j'ai pris envers vous, pour épouser votre frère. Mais ce que je ne puis comprendre, c'est qu'elle soit assez insensée pour ourdir dans ce but un vrai complot. Personne ne sait mieux qu'elle que je n'aime que vous et combien il serait inutile de vouloir m'en faire épouser un autre. La femme la plus insensée au monde, sachant ce qu'elle sait et nous voyant ensemble, n'aurait pas la stupidité d'entreprendre ce que vous croyez Mme Pratolungo capable de faire.

« Il n'y avait pas à cela de réplique possible. Cependant Oscar avait une réponse toute prête dans le cas où j'aurais fait une objection.

« — Si vous connaissiez mieux le monde, Lucile, vous sauriez qu'un amour vrai, tel que le nôtre, est un mystère incompréhensible pour une femme de cette espèce. Elle ne peut ni comprendre cet amour ni y croire. Elle se sent elle-même fort capable de rompre, avec l'aide des circonstances, un engagement tel que le nôtre, et elle abaisse votre fidélité au niveau de la sienne. La connaissance de vos sentiments à ce sujet et le fait que mon frère est défiguré n'empêcheront jamais une pareille femme d'essayer de nous séparer. Elle a déjà vu de ses propres yeux ce que vous m'avez avoué hier; en un mot, que vous aviez réussi à vaincre votre premier mouvement de répulsion pour Nugent. Elle n'ignore pas que des hommes bien plus défigurés que mon frère ont épousé des femmes aussi belles que vous. Oui, Lucile, croyez-moi, quelque chose qu'il est impossible de réfuter me dit que son retour en Angleterre sera fatal à nos espérances, à moins que nous ne soyons unis par des liens plus sérieux. Mes appréhensions sont-elles l'effet de mon imagination et, comme telles, peu dignes d'un homme? Non, non, ma Lucile bien-aimée, il n'en est pas ainsi, et en tout cas vous

devez les prendre er. considération, car ces appréhensions me sont dictées par le seul amour que j'ai pour
vous.

« Je ne pouvais répondre à Oscar que dans un sens
favorable. Il me serra contre lui et entoura ma taille de
son bras.

« — Ne nous sommes-nous pas engagés à devenir mari
et femme? me dit-il tout bas.

« — Oui.

« — Ne sommes-nous pas tous deux majeurs et libres
de nos actions?

« — Oui.

« — Consentiriez-vous à me soulager de l'anxiété qui
pèse sur moi, si vous le pouviez?

« — Vous le savez bien.

« — Eh bien, vous le pouvez.

« — Comment?

« — En me donnant les droits d'un époux. En consentant à m'épouser à Londres dans une quinzaine.

« Je reculai d'un pas et je le regardai sans pouvoir lui
répondre autrement que par mon étonnement.

« — Je ne vous demande pas, continua-t-il, remar-
quez-le bien, de commettre une action répréhensible. J'ai
déjà parlé à une de mes parentes, femme mariée, dont la
maison vous sera ouverte jusqu'au jour de la cérémonie.
Quand vous serez restée une quinzaine de jours chez elle,
nous pourrons nous marier. Il n'y a aucun empêchement
à ce que vous écriviez à vos parents pour que l'on ne soit
pas inquiet sur votre compte. Vous direz simplement que
vous êtes chez des personnes honorables. Inutile d'en
écrire plus long. Cachez soigneusement votre adresse
tant que Mme Pratolungo pourra nous nuire. Puis, dès
que nous serons mariés, parlez haut et sans crainte, et
que personne n'ignore que vous êtes ma femme!

« Je sentis trembler le bras dont il m'entourait la taille.
Il devint tout rouge tandis qu'il me dévorait des yeux.
D'autres femmes à ma place se seraient senties les unes
flattées, les autres offensées. Dois-je vous faire cette con-
fidence? Je fus saisie de frayeur.

« — C'est de m'enfuir avec vous que vous me proposez là?

« — S'enfuir!.... dit-il. Deux fiancés qui n'ont à répondre à personne de leurs actions!

« — Et le respect que je dois à mon père et à ma tante? Vous me proposez de fuir loin d'eux et de me cacher!

« — Pardon, je vous demande simplement de demeurer chez une dame mariée et de cacher, jusqu'à ce que nous soyons mariés, ce séjour à votre plus mortelle ennemie. Y a-t-il donc quelque chose de bien terrible dans ce que je vous demande pour que vous pâlissiez et que vous montriez une pareille frayeur? N'ai-je pas commencé à vous voir avec le consentement de votre père? Ne sommes-nous pas engagés l'un à l'autre et libres de prendre une décision? Y a-t-il quelque raison pour nous empêcher de nous marier demain si nous le voulons? Et vous hésitez encore! Oh! Lucile, Lucile! vous me forcerez à avouer ce qui me rend si malheureux depuis que je suis ici, et de vous demander si, à en croire les apparences, votre amour pour moi n'est plus le même. Vous ne m'aimez donc plus comme autrefois?

« Oscar se leva et alla jusqu'au parapet, où il s'accouda en se cachant la figure entre les mains.

« Je restai assise, ne sachant quelle contenance tenir. Je sentais qu'il avait raison de se plaindre de ma froideur, et je ne pouvais chasser ce sentiment, quoi que je fisse. J'avais à faire, à ce qu'il me proposait, les objections que toute femme eût faites à ma place.

« Mais toute certaine que je fusse d'être dans mon droit, il y avait en moi quelque chose qui plaidait pour Oscar. Ce n'était certainement pas ma conscience qui me disait qu'il y avait un temps où j'aurais écouté ses prières et où je n'aurais pas montré une pareille hésitation.

« Quelle que fût la cause de ce remords, je ne pus m'empêcher de me lever et de rejoindre Oscar.

« — Vous ne pouvez vous attendre à ce que je prenne de suite une décision aussi grave, lui dis-je. Donnez-moi au moins un peu de temps pour réfléchir....

« — Libre à vous de faire comme vous l'entendrez, répondit-il avec amertume. Et pourquoi me le demander au fait ? Agissez comme il vous plaira et prenez autant de temps que vous voudrez.

« — Eh bien, donnez-moi jusqu'à la fin de la semaine, repris-je, jusqu'à ce que j'aie acquis la certitude que mon père persiste à ne répondre ni à vous ni à moi. Quoique maîtresse de mes actions, la seule chose qui puisse justifier ce départ secret et cette cérémonie célébrée par un autre que lui, c'est le silence de mon père. Je ne vous demande, Oscar, qu'une semaine pour me décider. Ce n'est pas bien long.

« Y avait-il dans ma voix quelque chose qui lui révéla le chagrin que j'éprouvais ? Je ne sais, mais il se retourna soudainement pour m'examiner et il surprit des larmes dans mes yeux.

« — Pour l'amour de Dieu ! Ne pleurez pas, Lucile, me dit-il. Faites votre volonté et prenez le temps nécessaire pour réfléchir. Nous ne reparlerons pas de ceci avant la fin de la semaine.

« Il m'embrassa vivement et d'un air agité. Puis il m'offrit son bras pour me reconduire.

« — Le docteur Grosse va venir aujourd'hui, dit-il, et il ne faut pas qu'il vous trouve dans l'état où vous êtes. Rentrez vous reposer et vous calmer.

« Je m'en revins avec lui bien triste et le cœur bien gros. Mon dernier espoir de conserver mon ancienne amitié pour Mme Pratolungo venait d'être anéanti. On me l'avait montrée comme une femme que je n'aurais jamais dû connaître et avec laquelle je n'aurais jamais dû échanger une parole d'amitié. Je perdais non-seulement l'amie avec laquelle j'avais passé des jours si heureux, mais je causais du chagrin et du désappointement à Oscar. Jamais la vie ne m'était apparue sous un jour aussi triste qu'à ce moment-là, sur la jetée de Ramsgate.

« Oscar me quitta à la porte en me prenant tendrement la main pour me relever le moral.

« — Je reviendrai un peu plus tard, dit-il, avant que Grosse ne reparte pour Londres, pour savoir ce qu'il

pense de votre santé. Prenez du repos, Lucile. Il vous
rendra tout votre calme.

« Comme il disait ces mots, nous entendîmes un pas
lourd retentir derrière nous. En nous retournant nous
aperçûmes Herr Grosse qui arrivait à pied de la gare. Le
temps s'était écoulé plus rapidement que nous ne l'avions
pensé.

« Au premier regard qu'il jeta sur moi, il parut étonné
et désappointé. Il me jeta, avec une anxiété que je ne lui
avais jamais vue, un regard scrutateur. Il tourna ensuite
la tête, et sa figure exprima d'une manière qui me fit de
la peine, la colère et le soupçon. Comme il n'ouvrait pas
la bouche, Oscar se vit forcé, pour rompre ce silence désagréable, de s'adresser le premier à Herr Grosse.

« — Comme je ne veux pas vous déranger, dit Oscar,
je vais vous laisser seul avec Lucile et je reviendrai dans
une heure.

« — Non pas, jeune homme! Vous viendrez avec moi,
car j'ai peut-être quelque chose à vous dire.

« En parlant ainsi le docteur fronça ses épais sourcils et
indiqua d'une manière fort péremptoire à Oscar la porte
de la maison.

« Oscar sonna. Ma tante nous entendit et parut au balcon.

« — Bonjour, monsieur Grosse, dit-elle. J'espère que
vous êtes satisfait de l'état de santé de Lucile. Hier même,
je disais qu'elle était complétement guérie.

« Herr Grosse salua ma tante d'un air assez bourru et
se remit à me regarder les yeux si longtemps, et avec une
telle fixité, que je m'en sentis toute troublée.

« — Les opinions de votre tante ne sont pas les miennes,
dit Herr Grosse. Veuillez entrer, mademoiselle; je ne suis
pas content de l'aspect de vos yeux.

« La domestique nous tenait la porte ouverte. J'entrai
sans répondre à Herr Grosse qui attendait qu'Oscar le
précédât. Les traits du frère de Nugent s'étaient assom-
bris lorsqu'il me rejoignit dans le vestibule et il avait un
air à la fois irrité et confus. Grosse le poussa assez brusquement de côté pour me donner le bras et je montai en
me demandant ce que signifiait tout cela.

« Quand nous fûmes dans le salon, Herr Grosse me fit
asseoir auprès de la fenêtre. Il se pencha en avant et me
regarda de très-près, puis se recula pour me voir à distance. Tirant ensuite une loupe de sa poche, il m'examina longuement les yeux. Après m'avoir tâté le pouls
et laissé retomber mon bras comme si le résultat n'était
pas ce qu'il désirait, il se tourna vers la fenêtre en gardant le silence et sans faire la moindre attention à nous.

« Ma tante fut la première à rompre ce silence inquiétant.

« — N'avez-vous rien à nous apprendre, monsieur
Grosse? s'écria-t-elle vivement. Trouvez-vous Lucile...?

« Herr Grosse se tourna brusquement vers Mlle Batchford et l'interrompit sans la moindre cérémonie.

« — Je trouve qu'elle a bien rétrogradé... beaucoup,
beaucoup, s'écria-t-il en enflant la voix et en poussant une
espèce de grognement... N'ai-je pas dit quand je l'ai envoyé ici : Gardez-la bien... bien tranquille?... et on n'en a
rien fait. Je m'aperçois que quelque chose a mis ma pauvre
petite Lucile sens dessus-dessous ; quelle en est la cause
et qui a fait cela.... hein?....

« Le docteur jetait en parlant ainsi un regard féroce
tantôt sur Oscar et tantôt sur ma tante. Puis, se tournant
vers moi et me posant lourdement les mains sur les
épaules, il abaissa les yeux sur mon visage avec une singulière expression de commisération et de colère tout à
la fois.

« — Ma pauvre enfant est triste, elle est malade, continua-t-il. Notre chère madame Pratolungo, où peut-elle
être? Que m'avez-vous donc dit à propos d'elle, ma petite
chérie, la dernière fois que je vous ai vue? Vous disiez
qu'elle avait été voir son père. Alors vous n'avez qu'à
lui envoyer un télégramme où vous lui direz : Venez,
madame Pratolungo. Venez à moi.

« En entendant une seconde fois ce nom de Pratolungo,
Mlle Batchford se redressa de toute sa taille, au point
de paraître grandie de plusieurs pouces.

« — Dois-je comprendre, monsieur, dit-elle, que par ce
langage extraordinaire vous vouliez blâmer ma conduite
envers ma nièce?

« — Voici ce que vous devez comprendre, madame, répondit le docteur. Malgré le bon air de la mer, votre nièce se tourmente et se rend malade. Je l'ai envoyée ici pour reprendre ses couleurs et se refaire une bonne chair bien ferme. Bon! dans quel état est-ce que je la retrouve? n'ayant rien gagné ni en couleur, ni en chair. Elle est devenue toute pâle et sa chair ressemble à de la cire molle. Avec le bon air qu'elle respire ici, il n'y a qu'une raison pour cela. Quelque chose est venu la tourmenter. Est-ce que tout ceci est bon pour ses yeux? Oh damn! damn! C'est ce qu'il y a de pire pour ses yeux. Si vous ne pouvez obtenir un meilleur résultat, emmenez-la d'ici. Vous perdez votre temps et votre argent en gardant l'appartement que vous occupez.

« Ma tante s'adressa à moi de son air le plus majestueux.

« — Vous comprendrez, Lucile, dit-elle, que la seule manière de répondre à un pareil langage, c'est de me retirer. Dites à monsieur Grosse, si vous parvenez à lui faire entendre raison, de me faire des excuses et de me donner des explications par écrit.

« Après ces paroles superbes, dites avec emphase et d'un ton sévère, Mlle Batchford, qui semblait grandie encore d'un pouce ou deux, se leva et sortit d'un air majestueux.

« Grosse ne fit pas plus attention à elle que si elle n'existait pas et, enfonçant tout bonnement ses mains dans ses poches, il se mit à regarder par la fenêtre.

« Quand la porte se referma sur Mlle Batchford, Oscar quitta le coin où il s'était assis d'un air assez maussade lorsque nous étions entrés dans le salon.

« — Ma présence ici est-elle nécessaire? me demanda-t-il.

« Herr Grosse était sur le point de répondre à cette question d'un ton encore moins gracieux, lorsque je l'arrêtai d'un regard et je lui parlai à l'oreille. Sur quoi, il me fit un signe d'assentiment et, se tournant subitement vers Oscar, il lui demanda :

« — Demeurez-vous dans la maison même?

« — Je demeure à l'hôtel qui se trouve au coin de la rue.

« — Eh bien, dit Herr Grosse, allez m'y attendre.

« A ma grande surprise Oscar obéit sans murmure à cet ordre péremptoire. Il me quitta sans dire un mot. Grosse prit une chaise et s'assit à mes côtés de l'air d'un père qui voudrait consoler sa fille.

« — Allons ! ma chère enfant, dit-il, racontez à papa Grosse ce qui a pu vous tourmenter depuis la dernière fois que je suis venu ici.

« Il est probable qu'il avait déversé toute sa bile sur ma tante et sur Oscar. Il parlait avec douceur, je dirai presque avec tendresse. Ses gros yeux fixes prirent derrière ses lunettes une expression plus douce, il se mit à me frapper la main à petits coups dans les siennes pour me réconforter.

« J'ai relaté dans mon Journal des détails que je ne pouvais lui donner. Ne pouvant pas non plus lui parler du changement survenu dans mes relations avec Mme Pratolungo, j'avouai franchement au docteur Grosse comment le sentiment que j'éprouvais pour Oscar était changé, à mon grand chagrin.

« — Je ne suis pas malade comme vous pourriez le supposer, lui dis-je, je suis seulement mécontente de moi-même et j'éprouve du découragement en songeant à l'avenir.

« Ayant commencé sur ce ton, je jugeai que le moment était venu de poser à Herr Grosse la question que j'avais l'intention de lui faire, lorsque je le verrais.

« — Ma guérison, lui dis-je, m'a complétement changée. J'ai perdu en recouvrant la vue les sentiments que j'éprouvais étant aveugle. Je voudrais savoir s'ils reviendront quand je me serai habituée à ma nouvelle situation et si la société d'Oscar aura pour moi le même attrait qu'elle avait dans cet heureux temps où j'excitais la compassion publique et où l'on ne m'appelait que la pauvre Mlle Finch.

« Je n'avais pas fini qu'Herr Grosse m'interrompit, involontairement sans doute. A mon grand étonnement il me lâcha la main et détourna la tête comme s'il voulait éviter mes regards, tandis que sa grosse tête crépue retombait sur sa poitrine.

« Il leva ensuite ses grosses mains poilues et les posa sur ses genoux après les avoir agitées avec tristesse en l'air. Ces gestes étranges et le silence encore plus singulier qui les accompagnait m'inquiétèrent tellement que je lui demandai instamment de s'expliquer.

« — Qu'avez-vous, lui dis-je, et pourquoi ne me répondez-vous pas?

« Herr Grosse se réveilla en sursaut de la rêverie où il était plongé et m'entoura de son bras avec une tendresse étonnante chez un homme d'aspect aussi rude.

« — Ce n'est rien, ma petite chérie, me dit-il. Je me sens tout triste. Votre climat nous donne souvent, à nous autres étrangers, le spleen. Voilà ce dont je souffre : d'un spleen anglais dans mon estomac allemand. Soh! je m'en vais le chasser et revenir tout guilleret à ma prochaine visite.

« En me donnant cette bizarre explication sur la cause de sa tristesse, Herr Grosse se leva et tâcha de me donner une explication non moins étrange sur ce que je lui avais dit.

« — Oui, dit-il, vous avez trouvé la chose. En effet, comme vous le dites, votre vue s'exerce aux dépens de vos sentiments. Mais lorsque ces deux choses contradictoires se seront habituées l'une à l'autre, elles se corrigeront mutuellement et reprendront chacune les fonctions qui leur sont propres. Vous avez d'un côté les mêmes sentiments que par le passé, mais vous ne voyez plus de la même façon. Cependant tout ira bien.... très-bien! Voilà mes opinions, et maintenant je vais chasser le spleen par une bonne promenade. Je vous assure que je reviendrai avec un nouvel intérieur. Au revoir, ma petite Lucile, au revoir.

« En me débitant cela aussi rapidement que possible et comme s'il avait hâte de se sauver, Herr Grosse prit son vieux chapeau tout pelé et s'enfuit en courant.

« Quelle pouvait être la signification de cette conduite? Me croit-il toujours sérieusement malade? Mais non; je suis trop fatiguée pour me tourmenter la cervelle à essayer de comprendre le sens des paroles de mon bon vieux mé-

decin. Il est maintenant une heure du matin et j'ai encore
à écrire tout ce qui m'est arrivé dans la journée. Les yeux
commencent à me faire mal et, chose étrange, je puis à
peine voir les dernières lignes de ce que j'écris. Il me
semble que l'encre a pâli. Si Grosse savait ce que je fais
en ce moment!.... ses dernières paroles lorsqu'il est parti
voir ses malades à Londres ont été pour me défendre de
lire et d'écrire jusqu'à son retour. Je comprends l'utilité
de cette recommandation, mais je suis tellement habituée
à mon Journal que je ne peux plus me passer d'écrire. Cependant je vais me voir forcée de m'arrêter et d'aller me
coucher, car je ne puis plus distinguer mon écriture malgré les trois bougies qui m'éclairent. »

Note. — « Je me suis jusqu'ici abstenue volontaire-
« ment d'interrompre le Journal de Lucile. Mais comme il
« s'arrête ici, je profite de cette occasion pour préciser
« certains détails dont à cette date elle n'avait pas con-
« naissance.

« Vous avez vu comment son instinct, resté fidèle quand
« même, s'efforce de faire sentir à ma pauvre Lucile la
« supercherie dont elle est victime, mais sans succès. Elle
« se sent bien, il est vrai, une certaine répugnance pour
« cet homme qui voudrait qu'elle prît la fuite avec lui,
« quoique cet homme soit son fiancé. C'est encore malgré
« elle qu'elle indique elle-même les points faibles dans
« l'accusation portée contre moi par Nugent. L'absence
« de tout motif raisonnable pour m'être conduit comme
« il m'en accuse et l'invraisemblance avec laquelle il me
« montre fomentant toutes sortes d'intrigues auxquelles
« je n'ai rien à gagner pour faire épouser à Lucile un
« homme qu'elle n'aime pas, la rend embarrassée et indé-
« cise, sans qu'elle puisse s'en expliquer la raison.

« Jusqu'ici sans doute, la position déplorable et extra-
« ordinaire de Lucile vous a été clairement dépeinte; mais
« comprenez-vous bien jusqu'à quel point elle a été affec-
« tée par l'anxiété, le désappointement, et l'attente, réunis
« pour la torturer à un moment aussi critique?

« J'en doute, car vous n'avez eu pour vous éclairer sur

« ce point que son Journal, où elle avoue ne pas com-
« prendre quelle est sa position. Vous me permettrez donc,
« cher lecteur, de trouver le moment propice pour vous
« dire ce que le médecin pensait d'elle en réalité en vous
« reproduisant l'entretien qui eut lieu entre Herr Grosse
« et Nugent lorsque l'oculiste se présenta à l'hôtel où il
« demeurait. Naturellement, je tiens les détails que je
« vous donne des personnages eux-mêmes. Il y a accord
« sur l'ensemble des faits, quoiqu'il puisse y avoir contra-
« diction dans les menus détails.

« Herr Grosse se montra fort surpris en apprenant que
« Nugent était à Ramsgate. Sachant déjà ce qui s'était
« passé à Dimchurch, il n'était pas en peine de compren-
« dre sous quel déguisement Nugent s'était présenté à
« Lucile et il avait dû s'apercevoir, après ce qu'il avait vu
« de ses propres yeux et après ce que Lucile lui avait
« raconté, que la supercherie de Nugent produisait un
« effet des plus désastreux sur l'esprit de la jeune fille.
« Après en être arrivé à cette conclusion, le docteur
« Grosse n'était pas homme à hésiter sur ce qu'il avait à
« faire. Aussi, en entrant dans l'appartement de Nugent,
« lui annonça-t-il le but de sa visite en termes brefs et
« nets.

« — Faites vos malles et partez, lui dit-il.

« Nugent lui offrit un siége et lui demanda, avec le
« plus grand sang-froid, ce qu'il voulait dire.

« Herr Grosse refusa le siége, mais donna l'explication
« demandée en des termes rapportés dans la suite de
« deux manières différentes, par lui et par Nugent. En
« comparant ces deux versions et en vous faisant grâce
« de son affreuse prononciation, je suis sûre que le doc-
« teur allemand a dû s'exprimer en ces termes ou à peu
« près.

« — En ma qualité de docteur, monsieur Nugent, je
« refuse invariablement de m'immiscer dans les affaires
« particulières de mes malades toutes les fois que ces af-
« faires n'ont pas trait à l'exercice de ma profession. Il
« en est ainsi dans le cas de Mlle Finch. J'ai à lui rendre
« l'usage de ses yeux et non pas à me mêler de ses af-

« faires de famille. Quand je trouve qu'il y a du mieux
« chez elle, je ne lui en demande pas la raison. Peu
« m'importent vos supercheries ! Je n'ai pas à m'en occuper
« et, bien plus, je suis prêt à en profiter en tant qu'elles
« peuvent avoir une influence salutaire sur sa santé, en la
« maintenant physiquement et moralement dans les con-
« ditions voulues pour sa guérison. Mais quand je dé-
« couvre que cette usurpation du rôle de votre frère qui
« a eu à un moment le don de la tranquilliser et de la
« réconforter, détruit chez ma malade l'équilibre de sa
« santé, au moral et au physique, j'interviens et j'y mets
« mon veto pour des raisons que j'ai en ma qualité de
« médecin. Vous produisez en ce moment, dans l'esprit
« de Mlle Finch, un conflit qui, avec son tempérament
« nerveux, ne saurait se prolonger sans porter une grave
« atteinte à sa santé et par contre-coup à ses yeux. Je ne
« puis permettre cela. Je vous répète donc de faire vos
« malles et de partir d'ici, sans m'occuper du reste. Après
« ce que vous avez pu voir de vos propres yeux, je vous
« laisse libre de rendre ou de ne pas rendre votre frère
« à Mlle Finch. Tout ce que je puis vous répéter, c'est de
« partir. Excusez votre conduite comme vous voudrez,
« mais partez avant d'avoir fait plus de mal. Vous se-
« couez la tête ; dois-je en conclure que vous refusez de
« vous en aller ? Fort bien ; comme j'ai des malades à vi-
« siter à Londres, prenez un jour pour réfléchir. Je re-
« viendrai à Ramsgate après-demain, et si je vous y
« retrouve, je dirai à Lucile que vous n'êtes pas plus
« Oscar Dubourg que moi. Je trouve que dans son état
« actuel il y aura moins de danger à lui porter un coup
« aussi violent qu'à l'abandonner à la torture lente que
« vous lui causez à toute heure par votre présence. Main-
« tenant j'ai dit mon dernier mot et je prends le train
« dans une heure. Adieu, monsieur Nugent. Vous agirez
« sagement en venant me retrouver à la gare.

« Nugent affirme qu'il accompagna Herr Grosse jus-
« que chez Mlle Batchford en essayant de le faire revenir
« sur sa détermination et qu'il ne le quitta qu'à la porte
« même de la maison. Herr Grosse passe, lui, ce fait sous

« silence. Cette divergence est cependant de peu d'impor-
« tance, puisque les deux hommes se trouvent être d'ac-
« cord sur le résultat final de leur entrevue. Lorsque
« Herr Grosse vint prendre le train pour Londres, il ne
« trouva pas Nugent à la gare et nous trouvons dans le
« Journal de Lucile qu'il resta encore ce jour-là et la
« nuit suivante à Ramsgate.

« Vous savez maintenant, ami lecteur, jusqu'à quel
« point Herr Grosse trouvait la santé de Lucile grave-
« ment compromise et avec quelle fermeté il remplis-
« sait les devoirs de sa profession. Vous ayant donné
« ces détails indispensables, je me retire et laisse Lucile
« reprendre le fil de notre histoire. — P. »

« 5 septembre, six heures du matin. — J'ai eu quelques
heures d'un sommeil agité et troublé par des rêves affreux qui me réveillaient à chaque instant en sursaut et
tremblant des pieds à la tête. Je ne puis endurer cette
torture plus longtemps, et comme le soleil vient justement de se lever, je quitte ma couche pour aller m'asseoir à mon bureau et pour essayer de compléter le long
récit des événements d'hier.

« Je viens de jeter un coup d'œil par ma fenêtre et une
chose m'a frappée : c'est que le brouillard est plus épais
que je ne l'ai jamais vu dans ces parages. La mer est
presque invisible tant elle est vaguement indiquée. Je
ne vois pas non plus bien distinctement les objets qui se
trouvent dans ma chambre. C'est là sans doute un effet
du brouillard qui pénètre par ma fenêtre. Il s'interpose
entre mes yeux et le papier, il me force à me baisser de manière à le toucher de ma figure pour voir ce que j'écris.
Lorsque le soleil sera un peu plus haut à l'horizon, tout
ce brouillard se dissipera. J'écris en attendant de mon
mieux. Herr Grosse est revenu de sa promenade avec le
même air de mystère.

« Il m'a ordonné d'un ton tout à fait péremptoire de ne
pas me fatiguer les yeux et il m'a défendu encore une
fois de lire et d'écrire. Mais quand je lui ai demandé la
raison de cette recommandation, il n'a eu, pour la pre-

mière fois depuis que je le connnais, rien à me répondre.
C'est pour cela que je me sens moins blâmable en lui dé-
sobéissant. Cependant je suis un peu inquiète, je l'avoue,
en réfléchissant à la conduite étrange d'Herr Grosse hier.
Il m'a regardée d'un air singulier et comme s'il s'apercevait de quelque chose de nouveau dans mon visage. Il
m'a dit par deux fois adieu et deux fois il est revenu
hésitant pour savoir s'il n'abandonnerait pas ses malades
de Londres pour rester à Ramsgate. Une dépêche a mis
fin à cette indécision extraordinaire. C'était, je le pense,
quelque message urgent de la part d'une de ses malades.
Il s'est sauvé de mauvaise humeur et en me disant de
l'attendre pour le 6.

« J'ai éprouvé une nouvelle surprise lorsqu'un peu plus
tard Oscar est venu me retrouver.

« De même que Herr Grosse, il semblait ne pas être dans
son état ordinaire et faisait tout d'un air étrange. Il se
montra d'abord si froid et si taciturne que je pensai que
quelque chose l'avait blessé. Puis, passant d'un extrême
à l'autre, il se mit à causer si bruyamment et avec une
gaieté tellement exagérée, que ma tante me demanda tout
bas si je ne pensais pas qu'il avait trop bu à dîner. Il
finit par me prier de l'accompagner au piano ; mais il
manqua complétement la mesure et s'arrêta court. Il s'en
alla au bout de la chambre sans dire un mot d'excuse et
sans explication. J'allai le retrouver et je me sentis un
chagrin inexprimable en m'apercevant qu'il avait pleuré.
Plus tard dans la soirée, ma tante s'endormit dans son
fauteuil en lisant et nous fournit ainsi l'occasion de nous
entretenir librement dans la petite pièce qui communique avec le salon. Ce fut moi qui la première en eus
l'idée, mais Oscar montra une répugnance si incompréhensible pour entrer dans cette chambre, que je fus
forcée de manquer un peu aux convenances en lui prenant le bras et en l'y conduisant moi-même, tandis que
je le suppliais à voix basse de me dire ce qu'il avait.

« — C'est toujours la même chose, me répondit-il.

« Je le fis asseoir à côté de moi sur une causeuse.

« — Que voulez-vous dire ? lui demandai-je

« — Vous le savez bien.

« — Je vous assure que non\

« — Vous le devineriez bien si vous m'aimiez sincèrement.

« — Vous devriez être honteux, Oscar, de douter ainsi
de mon amour.

« — Vraiment! Eh bien, ces doutes me tourmentent
depuis que je suis à Ramsgate, mais je commence à m'y
faire. J'en souffre bien encore parfois, mais je vous prie
de n'y pas faire attention.

« Je trouvai Oscar si cruel et si injuste envers moi que
je me levai pour le quitter sans ajouter un seul mot.
Mais il avait l'air si abattu et si désolé, la tête penchée sur
sa poitrine et les mains pendantes croisées sur ses genoux, que je n'eus pas le courage de le traiter avec ru-
desse.

« Peut-être avais-je tort? je n'ai pas la moindre idée de
la manière dont il faut s'y prendre pour mener un homme
et je n'avais plus à mes côtés Mme Pratolungo pour me
l'enseigner. A tort ou à raison, je repris ma place.

« — Vous devriez, lui dis-je, me demander pardon d'a-
voir eu de pareilles pensées et de ce que vous venez de
me dire.

« — Eh bien, Lucile, répondit-il d'un ton bien humble,
je vous demande pardon si je vous ai offensée.

« Comment aurais-je pu résister? Je lui plaçai la main
sur l'épaule et voulus lui faire lever la tête pour me regarder.

« — A l'avenir, lui dis-je, vous aurez toujours confiance
en mon affection; n'est-ce pas, Oscar? Dites-le-moi.

« — Je vous promets d'essayer, Lucile. Au point où
en sont les choses, c'est tout ce que je puis faire.

« — Au point où en sont les choses? Mais vous parlez
par énigmes ce soir, Nugent. Veuillez vous expliquer.

« — Je me suis expliqué ce matin sur la jetée, Lucile.

« C'était assez cruel, après m'avoir donné toute la semaine pour réfléchir à sa proposition.

« Je retirai ma main de dessus son épaule. Lui, qui ne
m'avait jamais causé le moindre chagrin ou le moindre

désappointement pendant que j'étais aveugle, il venait dans l'espace de quelques minutes de me causer de la douleur et du chagrin.

« — Vous voulez donc me forcer à consentir, après m'avoir déclaré ce matin que vous me donneriez le temps de réfléchir? dis-je à Oscar.

« Oscar se leva sur le côté d'un air languissant et machinalement comme un homme qui ne se soucie plus de ce qu'il dit ou de ce qu'il fait.

« — Vous y forcer? répéta-t-il. Vous ai-je dit cela? Je ne sais ce que je dis ni ce que je fais. Vous êtes dans le vrai et j'ai tort. Je ne suis qu'un misérable indigne de vous, Lucile, et mieux vaudrait que vous ne me revoyiez jamais!

« Il s'arrêta un instant pour me prendre les deux mains et me regarda fixement et avec tristesse.

« — Bonne nuit, ma bien-aimée, dit-il en me laissant retomber les mains et en se levant pour s'en aller.

« Je l'arrêtai en lui demandant s'il s'en allait déjà et en lui faisant observer qu'il n'était pas encore tard.

« — Il vaut mieux que je m'en aille.

« — Et pourquoi?

« — Parce que je me sens tout triste. La solitude me conviendra mieux.

« — Ne partez pas ainsi, Oscar, ou je croirai que vous me faites des reproches...

« — Quand c'est moi qui devrais vous en faire. Bonne nuit, Lucile.

« Je refusai de lui dire adieu et de le laisser partir. Son départ aurait semblé être un reproche indirect et c'est la première fois qu'il en eût agi ainsi. Je le priai de se rasseoir, mais il secoua la tête en signe de refus.

« — Vous ne resterez que dix minutes, Oscar.

« Il secoua de nouveau la tête.

« — Eh bien, vous ne resterez que cinq minutes.

« Oscar, au lieu de me répondre, leva doucement une longue mèche de cheveux qui me pendait sur le cou. La femme de chambre m'avait coiffée ce soir-là à l'ancienne mode pour plaire à ma tante.

« — Si je reste encore cinq minutes, dit-il, voulez-vous m'accorder une faveur ?

« — Laquelle ?

« — Vous avez une chevelure magnifique, Lucile !

« — Est-ce que par hasard vous désireriez une mèche de mes cheveux ?

« — Pourquoi pas ?

« — Je vous en ai donné une en souvenir il y a bien longtemps ; vous l'avez donc déjà oublié. »

Note. « — Le souvenir en question avait été donné au « véritable Oscar et était toujours en sa possession. « Remarquez avec quel astuce le faux Oscar se tire de « cette position critique en devinant ce qui en est et en « s'excusant de son oubli. — P. »

Il devint tout rouge et baissa les yeux; je vis qu'il éprouvait de la honte et j'en conclus nécessairement qu'il l'avait oublié. Je portais à ce moment même autour du cou un médaillon contenant une mèche de ses cheveux et j'avais certes de meilleures raisons pour me méfier de lui qu'il n'en avait pour se méfier de moi. Je me sentis tellement mortifiée que je me rangeai de côté pour le laisser passer.

« — Partez, si vous voulez, lui dis-je. Ce n'est pas moi qui vous retiendrai.

« Ce fut à son tour à prendre un ton suppliant.

« — Et si je vous répondais, dit-il, qu'une personne dont je ne veux pas prononcer le nom me l'a enlevée?

« Je compris de suite. C'était son misérable frère qui lui avait enlevé ce souvenir. Je saisis dans ma boîte à ouvrage qui se trouvait à ma portée une paire de ciseaux et je coupai une mèche que j'attachai à chaque bout d'un nœud de ruban bleu clair, ma couleur favorite.

« — Eh bien, Oscar, lui dis-je en lui tendant la mèche de cheveux; sommes-nous réconciliés à présent?

« Il me serra dans ses bras avec une ardeur telle, qu'il faillit m'étouffer et qu'il me fit mal, puis, me lâchant tout à coup, il se précipita vers la porte en renversant une petite table couverte de livres et en réveillant ma tante.

« Celle-ci m'appela de sa voix la plus sévère et me donna un échantillon de l'irascibilité de la famille. Grosse était parti pour Londres sans lui faire d'excuses et Oscar venait de renverser ses livres! Son indignation, réveillée par ce double outrage, demandait une victime, et comme j'étais la seule qui fût là, je payai pour les autres. Mlle Batchford prétendit pour la première fois découvrir qu'en me menant avec elle à Ramsgate elle avait entrepris une tâche au-dessus de ses forces.

« — Je refuse, me dit-elle, d'accepter toute la responsabilité. Ce serait à mon âge trop présumer de mes forces et je vais écrire à votre père, Lucile. Comme vous le savez, je l'ai toujours détesté et le détesterai toujours. Ses idées politiques et religieuses sont tout simplement exécrables. Cependant il est votre père et il est de mon devoir, après ce que m'a dit ce grossier Allemand touchant votre santé, de vous rendre au toit paternel ou d'obtenir au moins de votre père l'autorisation de vous garder auprès de moi. Vous comprendrez que dans l'un ou l'autre cas la responsabilité ne pèsera plus entièrement sur moi. Je ne fais rien qui puisse compromettre l'attitude que j'ai adoptée à l'égard de votre famille, attitude très-simple du reste. Si votre mariage avait eu lieu et si à ce moment j'avais joui d'une santé assez forte, j'aurais accepté l'hospitalité de votre père pour assister à votre mariage. Tout cela m'oblige à faire au recteur un rapport formel sur l'état de votre santé et sur l'opinion du médecin. Toute brutale qu'ait été la communication faite par Herr Grosse, je dois en faire part à M. Finch.

« Connaissant la haine réciproque qui existe entre ma tante et mon père, je fis tout mon possible pour combattre la résolution de Mlle Batchford, sans toutefois gâter encore plus les choses en lui exposant mes vrais motifs. Je la persuadai, non sans peine, de remettre son rapport à une autre fois et nous nous quittâmes pour aller nous coucher aussi bonnes amies qu'auparavant, ma tante n'ayant pas mis longtemps à s'apaiser.

« Ce petit incident, que je vous raconte au long dans

mon Journal, a eu pour effet de me faire oublier un instant
l'étrange conduite d'Oscar ; mais aussitôt que j'ai été
dans ma chambre, elle s'est présentée de nouveau à mon
esprit et m'a fait faire des rêves si affreux que je n'ai pas
le courage de les raconter ici ! Quand je reverrai Oscar
aujourd'hui, que va-t-il me dire, et quelle contenance
prendra-t-il ?

« Il avait raison hier. Il y a, en effet, en moi un changement qui me rend froide envers lui et auquel je ne puis
rien comprendre. Maintenant que je suis seule, ma conscience m'accuse, et cependant Dieu sait si j'en suis responsable. Pauvre Oscar ! pauvre Lucile ! Que nous sommes à plaindre tous les deux !

« Je ne me suis jamais senti un désir aussi vif de le
revoir depuis que je suis ici. Viendra-t-il aujourd'hui
déjeuner avec nous comme c'est parfois son habitude ?

« Oh ! que mes yeux me font mal et avec quelle per-
sistance ce brouillard est resté dans la chambre ! Si je fer-
mais la fenêtre et si je me couchais un instant.

« *Neuf heures.* — La femme de chambre est venue me
réveiller il y a une heure ou deux, et elle est allée selon
son habitude ouvrir la fenêtre.

« — Le brouillard est-il dissipé ?

« Elle s'arrêta d'un air étonné.

« — Quel brouillard, mademoiselle ?...

« — Vous ne le voyez pas ?

« — Non, mademoiselle.

« — A quelle heure vous êtes-vous levée ?

« — A sept heures, mademoiselle.

« C'est bizarre. Vers sept heures j'étais occupée à écrire
mon Journal et le brouillard remplissait la chambre. Les
gens des classes inférieures ne font guère attention aux
phénomènes météorologiques ou aux aspects variés de la
nature. Jamais je n'ai pu, étant aveugle, réussir à obtenir
des paysans ou des domestiques des renseignements sur
le paysage de Dinachurch. Ils semblaient, quand il s'agissait d'autre chose que de leur cuisine ou d'un champ la-
bouré, ne rien observer. Je me levai et je conduisis moi-
même la femme de chambre à la fenêtre que j'ouvris.

« — Tenez, lui dis-je, regardez. Il n'est pas si épais qu'il y a quelques heures. Mais il n'en existe pas moins.

« La bonne regarda alternativement la vue et moi dans un état d'ébahissement complet.

« — Du brouillard, répéta-t-elle. Pardon, mademoiselle, il fait selon moi un temps des plus clairs et des plus beaux.

« — Un temps clair! repris-je à mon tour.

« — Oui, mademoiselle.

« — Me soutiendrez-vous que l'horizon est clair du côté de la mer?

« — La mer est d'un bleu magnifique, mademoiselle; et l'on peut voir aussi bien les vaisseaux dans le lointain que ceux qui sont près de nous.

« — Où sont-ils, ces vaisseaux?

« La femme de chambre m'indiqua du doigt l'endroit où il fallait regarder.

« — Il y en a deux, mademoiselle. Un grand vaisseau qui a trois mâts, et là, derrière, un autre petit qui n'en a qu'un.

« Je regardai dans la direction qu'elle m'indiquait en ouvrant bien les yeux. Mais tout ce que je pus apercevoir, ce fut un brouillard grisâtre avec une sorte de tache à l'endroit où elle m'indiquait les deux vaisseaux.

« Pour la première fois l'idée me vint d'attribuer à la faiblesse de mes yeux ce que je mettais sur le compte du brouillard. Un instant j'en fus tout émotionnée. Je me retirai de la fenêtre et m'excusai de ma méprise. Aussitôt que j'eus congédié la femme de chambre, je me baignai les yeux avec un collyre de Herr Grosse et je voulus ensuite mettre ma vue à l'épreuve en écrivant ce qui suit. Je trouve à mon grand soulagement que je vois mieux pour écrire que ce matin. Je m'aperçois cependant que j'observe avec plus d'attention les recommandations d'Herr Grosse. Se pourrait-il qu'il se soit aperçu de quelque chose dans mes yeux et qu'il ait eu peur de m'en avertir? Non, c'est absurde de ma part. Grosse n'est pas homme à hésiter à dire sa pensée. Je me suis fatigué les yeux, voilà tout. Allons, je vais fermer mon livre et descendre déjeuner.

« *Dix heures.* — Je rouvre un instant mon Journal. Il vient de m'arriver quelque chose que je dois consigner positivement dans cette histoire de ma vie. Je suis fort irritée. Cette misérable bavarde de femme de chambre a raconté à ma tante ce qui s'est passé à la fenêtre. Mlle Batchford a pris l'alarme et veut absolument écrire, non-seulement à Herr Grosse, mais encore à mon père. Avec les relations peu amicales qui existent entre elle et ce dernier, il ne lui répondra pas, ou bien il lui fera une réponse qui excitera sa colère. Dans les deux cas, c'est moi qui en souffrirai. Ma tante ne pouvant s'adresser à mon père me prendra pour objet de son ressentiment et ne cessera de me faire des reproches. Triste comme je suis et les nerfs déjà malades, l'idée de me trouver mêlée ainsi dans une nouvelle querelle de famille m'abat tellement, que j'ai envie, oubliant tout ce que je lui dois, de m'enfuir de chez Mlle Batchford!

« Pas encore vu Oscar ni reçu de ses nouvelles.

« *Midi.* — Il ne fallait plus qu'une chose pour rendre mon séjour ici tout à fait insupportable.

« Un domestique vient de m'apporter une lettre de l'hôtel où demeure Oscar et dans laquelle il m'annonce qu'il s'est décidé à quitter Ramsgate par le prochain train qui part dans quarante minutes.

« Que faire? Mon Dieu!

« Les yeux me brûlent; je sais bien que je me fais du mal en pleurant, mais comment faire pour m'en empêcher? Si je laisse Oscar partir seul, tout est fini entre nous; sa lettre me donne à l'entendre. Oh! pourquoi ai-je été aussi froide envers lui? Je devrais tout sacrifier pour expier ma faute, et cependant il y a quelque chose qui me fait hésiter devant le sacrifice.

« Que faire, mon Dieu? que faire?

« Il faut que je quitte un instant la plume pour essayer de concentrer mes idées. Je n'y vois plus assez pour écrire. »

Note. — « Je copie la lettre dont parle Lucile.

« Nugent a affirmé qu'il la lui a écrite dans un moment

« de remords et pour lui donner une occasion de retirer
« la promesse par laquelle elle croyait innocemment s'être
« engagée envers lui. Il prétend qu'il espérait l'irriter
« contre lui-même par le ton de sa lettre. Telle est l'ex-
« plication donnée par Nugent. On m'a dit d'un autre
« côté que, se voyant obligé de quitter Ramsgate de peur
« d'être dévoilé comme fourbe par Herr Grosse quand
« celui-ci reviendrait le lendemain voir sa malade, il avait
« saisi cette occasion d'effrayer Lucile, en lui annonçant
« son départ, et de la déterminer à l'accompagner à Lon-
« dres. Vous me demandez, lecteur, à laquelle de ces
« deux versions vous devez ajouter foi? J'aime mieux,
« pour des raisons que vous comprendrez en arrivant à
« la fin de ce livre, ne me prononcer ni pour l'une ni pour
« l'autre.

« Je vous prie du reste de lire la lettre suivante et de
« juger vous-même :

« Ma bien-aimée

« Après une nuit passée sans sommeil, je me suis décidé
« à quitter Ramsgate par le train qui partira peu d'ins-
« tants après que vous aurez reçu ma lettre. Ce qui s'est
« passé hier au soir me prouve, après ce que je vous ai dit
« sur la jetée, que ma présence ici ne peut que vous
« causer du chagrin. Une influence secrète à laquelle
« vous ne pouvez résister a changé les sentiments que
« vous aviez pour moi. Je prévois trop clairement que,
« lorsque le moment viendra où vous aurez à vous pro-
« noncer d'après les conditions que je vous ai énoncées,
« vous refuserez de devenir ma femme. Permettez-moi,
« chère Lucile, de vous éviter la douleur de me faire une
« pareille réponse verbalement en vous fournissant l'oc-
« casion de me la donner par lettre. Si vous désirez re-
« prendre votre liberté, je vous relève de vos engage-
« ments et vous aime trop pour vous faire des reproches.
« Adieu, je vous donne au verso mon adresse à Londres. »

                                        « OSCAR. »

« Il me donnait, en effet, son adresse.

« Quelques lignes viennent encore dans le Journal de
« Lucile après celles que je viens de citer. Mais à part
« quelques mots par-ci par-là, il est impossible de les
« déchiffrer. Le mal qu'elle s'est fait aux yeux en les fati-
« guant outre mesure, en pleurant, en passant des nuits
« agitées, aussi bien que par la tension continuelle de son
« esprit, justifie évidemment les appréhensions d'Herr
« Grosse, appréhensions dont il n'a pas voulu parler à la
« jeune fille. Les dernières lignes de son Journal sont
« d'une écriture encore plus mauvaise que lorsqu'elle
« était aveugle.

« Cependant la résolution qu'elle prit en recevant la
« lettre que vous venez de lire est suffisamment indiquée
« par un billet de Nugent apporté chez Mlle Batchford par
« un employé de la gare. Les événements qui survinrent
« dans la suite me font un devoir de vous transcrire cette
« lettre. La voici :

        « Madame,

« Je vous écris, d'après le désir de Lucile, pour vous
« prier de ne pas vous inquiéter lorsque vous apprendrez
« qu'elle a quitté Ramsgate. Elle m'accompagne à ma
« prière, chez une dame mariée de mes parentes qui se
« charge de prendre soin d'elle jusqu'au jour de notre
« mariage. Les raisons qui l'ont poussée à prendre cette
« résolution, et à vous cacher momentanément sa nou-
« velle adresse, vous seront exposées sans détour aussi
« bien à vous qu'à son père le jour où elle sera ma femme.
« En attendant, Lucile vous prie de l'excuser d'être partie
« aussi brusquement et désire que vous envoyiez cette
« lettre à son père. Vous vous rappellerez, vous et lui, je
« l'espère, qu'elle est d'âge à agir comme elle l'entend et
« qu'elle ne fait que hâter son mariage avec l'homme au-
« quel elle a donné sa foi depuis bien longtemps ; le ma-
« riage est sanctionné, du reste, par toute la famille. J'ai
« l'honneur d'être, madame, votre respectueux serviteur.

                    « Oscar Dubourg. »

« Cette lettre fut remise à son adresse presque au mo-
« ment où la femme de chambre annonçait à sa maîtresse
« qu'elle ne pouvait retrouver Lucile nulle part et que
« son sac de voyage avait disparu de sa chambre. Le
« train de Londres venait de partir. Mlle Batchford,
« n'ayant pas le droit d'intervenir, se décida, après avoir
« consulté une de ses amies, à partir pour Dimchurch pour
« remettre l'affaire entre les mains de M. Finch. — P. »

X.

LE STEAMER ITALIEN.

Lucile nous a dit dans son Journal tout ce qu'elle avait
à dire. Vous me permettrez donc de reprendre la plume
et de reparaître subito comme le clown cher au public
anglais dans ces barbares pantomimes qui reviennent invariablement chaque année. Vous saluerai-je comme lui du
cri traditionnel qu'il adresse au parterre? Me voici, comment cela va-t-il? Non, car le clown est une véritable
institution nationale en Angleterre, et il ne sera pas dit
qu'une étrangère aura contrefait ce mystérieux personnage qui a le privilège d'égayer le public anglais.

J'arrivai à Marseille le 15 août.

Ne pouvant m'attendre à ce que vous preniez un grand
intérêt à mon brave père, je passerai sur cette vénérable
victime des illusions du cœur aussi rapidement que mon
respect et mon affection me le permettront. Le duel avait
eu lieu au pistolet, et la balle n'avait encore pu être ex-
traite lorsque je rejoignis mes sœurs au chevet du blessé.
Il avait le délire et ne me reconnut pas. Deux ou trois
jours après, le médecin qui le soignait réussit à extraire
le projectile. Le malade sembla un peu soulagé, puis il

eut une rechute. Ce ne fut que le 1er septembre que nous pûmes nous flatter de l'espoir de le conserver.

Ce jour-là, je fus assez calme pour penser à Lucile et me souvenir de la prière que m'avait faite Mme Finch de lui écrire quand je serais arrivée.

J'écrivis fort brièvement et lui expliquai ce que je viens de vous raconter. Mon principal mobile, en agissant ainsi, était, je l'avoue, d'obtenir, par l'entremise de Mme Finch, quelque nouvelle de Lucile. Après avoir mis ma lettre à la poste, je m'occupai d'un autre devoir que j'avais négligé tant que mon père avait été en danger de mort. J'allai trouver la personne qui m'avait été recommandée par mon homme d'affaires, pour chercher le moyen de retrouver Oscar, chose que j'avais résolue en quittant Londres. Cet homme était attaché à la police d'une façon indirecte, en qualité d'inspecteur particulier, titre qu'on ne lui reconnaissait pas officiellement. Ce qui n'empêchait pas qu'on lui confiât des missions.

Quand il apprit le temps qui s'était écoulé sans qu'on eût pu découvrir la moindre trace du fugitif, il prit un air grave et me déclara franchement qu'il serait dans l'impossibilité de reconnaître la confiance que j'avais en lui en me rendant le moindre service officiel. Voyant que malgré tout j'étais bien décidée à faire tous les efforts possibles pour retrouver Oscar, il me fit une dernière question.

« Vous ne m'avez pas encore décrit ce monsieur; y a-t-il quelque particularité qui puisse le faire reconnaître?

— Une particularité remarquable, lui répondis-je.

— Décrivez-moi cela exactement, madame, s'il vous plaît. »

Je lui parlai de la couleur du visage d'Oscar.

Mon brave inspecteur manifesta un intérêt qui m'encouragea. Il était élégamment vêtu et avait des façons tellement princières qu'il semblait me faire un grand honneur en me permettant de lui adresser la parole.

« Si la personne dont vous parlez a passé à travers la France, on aura certainement remarqué ce qui la caractérise et vous aurez des chances de la retrouver. Je m'en

vais faire une enquête préliminaire à la gare, au ' eau
des paquebots et au port. Je vous en ferai co   le
résultat dès demain.

Je m'en retournai au chevet de mon père, assez satisfaite. Le lendemain, l'inspecteur me rendit visite.

« Auriez-vous déjà des nouvelles? lui demandai-je?

— Oui, madame, l'employé du bureau des paquebots
se rappelle fort bien avoir donné un billet à un inconnu
dont le visage était d'une affreuse couleur bleuâtre. Malheureusement, là se bornent ses souvenirs. Il ne peut se
rappeler le nom de ce voyageur ni sa destination. Tout ce
que nous savons, c'est qu'il a dû partir pour quelque
port de l'Italie ou de l'Orient. Voilà tous les renseignements que j'ai pu obtenir.

— Et que vous proposez-vous de faire?

— J'enverrai le signalement par le télégraphe à tous les
ports du littoral italien, et si cela ne suffit pas, à tous ceux
de l'Orient. »

Je lui répondis que je l'approuvais de tout cœur, et
j'attendis le résultat de ses démarches avec autant de patience que possible.

Le lendemain se passa sans aucune nouvelle.

La guérison de mon malheureux père ne faisait que
des progrès fort lents.

L'inspecteur m'écrivit le 4. Il me donnait des nouvelles d'Oscar.

L'homme bleu avait débarqué à Gênes; l'on avait pu
suivre sa trace jusqu'à la gare du chemin de fer de
Turin. On avait télégraphié pour de plus amples renseignements, et dans l'intervalle, afin de parer à l'éventua-
lité de son retour en Angleterre par la voie de Marseille
sans qu'on le sût, des hommes expérimentés et auxquels
on avait donné son signalement devaient être apostés en
différents endroits, avec mission de surveiller tous les
voyageurs qui pourraient arriver soit par terre, soit par
mer. Leur chef devait être immédiatement prévenu au
cas où ils apercevraient le personnage en question.

Je donnai de nouveau mon assentiment à l'inspecteur
avec l'expression qu'excitait en moi son habileté.

Les jours se passaient, et mon père restait toujours dans le même état.

Mes sœurs, pauvres filles, ne pouvaient supporter ce fardeau d'anxiété qui d'habitude retombait tout entier sur mes épaules et de jour en jour l'espoir de pouvoir retourner en Angleterre s'évanouissait.

Mme Finch ne répondit pas à ma lettre.

J'en fus contrariée. J'avais l'image de Lucile presque toujours présente à l'esprit. Mon anxiété était telle, que bien des fois je songeai à courir le risque de lui écrire. Mais, après ce qui s'était passé entre nous, il m'était impossible de le faire directement, sans avoir reconquis d'abord ma place dans son estime, et du reste il eût été cruel et dangereux de lui révéler certains détails.

Il était également inutile d'écrire à Mlle Batchford, dont j'avais poussé la patience à bout avant de quitter l'Angleterre. Si je revenais à la charge en ne prétextant que mon anxiété, il y avait gros à parier que cette monarchiste intraitable jetterait ma lettre au feu et ne répondrait à sa correspondante républicaine que par un silence méprisant.

Il y avait bien une troisième personne de qui je pouvais obtenir quelques renseignements : c'était Herr Grosse. Mais, l'avouerai-je? j'ignorais ce qu'avait pu lui dire Lucile sur ce qui avait motivé notre séparation. Je suis pauvre, mais fière, et l'idée que je pouvais m'exposer à un refus me révolta.

Cependant, vers le 11, je commençai à souffrir si cruellement de cette attente et j'eus des appréhensions si pénibles sur ce que Nugent pouvait faire en profitant de mon absence, que je résolus d'écrire à Herr Grosse à tout hasard. Je réfléchis qu'il était bien possible que Mlle Finch ne lui eût parlé que de la triste circonstance qui m'avait appelée à Marseille.

Je venais d'ouvrir mon buvard quand le docteur entra et m'annonça joyeusement qu'il pouvait répondre de la guérison de mon père.

« Je puis m'en retourner en Angleterre? demandai-je vivement au médecin.

— Pas tout de suite. Comme vous êtes la favorite de votre père, il faut qu'il s'habitue graduellement à l'idée de votre absence. Un départ trop brusque pourrait amener une rechute.

— Soyez tranquille, je ne ferai rien à la hâte. Tout ce que je vous demande, c'est de me prévenir du jour où je pourrai partir.

— Voyons... vous pourriez nous quitter dans une semaine.

— Le 18?

— Oui, le 18. »

Je fermai mon buvard. Je pouvais espérer m'embarquer pour l'Angleterre dès que j'aurais reçu la réponse de Grosse. Il était préférable, dans les circonstances présentes, d'attendre les renseignements que je pouvais me procurer moi-même. On verra, en comparant les dates, qu'il eût été trop tard pour écrire à l'oculiste allemand.

Nous étions au 11, et Lucile avait quitté Ramsgate le 5, en compagnie de Nugent.

Pendant tout ce temps, nous n'avions obtenu que des renseignements très-insuffisants sur Oscar; encore me semblaient-ils peu dignes de confiance.

On nous disait qu'on l'avait vu à l'hôpital militaire d'Alexandrie, en Piémont, où il servait d'aide à des chirurgiens qui soignaient des soldats grièvement blessés, et qui avaient survécu à la fameuse campagne de la France et de l'Italie contre l'Autriche.

Remarquez que j'écris en l'année 1859 et que la paix de Villafranca ne fut signée qu'au mois de juillet de cette année.

Cette occupation me semblait si peu en rapport avec le caractère et le tempérament d'Oscar, que je persistai à regarder cette nouvelle comme tout à fait invraisemblable.

Le 17, je fis viser mon passe-port et je préparai la majeure partie de mes bagages pour partir le lendemain pour l'Angleterre.

Malgré le soin que j'avais mis à préparer mon père à une séparation, le pauvre homme montra tant de répu-

gnance à me laisser partir, que je fus forcée de faire un
compromis avec lui.

Je lui promis que, dès que les affaires qui m'appelaient
en Angleterre seraient terminées, je reviendrais à Marseille, et que de là je l'emmènerais jusqu'à Paris aussitôt
qu'il pourrait supporter la fatigue du voyage.

Il ne voulut me permettre de partir qu'à cette condition.

Toute pauvre que j'étais, j'aimais mieux encourir
double dépense en faisant deux voyages plutôt que de
rester dans l'ignorance de ce qui se passait à Ramsgate
ou à Dimchurch.

A présent que je ne craignais plus rien au sujet de mon
père, je ne savais au juste ce qui me tourmentait le plus,
du désir de me réconcilier avec ma chère Lucile ou de la
vague appréhension du mal que Nugent avait pu faire
pendant mon absence. Je me demandai cent fois si
Mlle Batchford avait oui ou non montré ma lettre à
Lucile. Je me demandai cent fois aussi si je parviendrais
à sauver Lucile en lui montrant Nugent sous son véritable jour.

Dans l'après-midi du 17, je sortis pour respirer un peu.

Qu'elle soit grande ou petite, laide ou jolie, jeune ou
vieille, la femme se console de ses peines en regardant
les magasins. C'est ce que je fis.

Il n'y avait pas cinq minutes que j'étais dans la rue
lorsque j'aperçus mon inspecteur de police.

« Eh bien ! lui dis-je, y a-t-il du nouveau?

— Pas encore, madame.

— Comment pas encore...! Vous attendez donc quelque
nouvelle?

— Un paquebot italien doit entrer avant ce soir dans
le port. Qui sait ce qui peut arriver? »

Sur ce, il me quitta en me saluant. Ses dernières paroles ne m'avaient guère enthousiasmée. En effet, un si
grand nombre de steamers étaient entrés à Marseille sans
apporter de nouvelles de l'homme que nous cherchions,
que j'attachais fort peu d'importance à l'arrivée de ce paquebot italien.

Aussi bien, comme je n'avais aucun but déterminé de promenade, je me dis que je pourrais me diriger du côté du port pour passer le temps en regardant entrer le paquebot.

J'arrivai précisément au moment où il se rangeait le long du quai de débarquement.

Mon inspecteur s'y trouvait déjà et examinait tous les passagers qui descendaient.

Grâce à lui j'obtins, en dépit de tous les règlements qui interdisent au public l'accès de toute enceinte officielle, de pénétrer dans la douane, où les passagers devaient se rendre en débarquant.

Je n'étais pas fâchée de pouvoir me reposer un instant dans un endroit tranquille, mais j'étais loin de penser que ma visite au port pût être d'aucune utilité.

J'attendais depuis quelque temps déjà lorsque les passagers entrèrent dans la salle.

Je regardais avec assez d'indifférence les premiers arrivants, lorsque mon inspecteur, qui semblait dans une agitation extrême, vint me toucher l'épaule en me priant de rester calme.

Comme je n'éprouvais à ce moment d'émotion d'aucune sorte, je le regardai avec surprise en lui demandant la raison de sa recommandation.

« Le voilà!... Tenez, regardez..., » s'écria-t-il en me désignant un groupe de passagers qui encombraient la salle.

Je lui obéis, et tout à coup, perdant pour ainsi dire la tête, je poussai un cri qui attira sur moi l'attention générale.

Oui, c'était bien le pauvre Oscar que je voyais devant moi. Il sembla pétrifié en m'apercevant.

Je lui pris dans la main la clef de sa valise et je la donnai à l'inspecteur en le chargeant de la faire visiter et transporter ensuite à mon domicile.

Prenant Oscar par le bras, je me glissai à travers la foule qui remplissait la salle et je me dirigeai vers la porte pour prendre un fiacre.

Les passants, en voyant mon agitation, se disaient avec compassion : C'est la mère de l'homme bleu.

Les imbéciles n'auraient-ils pu voir que j'aurais pu être
tout au plus sa sœur aînée?

Lorsque nous nous fûmes réfugiés dans la voiture et
que je pus enfin respirer librement, je récompensai Oscar
pour toute l'anxiété qu'il m'avait causée, en l'embrassant.
J'aurais pu l'embrasser mille fois sans qu'il résistât, car
l'étonnement le rendait absolument inerte. Il se conten-
tait de répéter d'une voix faible : « Que veut dire ceci?...
Que veut dire ceci?...

— Cela veut dire, ingrat, que vous avez des amis assez
sots pour vous aimer et pour ne pas vous abandonner,
lui dis-je. Vous partirez avec moi demain pour l'Angleterre, et vous verrez de vos propres yeux si Lucile est
changée. »

A ce nom de Lucile, Oscar revint à lui.

Oscar commença par me faire des questions assez natu-
relles.

Comme je ne voulais répondre à certaines choses que
dans la suite, je lui expliquai assez rapidement que j'étais
venue à Marseille, et je lui dis tous mes efforts pour découvrir le lieu de sa retraite.

Quand il me demanda ensuite, non sans émotion, des
nouvelles de Nugent et de Lucile, j'hésitai un instant à
lui répondre, je dois l'avouer. Mais, en réfléchissant à
tout le mal dont nous avions été cause en cachant la vérité, je me décidai à lui parler franchement.

Je racontai à Oscar, sans rien déguiser, ce que j'ai déjà
dit, à partir de mon entrevue nocturne avec Nugent, aux
Sables, jusqu'au jour où j'avais pris mes précautions
pour la sûreté de Lucile tant qu'elle resterait sous la protection de sa tante.

J'observai Oscar pendant que je lui annonçais ces nouvelles et je vis, par l'effet qu'elles produisirent sur lui,
que le temps et l'absence n'avaient amené aucun changement dans l'amour du pauvre garçon pour Lucile, et que
des preuves palpables seules l'amèneraient à se ranger de
mon avis à l'égard de son frère.

Ce fut en vain que je lui représentai que Nugent, après
avoir juré de quitter l'Angleterre pour aller le retrouver,

avait reculé devant cette tâche. Il convint sans difficulté
qu'en effet il n'avait eu aucune nouvelle de son frère.
Mais sa confiance en Nugent resta pleine et entière.

« Nugent est l'honneur même, » répondit-il à différentes reprises en jetant sur moi un regard qui prouvait
que mon opinion sur son frère l'avait blessé et peiné.

A peine m'en étais-je aperçue que nous arrivâmes chez
moi. Il me suivit avec beaucoup d'hésitation.

« Vous avez sans doute quelque preuve à l'appui de ce
que vous avancez à l'égard de Nugent? reprit-il en s'ar-
rêtant dans la cour; avez-vous écrit en Angleterre depuis
que vous êtes ici et vous a-t-on répondu?

— J'ai écrit à Mme Finch, lui répliquai-je, et je n'ai
pas eu de réponse.

— N'avez-vous pas écrit à d'autres personnes? »

Je lui expliquai la situation que je m'étais faite en me
querellant avec Mlle Batchford, et comme quoi j'avais
hésité à m'adresser à Herr Grosse.

La colère, qui était chez lui à l'état latent depuis que
j'avais parlé de son frère et de Lucile, éclata à la fin.

« Je ne suis nullement de votre avis, s'écria-t-il avec
violence. Vous êtes injuste envers Lucile et envers Nugent. Lucile est incapable de vous desservir auprès de
Herr Grosse, et Nugent est incapable de la tromper,
quoique vous supposiez le contraire. Vous attribuez à
l'une une ingratitude, à l'autre une bassesse horribles.
Je vous ai écoutée aussi patiemment que possible, et je
vous suis sincèrement obligé de l'intérêt que vous me
portez; mais je ne saurais demeurer plus longtemps près
de vous. Oui, madame Pratolungo, vos soupçons sont
cruels. Vous n'avez apporté aucune preuve à l'appui de
ce que vous avancez. Si vous le permettez, j'enverrai
chercher ma valise et je partirai tout de suite pour l'Angleterre. Après vos allégations, je n'aurai de repos que
je ne connaisse la vérité pleine et entière. »

C'était ainsi qu'étaient récompensés tous mes efforts
pour découvrir Oscar! Peu m'importait l'argent dépensé
dans mes recherches. Je ne suis pas assez riche pour
qu'une question d'argent me préoccupe; mais songez à la

peine que je m'étais donnée pour arriver à mon but. Si
j'avais été un homme, je crois que je l'aurais terrassé;
mais, en ma qualité de faible femme, je lui fis une pro-
fonde révérence et j'essayai de le blesser.

« Comme il vous plaira, monsieur, lui dis-je. J'ai fait
de mon mieux pour vous rendre service, et, pour toute
récompense, vous me querellez et voulez me fuir. Allez,
allez... vous n'êtes pas le premier sot qui se soit querellé
avec sa meilleure amie. »

Ces paroles ou bien ma révérence, ou peut-être les
deux ensemble, le firent rentrer en lui-même. Il me fit
des excuses, que j'acceptai du reste; il prit un air fort
penaud, ce qui me rendit ma bonne humeur.

« Allons, lui dis-je en lui prenant le bras pour le faire
monter, lorsque vous m'avez rencontrée pour la première
fois à Dimchurch, dites-moi, m'avez-vous trouvée cruelle
ou d'un caractère soupçonneux? »

Il me répondit avec assez de franchise : « Je n'ai trouvé
en vous que douceur et bonté. Cependant il est bien naturel que je demande une confirmation quelconque de ce
que vous avancez. »

Il s'interrompit et revint, sans transition, à la lettre
que j'avais écrite à Mme Finch.

Le silence de la femme du recteur l'alarmait.

« Y a-t-il longtemps que vous lui avez écrit? dit-il.

— Je lui ai écrit le 1er du mois, » répondis-je.

Il se mit à réfléchir. Nous montâmes sans mot dire. Il
m'arrêta de nouveau sur le palier et reprit la parole.
Cette lettre restée sans réponse la préoccupait étrange-
ment.

« Mme Finch a le talent de perdre tout ce qui peut se
perdre, me dit-il. Ne se pourrait-il pas qu'ayant voulu
chercher votre lettre pour y prendre votre adresse après
avoir écrit sa réponse, elle ne l'ait pas plus retrouvée que
s'il se fût agi de son roman ou de son mouchoir? »

Le fait était probable. Mme Finch, je le savais de reste,
avait fort bien pu agir ainsi; mais j'étais trop préoccupée
pour tirer de cette hypothèse la conclusion nécessaire.
Ce fut Oscar qui m'éclaira sur ce point.

Comment n'y avais-je pas songé plus tôt? La chose était claire. Mme Finch avait égaré ma lettre. On avait tout mis sens dessus dessous pour la retrouver, et le recteur avait dû apaiser le tumulte en conseillant à sa femme de m'adresser sa réponse poste restante.

Les rôles étaient intervertis. Ma pénétration était en défaut et Oscar s'était chargé de m'en faire apercevoir. Ne m'étais-je pas montrée d'une stupidité incroyable? Que d'anxiété, que de tourments je me serais épargnés à Marseille si j'avais eu cette pensée si simple! Mais peut-on songer à tout en pareille affliction? Non, tout habile que vous soyez, vous auriez fait de même. Pourquoi mon esprit ne sommeillerait-il pas, puisque, selon le dicton, Homère s'endort quelquefois?

« Cette pensée ne m'est pas venue, dis-je à Oscar. Si vous le voulez bien, nous allons immédiatement nous rendre au bureau de poste. »

Il y consentit, et nous redescendîmes dans la rue. Tout en cheminant, je priai Oscar de me raconter ses faits et gestes depuis son départ.

« J'ai fait, lui dis-je, mon possible pour satisfaire votre curiosité; à votre tour de satisfaire la mienne. J'ai appris seulement qu'on vous avait vu dans une ambulance en Italie. Le fait était-il réel?

— Oui.

— Comment, vous vous trouviez dans une ambulance, occupé à soigner des blessés?

— Comme vous le dites. Je soignais des soldats blessés. »

Il me serait difficile d'exprimer l'étonnement que je ressentis à ces paroles. Je ne pus que m'arrêter et le regarder.

« Était-ce là l'occupation que vous aviez en vue en quittant l'Angleterre?

— Je n'avais pas de but bien déterminé, si ce n'est celui dont je vous ai parlé. Après ce qui s'était passé, je devais, pour ne pas être injuste envers Lucile et Nugent, quitter l'Angleterre. Je suis parti à l'aventure. Le premier train que je pris en arrivant à Paris allait

à Lyon. Dans cette ville, je lus par hasard une descrip-
tion des souffrances des soldats grièvement blessés et
qui avaient survécu après la bataille de Solferino. Je me
sentis, dans mon malheur, pris de compassion pour ces
autres blessés et je voulus courir alléger leurs souffrances.
Je n'avais plus aucun but, et la seule chose à laquelle je
pusse m'employer, c'était à faire le bien. L'occasion s'en
présentait. Je me procurai donc des lettres d'introduction
pour Turin. A l'aide de ces lettres j'entrai dans une ambulance où, sous les ordres des médecins et des infirmiers,
je donnai mes soins à de pauvres soldats mutilés que je
pus, dans la suite, en les aidant de ma bourse, mettre à
même d'adopter un nouveau mode d'existence. »

Telle était son histoire, racontée en ces quelques mots
simples et mâles.

Je venais de découvrir en cet innocent jeune homme
tout un trésor caché d'énergie et de force de caractère
qui avait échappé à la connaissance superficielle que
j'avais de lui. En agissant ainsi, il n'avait fait que suivre
la tradition en pareil cas. Le désespoir suit la mode de
même que le costume. Au moyen âge, Oscar se serait
fait soldat ou moine. De nos temps, le désespoir nous
pousse à nous faire infirmiers ou sœurs de charité, à ban-
der des plaies et à administrer des remèdes. Ce moyen
désagréable, mais utilitaire, vous guérit ou ne vous guérit
pas. Oscar n'avait donc rien inventé, il n'avait fait que
suivre la mode. Il fallait cependant lui reconnaître beaucoup de courage et de résolution pour avoir surmonté
tous les obstacles qu'il avait dû rencontrer sur sa route
et pour rester ferme dans sa résolution après avoir pris
son parti. Un sentiment d'admiration allait remplacer le
sentiment d'irritation qui m'avait saisie à la suite de
notre querelle. Un tel homme était digne de Lucile, après
tout !

« Puis-je vous demander où vous alliez lors de notre
rencontre sur le quai ? repris-je. Avez-vous quitté l'Italie
parce que vous n'aviez plus de blessés à soigner ?

— Ma mission était terminée à l'hôpital auquel j'étais
attaché. En ma **qualité d'étranger**, il y avait certains

obstacles qui pouvaient m'empêcher d'offrir mes soins
aux pauvres et aux malades de l'endroit. Je n'aurais cependant pas eu grand'peine à surmonter ces difficultés,
mais il me vint à l'idée que mon devoir était de m'occuper de mes propres compatriotes. La misère de Londres
ne saurait être comparée à celle que l'on rencontre en
Italie. Au moment où vous m'avez rencontrée, je m'en
allais à Londres me placer sous les ordres du premier pasteur venu, dans une localité pauvre où l'on eut accepté
l'offre de mes services. »

Oscar hésita un instant et reprit en baissant la voix
« Tel est le motif qui me faisait revenir en Angleterre;
mais je dois vous avouer, pour être franc, que j'en avais
un autre.

— Votre frère et Lucile ? lui dis-je.

— Oui, mais ne vous méprenez pas sur le sens de mes
paroles. Je ne m'en retourne pas en Angleterre pour me
rétracter auprès de Nugent. Qu'il soit libre toujours de
plaider sa cause auprès de Lucile. Je suis résolu à ne
pas faire mon malheur et celui des autres en retournant
à Dimchurch, mais je suis dévoré du désir de connaître
le dénoûment. Ne m'en demandez pas davantage! Malgré
le temps qui s'est écoulé depuis que je l'ai quittée, mon
cœur se brise lorsque j'entends parler de Lucile. Je
m'attendais à vous rencontrer à Londres, pour entendre
de vos propres lèvres ce que je désirais tellement savoir.
Jugez si je fus content de vous trouver ici, et quel
désappointement amer j'ai éprouvé lorsque j'ai su que
vous n'apportiez aucune nouvelle et lorsque je vous
ai entendue parler de Nugent en termes aussi défavo-
rables. »

Ici il s'arrêta et me serra le bras avec émotion.

« Eh bien, admettons que je ne me trompe pas quant à
la réponse de Mme Finch et que vous trouviez sa lettre
à la poste.

— Eh bien ?

— Cette lettre peut me donner les nouvelles que je
désire connaitre. »

Je l'arrêtai.

« Je n'en suis pas sûre, lui répondis-je, et du reste j'i-
gnore le motif de votre curiosité. »

Je dis ces mots à dessein. Quelle était donc cette nouvelle qu'il attendait avec une telle impatience ? Malgré
ses explications, mon instinct me disait qu'il voulait
savoir si Lucile n'était point mariée, et je lui parlais
ainsi pour le contraindre à me faire une réponse qui con-
firmât mes soupçons.

Il éluda ma question. Devais-je conclure de son
silence que je ne m'étais pas trompée ? Oui, certes. Du
moins je le pensai.

« Aurez-vous la bonté de me faire part du contenu de
la lettre, si vous en trouvez une à la poste ? me demanda-
t-il sans me répondre.

— J'y consens, si vous le désirez, lui répondis-je, médiocrement satisfaite du peu de confiance qu'il me témoignait.

— Même au cas où la lettre contiendrait quelque chose
que vous voudriez me cacher ? » dit-il d'un air de doute.

Je répondis par un oui bien sec.

« Serait-ce abuser de votre bonté que de vous demander la permission de lire moi-même la lettre ? »

Vous savez déjà que je n'ai pas précisément la patience
d'une sainte. Je quittai brusquement son bras et je le
regardai de cet air que mon pauvre Pratolungo appelait
mon air romain.

« Dites tout bonnement, monsieur Oscar Dubourg, que
vous n'avez pas confiance en moi. »

Il protesta, sans me convaincre, qu'il n'en était rien.
Veuillez vous rappeler toutes les insultes, les ennuis, et
l'anxiété que j'avais dû subir en retour des efforts que
j'avais faits pour assurer le bonheur de ce jeune homme.
Rappelez-vous aussi qu'à la lettre d'adieu de Lucile venait s'ajouter le manque de confiance d'Oscar au moment
où j'avais, de mon côté, à subir de dures épreuves au
chevet de mon père malade, et vous admettrez qu'un
caractère plus doux que le mien eût été aigri en pareille
circonstance.

Je ne fis aucune réponse aux protestations d'Oscar. Je

me contentai de fouiller énergiquement dans la poche de ma robe.

« Tenez, lui dis-je en prenant une de mes cartes, voici mon adresse et mon passe-port, si on vous les demande. »

Je lui mis la carte et le passe-port dans la main. Il les prit tout étonné.

« Que dois-je faire de ces objets ? me demanda-t-il.

— Vous les montrerez à la poste, et si vous y trouvez une lettre à mon adresse et portant le timbre de Dimchurch, je vous autorise à la prendre. Lisez-la avant de me la remettre, et peut-être alors serez-vous satisfait. »

Il me déclara qu'il n'en ferait rien et essaya de me faire reprendre mes papiers.

« Faites comme il vous plaira, lui dis-je, je ne m'occupe plus de vous ni de vos affaires. La lettre de Mme Finch ne présente plus aucun intérêt pour moi. Si elle se trouve au bureau de poste, je ne prendrai pas la peine de l'y aller chercher. Que m'importent les affaires de Lucile ? Qu'est-ce que cela me fait qu'elle soit mariée ou non ? Je m'en retourne chez mon père et chez mes sœurs. Voyez, si vous voulez, la lettre de Mme Finch. »

Sur ce, je regagnai mon appartement et Oscar se dirigea, armé de mes papiers, vers le bureau de poste.

Une demi-heure après, la domestique m'apporta un petit paquet enveloppé de papier, qui lui avait été remis par un inconnu à l'accent anglais et d'une physionomie diabolique. Il avait annoncé son intention de repasser un peu plus tard.

La domestique, une grosse luronne, tremblait de tous ses membres en faisant la commission et me demanda s'il y avait quelque différend entre moi et l'homme à la terrible figure.

J'ouvris le paquet. Il contenait le passe-port et une lettre de Mme Finch.

Oscar avait-il ouvert cette lettre ? Oui ! Il n'avait pu résister à la tentation de la lire, et, non content de cela, il y avait écrit quelques lignes au crayon :

« Dès que je me sentirai un peu plus calme, je viendrai
« implorer votre pardon. Je n'ose pas encore me présenter
« devant vous. Lisez la lettre et vous verrez pourquoi. »

Je l'ouvris. Elle était datée du 5 septembre. Je parcourus assez rapidement les premières phrases sans faire
grande attention. On me remerciait de ma lettre ; on
m'adressait des condoléances au sujet de mon père. Il y
était parlé des gencives du baby et du dernier sermon du
recteur. Enfin, on me donnait des nouvelles d'une personne à laquelle je portais un grand intérêt, disait
Mme Finch ; ces nouvelles devaient me causer un sincère
plaisir, ajoutait-elle. M. Oscar Dubourg est revenu et se
trouve en ce moment à Ramsgate avec Lucile !

Je froissai la lettre avec colère. Mes plus tristes appréhensions sur les agissements de Nugent pendant mon
absence s'étaient réalisées. Et que pensait Oscar, le véritable Oscar, de son frère en apprenant cette nouvelle à
Marseille ? Nous sommes tous méchants. C'est horrible,
mais c'est ainsi. Je triomphais !

Mais ce ne fut que l'affaire d'un moment, et, revenue
tout de suite à de meilleurs sentiments, j'eus honte de
moi-même.

Je passai la main sur les plis de la lettre froissée, et je
cherchai avec ardeur des nouvelles de la santé de Lucile.

Si elle allait bien, la lettre que j'avais confiée à
Mlle Batchford avait dû être montrée à Lucile. Dans
cette lettre je dénonçais Nugent pour la sauver des griffes
de ce misérable et la conserver fidèle à Oscar. S'il en était
ainsi, tout irait bien, et ma chère Lucile serait la première
à le reconnaître, grâce à moi seule ! Après m'avoir donné
des nouvelles de Ramsgate, Mme Finch tombait dans ce
qu'on peut appeler du bavardage écrit. Elle venait de
s'apercevoir, comme Oscar l'avait supposé avec raison,
qu'elle avait égaré ma lettre et qu'elle ne m'enverrait la
sienne que le lendemain, afin de pouvoir retrouver mon
adresse. Elle m'annonçait qu'au cas où elle ne réussirait
pas, elle serait forcée de me l'adresser poste restante, ce
qui lui avait été suggéré non par M. Finch, comme je

l'avais supposé, mais par Zillah, qui avait des parents à l'étranger et qui s'était déjà servie de ce moyen pour leur écrire. Mme Finch continuait ainsi jusqu'au bas de la troisième page son radotage écrit en grosses lettres mal formées.

Je tournai la page. L'écriture devenait encore plus mauvaise, et deux gros pâtés s'étalaient sur le papier. Le style était celui d'une femme dont les nerfs sont horriblement agacés. Grand Dieu! que vis-je en déchiffrant les hiéroglyphes de Mme Finch! Jugez plutôt :

« *Quelques heures viennent de s'envoler, je reprends ma lettre, c'est l'heure du thé, et je tremble tellement que je puis à peine tenir la plume. Mlle Batchford vient d'arriver au presbytère. Elle apporte une affreuse nouvelle. Lucile a pris la fuite en compagnie d'Oscar. Nous ignorons absolument le motif de leur départ et la direction qu'ils ont prise. Nous savons seulement qu'ils sont partis en secret. Mlle Batchford a reçu d'Oscar une lettre où il lui annonce cette nouvelle sans autres explications. Hâtez-vous de revenir, je vous en supplie. M. Finch dit qu'il s'en lave les mains, et Mlle Batchford a quitté la maison, furieuse contre lui. J'ai complétement perdu la tête, et M. Finch prétend que j'ai communiqué mon agitation au baby. Le pauvre enfant crie tellement qu'il en est violet.*

« *Toute à vous de cœur,*

« AMÉLIA FINCH. »

Tous les accès de colère que j'avais ressentis dans ma vie ne sauraient se comparer à celui qui me saisit comme un feu dévorant à la lecture de la quatrième page de cette lettre. Nugent s'était joué de moi et de mes précautions. Il avait enlevé, que dis-je? volé Lucile à son frère de la manière la plus basse et avec une parfaite impunité.

Je ne saurais préciser la durée de cet accès de rage. Tout ce que j'ai su, c'est qu'il fut interrompu par un coup frappé à la porte.

Je courus ouvrir, transporté de colère, et je me trouvai
en face d'Oscar.

L'expression de son visage me calma tout à coup ; il y
avait une telle angoisse dans sa voix que les larmes me
vinrent aux yeux.

« Dans deux heures j'aurai quitté la France, dit-il ;
voulez-vous m'accorder mon pardon, madame Pratolungo, avant mon départ ? »

Il ne dit que ces quelques mots ; mais si vous l'aviez
vu lorsqu'il les prononça, vous eussiez été comme moi,
prêt, non-seulement à lui pardonner, mais à l'accompagner jusqu'au bout du monde, et vous le lui auriez dit
comme je le lui dis.

Deux heures après, nous étions en route pour l'Angleterre.

XI.

COMMENCEMENT DE LA FIN. — PREMIÈRE ÉTAPE.

Vous vous attendez probablement à ce que je vous
raconte quels furent les sentiments d'Oscar lorsqu'il eut
découvert la conduite de son frère. Il me serait difficile
de vous satisfaire sur ce point, car Oscar ne se laissa pas
deviner.

Ce fut en nous rendant à la gare qu'il prononça les
premières paroles de quelque importance. Sortant tout à
coup de la rêverie où il était plongé, il me dit avec chaleur : « Quelle conclusion avez-vous tirée de la lettre de
Mme Finch ? »

Naturellement, et vu les circonstances, je voulus éluder
sa question. Mais je vis qu'il me serait difficile de le faire.

« Vous m'obligerez en répondant à ma question, reprit-
il. La lettre que j'ai lue m'a inspiré des soupçons odieux
sur mon frère, qui jamais ne m'a trompé une seule fois

en sa vie. J'aimerais mieux savoir que je suis fou plutôt
que de penser qu'ils sont fondés. Concluez-vous, d'après
ce que vous écrit Mme Finch, que Nugent s'est présenté
à Lucile sous mon nom? Pensez-vous qu'il l'ait persuadée de quitter ses amis en lui faisant croire qu'en agissant ainsi, elle ne faisait que céder à mes exhortations et
se confier à moi? »

Je lui répondis, aussi brièvement et aussi clairement que
possible, que telle était ma conviction.

Il se produisit en lui un changement subit. Ma réponse
semblait avoir dissipé tous ses doutes.

C'est donc là la récompense de tous les sacrifices que
j'ai faits pour lui; c'est ainsi qu'il répond à la confiance
que j'ai eue en lui!

Il s'arrêta et me considéra un instant.

« Quel est le châtiment digne d'un tel forfait? murmura-t-il d'un ton tellement menaçant que j'en fus effrayée.

— Celui qui attend votre frère à votre arrivée en Angleterre. Vous n'aurez qu'à vous montrer pour qu'il se
repente éternellement de vous avoir offensé. Ne sera-ce
pas une expiation suffisante pour un homme tel que Nugent que d'être dévoilé aux yeux de tout le monde et de
voir ses projets anéantis? »

Ici, je m'arrêtai afin d'obtenir sa réponse.

Il détourna la tête et resta silencieux. Arrivés à la
gare, il me mena à l'écart de crainte des indiscrets.

« Pourquoi faut-il que je vous arrache à votre père?
me dit-il brusquement. Je me conduis en véritable égoïste
et je ne m'en aperçois qu'à l'instant.

— Soyez tranquille, lui dis-je; si je ne vous avais pas
rencontré aujourd'hui, je partais demain pour l'Angleterre,
ne fût-ce que pour sauver Lucile.

— Mais puisque nous nous sommes rencontrés, pourquoi ne vous éviterais-je pas le voyage? Je pourrais vous
apprendre par correspondance tout ce qui s'est passé, sans
que vous ayez à subir une telle fatigue, sans parler de
la dépense.

— Un mot de plus, et je croirai que vous avez quelque

raison cachée de vouloir partir seul pour l'Angleterre. »

Pour toute réponse, il me jeta un regard soupçonneux et me précéda jusqu'au bureau des billets sans prononcer une seule parole. Sa conduite me parut étrange. J'étais fort mécontente.

Nous prîmes nos billets et montâmes en wagon, toujours sans mot dire.

Au moment où le train se mit en marche, je voulus lui adresser quelques paroles d'encouragement. Il me pria là-dessus de ne faire aucune attention à lui et de le laisser supporter seul le fardeau de sa douleur. Autrefois, il n'aurait pas gardé le même silence dans l'affliction ; bien loin de là, il aurait réclamé à grands cris l'expression de ma sympathie. Mais, dans ce malheur, le plus grand qui l'eût encore frappé, il semblait changé au point que j'avais peine à le reconnaître ! Ces forces inconnues et enfouies au fond de son âme surgissaient-elles à la surface, évoquées comme elles l'avaient été le jour fatal où Lucile avait, pour la première fois, ouvert les yeux à la lumière ? Je ne pouvais expliquer autrement le changement soudain que j'observais en lui. Ce qui se passait dans les profondeurs de son âme défiait toute ma pénétration. Je réussirai peut-être à donner une idée du sentiment de vague appréhension qui s'éveilla en moi à la suite de notre conversation à la gare, en assurant que pour rien au monde je n'aurais consenti à le laisser partir seul pour l'Angleterre.

Livrée ainsi à mes propres ressources, je passai la première nuit de voyage à chercher la ligne de conduite à suivre en arrivant en Angleterre.

Je résolus tout d'abord d'aller droit à Dimchurch. Je trouverais peut-être quelques nouvelles de Lucile au presbytère. Nous devions passer par Paris, Dieppe, Newhaven, puis de là gagner Dimchurch.

En second lieu, dans l'hypothèse où il serait toujours possible de voir Lucile au presbytère, il pouvait y avoir un danger fort sérieux à lui présenter subitement Oscar. Je crus donc que nous nous dégagerions d'une lourde responsabilité en priant Herr Grosse d'être présent à notre

arrivée, s'il le jugeait nécessaire dans l'intérêt de la santé
de Lucile. Je soumis cette idée à Oscar et je lui fis part
de mon intention de passer par Dieppe. Il consentit à tout
sans prononcer une parole et fut assez gracieux pour me
laisser le soin de tous ces détails.

A notre arrivée à Lyon, nous profitâmes d'un temps
d'arrêt pour télégraphier à M. Finch, au presbytère, et à
Herr Grosse, à Londres, en les informant que si nous
étions assez heureux pour nous embarquer à temps, Oscar
et moi pourrions arriver à Dimchurch d'assez bonne
heure dans la soirée du lendemain, qui était le 18; qu'en
tout cas ils pouvaient s'attendre à nous voir sous peu.

Après avoir pris cette précaution et m'être munie d'un
panier de provisions, nous continuâmes notre voyage
vers Paris.

Au nombre des nouveaux voyageurs qui s'étaient joints
à nous à Lyon, se trouvait un monsieur qui, à en juger
par ses allures et son costume, devait être un ministre
protestant. J'en fus enchantée. En voici la raison. Un
soupçon affreux me torturait l'esprit depuis que j'avais
lu la lettre de Mme Finch, et un ministre pouvait seul me
soulager de ce poids qui fatiguait également, du moins je
le crois, l'esprit d'Oscar. S'était-il écoulé assez de temps
depuis que Lucile avait quitté Ramsgate pour permettre à
Nugent de l'épouser sous le nom de son frère? Voilà ce
qu'il s'agissait de savoir.

Dès que le train se fut mis en mouvement, j'entrepris
de faire la conquête du ministre. Il était jeune et timide,
j'y réussis sans peine, et au moment où tous les autres
voyageurs, à l'exception d'Oscar, se disposaient à dormir,
je questionnai le pasteur.

« Un tel et une telle, lui dis-je, M. A... et Mme B...
par exemple, ayant tous deux atteint leur majorité, quit-
tent le 5 du mois courant une certaine localité pour aller
demeurer dans une autre. Tout cela se passant en Angleterre, quelle doit être la durée de leur séjour dans la nouvelle localité pour qu'ils puissent se marier selon la loi?

— Se marier à l'église, sans doute? demanda-t-il.

— A l'église, naturellement. »

Je connaissais assez Lucile pour faire cette réponse sans crainte de me tromper.

« Ils peuvent se marier en demandant une autorisation, me répondit le pasteur; pourvu que l'un d'eux soit resté dans la localité depuis son arrivée, le mariage peut avoir lieu le 21 ou peut-être même le 20.

— Ainsi, ils ne peuvent se marier avant cette époque?

— Assurément non. »

Nous étions le 17 au soir. Je serrai doucement la main d'Oscar à la faveur de l'obscurité. Nous avions enfin un renseignement de nature à nous rendre un peu d'espoir. Nous pouvions arriver en Angleterre avant le mariage.

« Nous avons du temps devant nous, dis-je tout bas à Oscar. Allons, courage! nous sauverons Lucile.

— Pourrons-nous la retrouver? » murmura-t-il.

Cette sérieuse complication m'avait échappé. Il m'était impossible de savoir à quoi m'en tenir à ce sujet avant d'être arrivée au presbytère. Jusque-là, il n'y avait qu'à patienter et à espérer.

Je ne veux pas encombrer ce récit de tous les petits incidents qui retardèrent et hâtèrent tour à tour notre voyage.

Oscar et moi nous descendîmes de voiture le 18 à minuit, devant la porte du presbytère.

M. Finch, armé d'une lampe, vint lui-même nous recevoir. Il leva pieusement les yeux et la lampe vers le ciel en voyant Oscar. Ses premières paroles furent : « Providence impénétrable!

— Avez-vous retrouvé Lucile? » lui demandai-je.

M. Finch, réservant toute son attention pour Oscar, me serra machinalement la main, en me disant que j'étais une bonne créature, de l'air qu'il aurait pu prendre pour caresser le chien d'Oscar, s'il en avait possédé un. J'aurais presque désiré être un chien à ce moment pour me donner la satisfaction de mordre M. Finch.

Oscar répéta ma question avec impatience, tandis que le recteur l'aidait à descendre de voiture, sans songer seulement à me rendre le même service.

« Avez-vous entendu ce que disait Mme Pratolungo ? lui demanda Oscar. A-t-on retrouvé Lucile ?

— Mon cher Oscar, nous espérons la retrouver, à présent que vous voilà de retour. »

Cette réponse me révéla le secret de l'extrême déférence de M. Finch pour Oscar, qu'il appelait son jeune ami : l'arrivée d'Oscar avant que la cérémonie pût avoir lieu pouvait seule rendre impossible le mariage de sa fille avec un homme ruiné jusqu'au dernier sou.

M. Finch mesurait plus que jamais l'importance d'Oscar au chiffre de sa fortune.

Je demandai, avant d'entrer, des nouvelles de Herr Grosse ; le recteur trouva dans sa grosse voix une note relativement haute pour exprimer l'étonnement où le plongeait l'audace, dont je faisais preuve en lui parlant de tout autre qu'Oscar.

« Oh ! mon Dieu ! s'écria M. Finch, daignant m'accorder, non sans impatience, un de ses précieux moments, laissez-moi donc tranquille avec votre Grosse ! Il est malade à Londres. Il y a ici une lettre de lui qui vous est adressée. Prenez garde aux marches, mon cher Oscar, continua-t-il de sa voix la plus grave ; Mme Finch brûle du désir de vous voir. Nous attendions tous deux votre arrivée avec une impatience qui ne peut se comparer qu'à l'affection que nous vous portons ! Permettez-moi de vous débarrasser de votre chapeau. Ah ! comme vous avez dû souffrir ! Ayez comme moi confiance en une Providence infaillible et acceptez, comme moi, ses décrets avec soumission et résignation. Tout espoir n'est pas perdu. Allons, courage ! dit-il, en ouvrant la porte du salon. Madame Finch, du calme ! Voici notre cher fils d'adoption, notre cher Oscar, accablé sous le poids du malheur. »

Il ne sera pas inutile de vous donner des nouvelles de Mme Finch. Elle n'avait pas changé, pas plus que le roman, l'enfant et le mouchoir perdu. Je la retrouvai aussi humide que jamais, et toujours revêtue de la jaquette aux vives couleurs et du peignoir traînant jusqu'à terre.

Elle accueillit Oscar en pinçant les coins de la bouche et en secouant la tête d'un air de compassion ; mais dès qu'elle m'eut envisagée, ses traits se transformèrent d'une façon extraordinaire.

A mon grand étonnement ses yeux, jusque-là éteints, brillèrent tout à coup, et un large sourire s'épanouit sur ses lèvres, tandis que l'air de tristesse avec lequel elle avait regardé Oscar faisait place, d'une façon qu'elle crut sans doute très-habile, à une expression de bonheur.

Me présentant son enfant d'un air triomphant, la maîtresse du presbytère me glissa ces mots à l'oreille : « Croiriez-vous ce qui lui est arrivé depuis votre départ ?

— Je ne puis me l'imaginer, lui répondis-je.

— Il a deux dents! Voyez plutôt, mettez-lui le doigt dans la bouche, » dit-elle.

D'autres auraient jugé plus convenable de déplorer les malheurs qui étaient venus s'abattre sur sa famille. Mme Finch n'y songea même pas. Cet événement banal la comblait de joie et primait tout autre événement.

J'introduisis mon doigt, comme elle m'y invitait, dans la bouche de ce nourrisson féroce, qui ne manqua pas de me mordre.

A en juger par la physionomie de Mme Finch à ce moment, elle eût poussé un cri de joie si un éclat de voix du recteur ne l'eût interrompue. Elle avait déjà ouvert la bouche ; mais, ayant perdu son mouchoir, elle se retira dans un coin et se servit de l'enfant en guise de bâillon.

M. Finch avait pendant ce temps tiré deux lettres de l'armoire placée près de la cheminée. Il jeta la première sur la table en s'écriant avec impatience : « Mon Dieu! qu'il est donc ennuyeux de recevoir des lettres adressées à d'autres. »

Il prit la seconde avec une sollicitude extraordinaire, et la tendit à Oscar en poussant un bruyant soupir et en levant les yeux au plafond de l'air d'un martyr.

« Allons, un peu de courage et lisez-la, lui dit M. Finch de son ton le plus pathétique et comme s'il était en chaire. Je vous aurais épargné cette épreuve si je l'avais pu, Oscar. Tout notre espoir dépend, mon cher ami, des conseils que

vous voudrez bien nous donner pour nous guider après
avoir pris connaissance de cette lettre. »

Oscar rompit le cachet et lut rapidement les premières
lignes. Il regarda vivement la signature, et jeta la lettre
à terre avec une explosion de rage et d'horreur.

« Ne me demandez pas de la lire, s'écria-t-il dans un
véritable accès de fureur, le premier qu'il eût eu depuis
son retour à Dimchurch. Si je la lis et que je le rencontre
ensuite, je le tue ! »

Il se laissa tomber sur une chaise.

« O Nugent !... Nugent ! » s'écria-t-il, en gémissant de
façon à nous fendre l'âme.

Ce n'était guère le moment d'observer étroitement les
convenances.

Je ramassai donc la lettre et je la parcourus sans lui en
demander l'autorisation.

Je vis que c'était la même que j'ai insérée dans le
Journal de Lucile, et où Nugent apprenait à Mlle Batchford que sa nièce avait quitté Ramsgate pour s'enfuir
avec lui.

Cette lettre, il l'avait signée du nom d'Oscar. Je n'en
citerai que quelques lignes :

« Elle m'accompagne pour aller demain dans la maison
« d'une de mes parentes, une mère de famille qui se
« charge d'elle jusqu'au moment de notre mariage. »

Après avoir lu, je sentis mon cœur allégé d'un grand
poids.

Naturellement, la parente mariée dont parlait Nugent
était aussi celle d'Oscar. Oscar n'avait donc qu'à nous
indiquer sa demeure pour nous donner les moyens de
retrouver Lucile.

Je tirai Oscar des griffes de M. Finch, qui eût fini par
le rendre fou en lui administrant des consolations.

« Laissez-moi faire, lui dis-je en lui montrant la lettre.
Je sais ce qu'il vous faut ».

Le recteur me lança un regard indigné. Je me tournai
vers Mme Finch.

« Nous avons fait, lui dis-je, un voyage bien fatigant. Oscar n'a pas comme moi l'habitude de voyager. Veuillez lui indiquer sa chambre. »

Mme Finch se leva pour me la montrer, mais son mari voulut s'interposer.

« Laissez-moi faire, lui répétai-je, je connais Oscar mieux que vous. »

Pour la première fois de sa vie peut-être, le maître de Dimchurch ne sut répliquer. Il ne pouvait sans doute trouver une expression assez forte pour stigmatiser mon audace.

Je pris le bras d'Oscar en lui disant qu'étant fatigué, il n'avait rien de mieux à faire que de gagner sa chambre, où je lui apporterais quelque chose de chaud que j'aurais préparé moi-même.

Il se leva sans me répondre, sans même me regarder, et suivit Mme Finch. Je pris ce qu'il me fallait sur le buffet, où le souper était tout prêt, je mis de l'eau sur le feu et je composai une boisson réconfortante avec laquelle je me préparais à sortir lorsque, en ouvrant la porte, j'aperçus M. Finch qui, tout scandalisé, avait suivi mes moindres mouvements.

« Permettez-moi de vous demander, madame Pratolungo, me dit-il avec une emphase des plus majestueuses, à quel titre vous vous trouvez ici.

— Je suis ici en qualité d'amie d'Oscar, lui répondis-je. Du reste, vous serez demain débarrassé de notre présence à tous deux. »

Je fermai violemment la porte et je montai. J'ai tout lieu de croire qui si j'avais été la femme de M. Finch, j'aurais fini par en faire un homme charmant.

Mme Finch me rencontra dans le corridor du premier et me montra la porte de la chambre d'Oscar.

J'entrai et je l'y trouvai marchant de long en large avec agitation.

Son premier mot fut au sujet de la lettre de son frère. J'avais résolu de ne point aborder ce pénible sujet avant le lendemain, afin de lui permettre de se calmer, et je voulus changer la conversation, mais en vain. Il était en proie à une anxiété à laquelle il ne pouvait échapper, malgré tous les efforts de sa volonté. Il me pria d'y mettre fin.

« Ce n'est pas la lettre que je veux lire, me dit-il ; tout ce que je désire voir, c'est le passage relatif à Lucile.

— Il peut se résumer en un seul mot, lui répondis-je : Lucile est en sûreté. »

Il me saisit par le bras et me jeta un regard scrutateur.

« Où se trouve-t-elle ? dit-il ; avec lui ?...

— Avec une dame mariée, qui est sa parente. »

Il laissa retomber mon bras et réfléchit un instant.

« Ma cousine de Sydenham ! s'écria-t-il.

— Connaissez-vous la maison ?

— Parfaitement.

— Nous irons dès demain. Voilà qui doit vous contenter pour le moment. Allez prendre du repos, mon ami ».

Je lui tendis la main. Il la prit machinalement, absorbé qu'il était dans ses pensées.

« Ai-je dit quelque absurdité, lorsque nous étions en bas ? me demanda-t-il d'un air soupçonneux et singulier.

— Vous étiez épuisé de fatigue, lui dis-je pour le rassurer. Personne ne s'en est aperçu.

— En êtes-vous bien sûr ?

— J'en suis sûr. Bonne nuit, dormez bien. »

Je quittai la chambre avec le même sentiment que j'avais éprouvé à la gare de Marseille. Je n'étais pas content de lui et je trouvai sa conduite par trop singulière.

En revenant à la salle à manger, je n'y rencontrai que Mme Finch. La dignité offensée de M. Finch ne lui permettait pas de rester en ma présence.

Je soupai tranquillement, tandis que Mme Finch bavardait à cœur joie sur tout ce qui s'était passé pendant mon absence, tout en poussant du pied le berceau de son enfant.

Je recueillis dans tout ce verbiage quelques détails qui valent la peine d'être rapportés.

Le dernier différend entre M. Finch et Mlle Batchford, cause du départ précipité de celle-ci, avait pris sa source dans la tranquillité exaspérante de M. Finch en apprenant la fuite de sa fille.

Il devait bien savoir que Lucile avait quitté Ramsgate avec Oscar : il avait en sa possession le contrat de celui-ci et de sa fille. Mlle Batchford apprit de Grosse que c'était celui des deux frères qui n'avait plus un sou, qui avait enlevé Lucile, et ce ne fut qu'à ce moment que l'anxiété de M. Finch le détermina à agir.

Mlle Batchford, Herr Grosse et M. Finch avaient fait tout leur possible pour retrouver la trace des fugitifs, mais leurs efforts avaient été vains. Il n'avaient pu découvrir la demeure de la dame dont parlait Nugent dans sa lettre.

La dépêche qui leur annonçait mon retour en Angleterre leur avait rendu quelque espoir d'empêcher le mariage avant qu'il fût trop tard.

Le nom de Grosse, que prononça Mme Finch dans sa relation diffuse, me rappela ce que le recteur m'avait dit à la porte du jardin. Je n'avais pas encore reçu la lettre que l'oculiste allemand m'adressait à Dimchurch. Après l'avoir cherchée quelque temps, nous la retrouvâmes sur la table, où M. Finch l'avait jetée avec dédain.

La lettre ne se composait que de quelques lignes. Grosse m'annonçait qu'il avait été tourmenté au sujet de Lucile au point d'en avoir une attaque de goutte, et qu'il lui était impossible de remuer le pied sans être saisi d'intolérables souffrances.

« Si vous voulez la retrouver, ma bonne et chère dame,
« venez d'abord me voir à Londres ; j'ai quelque chose
« de sérieux à vous dire relativement aux yeux de ma
« pauvre petite Lucile. »

Je ne saurais exprimer combien cette dernière phrase me surprit péniblement. Mme Finch accrut encore mon anxiété en me répétant ce qu'elle avait entendu dire à Mlle Batchford, pendant sa courte visite au presbytère, au sujet de la vue de Lucile.

Grosse s'était montré fort peu satisfait de l'état des

yeux de cette pauvre enfant après les avoir examinés, le
4 du mois courant, et la femme de chambre avait rapporté
que Lucile pouvait à peine percevoir les objets de la
fenêtre de sa chambre. Plus tard, le même jour, elle avait
quitté Ramsgate furtivement, et, d'après la lettre de Herr
Grosse, le médecin ne l'avait pas vue depuis cette époque.

Fatiguée comme je l'étais de mon voyage, cette mauvaise nouvelle me tint longtemps éveillée.

Le lendemain, dans mon impatience de partir pour
Londres par le premier train, je me levai avec l'aurore.

XII.

COMMENCEMENT DE LA FIN. — DEUXIÈME ÉTAPE.

Quoique levée de fort bonne heure, Oscar fut encore
plus matinal que moi. Il était sorti du presbytère pour
aller troubler le sommeil de Gootheridge en demandant à
l'auberge les clefs des Sables.

A son retour, il me dit simplement qu'il était allé chercher divers objets à lui appartenant, qu'il avait laissés
dans la maison.

Son air et ses manières, lorsqu'il me donna cette explication, me parurent moins satisfaisants que jamais.

Je ne dis rien, mais, voyant que son pardessus de
voyage était boutonné tout de travers, je le lui arrangeai,
ce que faisant, ma main vint à toucher la poche de côté
de son paletot.

Aussitôt il se recula vivement, comme s'il y avait eu
quelque chose dans cette poche qu'il voulût dérober à
ma vue.

Était-ce là l'objet qu'il avait apporté des Sables ?

Nous partîmes, en parvenant, non sans peine, à nous

débarrasser de M. Finch, qui voulait absolument s'attacher à Oscar, par le premier train express, qui nous
mena droit à Londres.

En consultant les heures de départ des trains, je vis
que j'aurais le temps de faire une courte visite à Herr
Grosse avant de continuer notre voyage à Sydenham.

Étant résolue à ne faire part à Oscar des mauvaises
nouvelles touchant la vue de Lucile qu'après avoir vu
mon Allemand, je prétextai je ne sais quelle affaire, et,
prenant une voiture, je laissai mon compagnon dans la
salle d'attente de la gare.

Je trouvai Grosse cloué sur son fauteuil, avec son pied
goutteux enveloppé dans des feuilles de chou fraîchement
cueillies.

Partagé comme il l'était entre la souffrance et l'inquiétude, son jargon était devenu plus grotesque et ses yeux
plus égarés que jamais.

Quand j'apparus à la porte de sa chambre en lui souhaitant le bonjour, il me montra le poing dans son impatience fébrile.

« Bonjour, Gottam, me cria-t-il en rugissant. Où est...
où est la bedide Lucile ? »

Je lui dis que nous espérions découvrir sa retraite.

Grosse tourna la tête et montra le poing à une bouteille
placée au-dessus de la cheminée.

« Prenez cette bouteille, dit-il, et le pain d'œil qui se
troufe à gôté. Ne restez pas à dire toutes fos palifernes.
Allez-fous-en et saufez-lui la fue. Tenez ! fous faites ceci,
fous lui rechetez la tête... ainsi... »

Expérimentant sur lui-même, il releva la tête avec tant
de vigueur qu'il secoua son pied goutteux, ce qui lui ar-
racha des hurlements de douleur.

Il continua cependant, tout en me regardant à travers
ses lunettes avec des yeux féroces et en mordant sa mous-
tache avec rage.

« Rechetez-lui la tête, remblissez le pain d'œil, ren-
fersez-le sens tessus sens tessous sur ses œils et noyez-
les pien dans le mélanche. Noyez-les pien l'un abrès
l'autre; si elle crie, ne faites bas attention. Puis, amenez-

la-moi ici. Pour l'amour de Dieu, amenez-la-moi ici, même si vous devez lui attacher hieds et mains pour me l'abborder. Ah çà! qu'est-ce qu'elle attend, cette femme! Allez-fous-en! allez-fous-en dout to suite.

— Je désire vous faire une question à propos d'Oscar avant de partir. »

Il saisit un de ses oreillers, dans l'intention de me le jeter à la tête.

Je tirai l'*Indicateur des chemins de fer* pour m'en faire un bouclier.

« Regardez vous-même, lui dis-je, et vous verrez qu'il me faudra attendre à la gare si je n'attends pas ici l'heure du train. »

J'éprouvai quelque difficulté à lui faire comprendre qu'il ne m'était possible de partir pour Sydenham qu'à une certaine heure, et qu'ayant à attendre dix minutes au moins, j'aimais mieux les passer avec lui qu'à la gare.

Il ferma ses gros yeux et, complétement épuisé, il inclina sa tête sur le dossier de sa chaise.

« Peu importe ce qui arrife, il faut qu'une femme elle remue sa langue. Allons, faites aller la fôtre.

— Je me trouve dans une situation fort difficile, lui dis-je. Oscar m'accompagne pour retrouver Lucile. Naturellement, je ferai en sorte qu'il ne se rencontre pas avec Nugent autre part qu'en ma présence. Mais j'hésite encore à l'égard de Lucile. Ne dois-je pas la préparer à cette entrevue?

— Qu'elle foie le tiaple lui-même si fous le foulez, gronda Herr Grosse, pourvu que vous ameniez matemoiselle Vinch ici ensuite. Fous ferez mieux de préparer Oscar. Elle n'a point besoin de préparation. Il lui a fait éproufer assez de désappointement comme cela.

— Lui!... Je ne vous comprends pas. »

Il s'enfonça dans son fauteuil d'un air fatigué et me raconta, d'un ton plus bas et plus triste, la conversation qu'il avait eue à Ramsgate avec Lucile, conversation que j'ai reproduite dans le Journal de la jeune fille.

J'appris pour la première fois le changement survenu

dans ses sentiments, et qui avait été la cause de tant de mortification et de chagrin.

J'appris qu'elle ne ressentit plus un frisson de joie parcourir tout son être lorsque Nugent lui prit la main lors de leur rencontre aux bains de mer.

Ceci me sembla de mauvais augure.

J'appris aussi quel avait été son désappointement amer en comparant ses traits avec ceux du charmant idéal que son imagination avait évoqué alors qu'elle était aveugle.

« J'étais heureuse, disait-elle, quand je n'étais que la pauvre Mlle Finch. »

« Assurément, dis-je à l'oculiste, le sentiment qui s'est effacé dans son cœur reparaîtra en revoyant Oscar.

— Jamais, même si elle pouvait voir cinquante Oscar! »

Je ne sais si les paroles de Herr Grosse produisirent en moi de l'inquiétude ou de l'irritation, mais le fait est que je continuai à combattre son opinion.

« Vous ne me direz pas, lui répliquai-je, qu'elle éprouvera le même désappointement à la vue d'Oscar?... »

Je ne pus achever. Herr Grosse m'interrompit sans aucune cérémonie.

« Je fous dis, absurde femme, que ce sera beaucoup pis. Ne fous ai-je pas dit qu'elle a éproufé un immense désappointement lorsqu'elle a fu le frère qui a le teint si peau. Jugez ce que ce sera quand elle apercevra le frère qui est si laid avec sa figure bleue. Je fous le dis. Elle trouvera que le frai frère est le plus fourbe des deux. »

Je l'interrompis avec indignation.

« Lucile pourra certes éprouver du désappointement en voyant le visage d'Oscar. Mais ce sera tout, car sa main lui dira quand il la touchera qu'elle n'a pas, cette fois, affaire à un imposteur.

— Sa main ne lui dira rien du tout, pas plus que la fôtre. Je n'ai pas eu le cœur assez dur pour le lui dire comme je fous le dis, lorsqu'elle m'a fait la même question. Taisez-vous et écoutez-moi! Tous ces petits frémissements qu'elle ressentait en lui touchant la main avaient lieu alors que son toucher remplaçait ses yeux. A partir du moment où elle a pu exercer ses yeux, elle

a perdu l'exquise délicatesse de son toucher. Comprenez-
fous bien? C'est une sorte de troc entre la nature et cette
pauvre fille. Je vous prends la fue, mais je vous donne
un toucher délicat. Je vous rends les yeux, je vous
reprends fotre toucher. Soh! Foilà, c'est clair, comme
fous foyez. »

Je me sentis trop mortifiée pour répondre à Herr
Grosse.

Malgré tous nos malheurs, j'avais foi dans le retour
d'Oscar comme le seul moyen de rendre le bonheur à
Lucile. Cet espoir était anéanti! Je gardai le silence, regardant d'un air morne les dessins du tapis.

Grosse prit sa montre.

« Fos dix minutes sont écoulées, » dit-il.

Je restai dans la même position, sans faire attention à
ses paroles. Ce que voyant, il roula de gros yeux terribles
derrière ses gigantesques lunettes.

« Allez-fous bien vite fous en aller? me cria-t-il d'une
voix assourdissante. Allez-fous rester à jacasser tandis
que ses yeux sont en danger? Je vous donne ma parole
d'honneur qu'il y avait, il y a quinze jours, un danger
sérieux pour sa fue, et cela parce qu'elle s'est tourmentée
et qu'elle a tant pleuré avec ces sacrées bêtises d'amour.
Foulez-fous que je vous jette un gros oreiller en plein sur
la figure? Eh bien, filez ou je flse à la tête. Partez, partez
et ramenez-la-moi afant la nuit. »

Je m'en retournai à la gare. Je crois bien que, parmi
toutes les femmes que je rencontrais dans la fue, il n'y
en avait pas une qui eût le cœur aussi triste que moi.

Pour aggraver encore les choses, mes compagnons de
voyage qui m'attendaient, l'un au buffet de la gare, l'autre sur le quai, firent, à ma relation de ce qui s'était
passé chez Grosse, un accueil qui me désappointa et me
découragea sérieusement.

La vanité égoïste et cruelle de M. Finch ne lui fit
trouver dans le malheur qui menaçait sa fille que ma-
tière à compliments sur sa propre clairvoyance.

« Vous vous souvenez, madame Pratolungo, dit-il, que
je m'y suis opposé dès le début et que j'ai protesté contre

l'opération entreprise par ce Grosse, parce que j'y voyais une intervention mondaine dans les desseins d'une Providence impénétrable. Qu'est-il arrivé? On a méconnu mon influence paternelle, mon poids moral a été pour ainsi dire jeté de côté. Et maintenant, voyez le résultat! Prenez-en note, ma chère amie, et que ceci vous serve de leçon ! »

Il poussa un gros soupir d'un air content de lui-même et, se tournant vers la dame qui servait au buffet, il demanda une autre tasse de thé.

Je fus encore plus découragée, je dirai même effrayée, lorsque je fis part à Oscar de l'état critique où se trouvait Lucile.

« J'ajouterai ceci au compte que j'ai à régler avec Nugent, » dit-il d'un air vindicatif, sans laisser échapper la moindre parole de sympathie ou de chagrin.

Nous partimes pour Sydenham. De temps en temps, je regardais Oscar, qui s'était assis en face de moi, pour observer les changements de sa physionomie à mesure que nous approchions du but de notre voyage. Il gardait le même silence de mauvais augure et la même réserve singulière.

A part l'accès de fureur qui l'avait saisi tout à coup en recevant de M. Finch la lettre de Nugent, Oscar n'avait pas montré ce qui se passait au fond de son âme depuis notre départ de Marseille. Lui, qui pleurait comme une femme au moindre chagrin, n'avait pas versé une larme depuis le jour fatal où il avait découvert la trahison de son frère, de ce frère qu'il idolâtrait, à qui il avait voué une sainte reconnaissance et un amour sans bornes.

Lorsqu'un homme du caractère d'Oscar s'abime dans ses pensées pendant des jours entiers, ne demandant ni conseils, ni marques de sympathie, et tout cela sans exhaler la moindre plainte, c'est qu'il se passe en lui quelque chose de grave. Il y a en cet homme des forces cachées qui s'accumulent pour venir ensuite éclater à la surface, soit pour le mal, soit pour le bien, mais toujours d'une façon exagérée.

J'eus la certitude, en examinant Oscar derrière mon

voile, qu'il jouerait dans les événements où tant de passions contraires allaient se choquer, un rôle dont je me
souviendrai jusqu'à la fin de mes jours.

Nous arrivâmes à Sydenham, et nous descendîmes dans
l'hôtel le plus voisin.

La présence des autres voyageurs dans notre wagon
nous avait empêchés de nous concerter sur la manière la
plus prudente d'aborder Lucile.

Cette grave question devait être vidée immédiatement.

Nous nous assîmes pour en conférer dans la chambre
que nous avions retenue à l'hôtel.

XIII.

COMMENCEMENT DE LA FIN. — TROISIÈME ÉTAPE.

En d'autres occasions, Oscar avait eu l'habitude, lorsqu'il se trouvait embarrassé par quelque doute ou quelque difficulté, de suivre les avis d'autrui.

Cette fois, il fut le premier à prendre la parole et à exprimer son opinion.

« Il ne faut pas que nous perdions du temps à discuter
nos différents projets, me dit-il, il n'y a qu'un parti à
prendre. Comme principal intéressé dans cette affaire,
j'entrerai seul dans la maison, tandis que vous m'attendrez ici.

Il prononça ces paroles sans la moindre hésitation, en
prenant son chapeau et sans nous regarder.

J'avais de plus en plus la certitude que l'infâme trahison de Nugent avait inspiré à Oscar une résolution désespérée.

Déterminée à m'opposer à son départ, j'insistai pour
qu'il reprît sa place et pour qu'il écoutât ce que j'avais à

lui dire. En voyant M. Finch se lever pour se placer
entre Oscar et la porte, je crus sage de laisser le recteur
prendre la parole le premier.

« Un instant, Oscar, dit gravement M. Finch, vous
m'oubliez. »

Oscar attendait d'un air farouche, le chapeau à la main.

Quant à M. Finch, il s'arrêta; il réfléchissait évidemment aux expressions qu'il devait employer en parlant à
Oscar. Il avait, pécuniairement parlant, un grand respect
pour Oscar; mais il avait pour lui-même un respect encore plus grand, surtout en un moment aussi critique.
Mû par ce sentiment, il se montra, dans les observations
qu'il fit au jeune homme, aussi poli, mais aussi positif
que possible.

« Permettez-moi de vous rappeler, cher Oscar, qu'en
ma qualité de père j'ai le droit, au moins autant que
vous, d'intervenir auprès de Lucile. A cette heure critique pour ma fille, il est de mon devoir d'être présent, et
si vous allez chez votre cousine, mon devoir exige impé-
rieusement que je vous y accompagne. »

La façon dont Oscar accueillit cette proposition confirma mes appréhensions. Il refusa tout net la société de
M. Finch.

« Pardonnez-moi, répondit-il, mais je désire m'y rendre
seul.

— Permettez-moi de vous en demander la raison, dit
le recteur, toujours de son air conciliant.

— Je désire avoir une entrevue secrète avec mon
frère, » répondit Oscar en baissant les yeux.

M. Finch se contenait toujours, mais n'en restait pas
moins devant la porte. Il me jeta un coup d'œil qui me
décida à m'interposer, dans le but d'éviter un sérieux dé-
saccord entre lui et Oscar.

« Je crois, lui dis-je, que vous avez tort tous deux.
Que vous alliez seuls ou ensemble, le résultat restera le
même. Il y a cent à parier contre un que vous ne serez
pas reçus. »

Ils se retournèrent vers moi et me prièrent de m'expliquer.

« Je veux dire, m'écriai-je, que vous ne pourrez entrer
de vive force. De deux choses l'une : ou vous donnerez
vos noms au domestique qui viendra vous ouvrir, ou
vous ne les donnerez pas. Dans le premier cas, vous
éveillez les soupçons de Nugent, et il n'est pas homme à
vous laisser pénétrer dans la maison en pareille circonstance. Dans le second cas, vous vous présentez comme
étrangers; croyez-vous alors que Nugent consente à recevoir la visite de deux inconnus? Lucile ne refusera-t-
elle pas, dans les conditions où elle se trouve, de se présenter devant des personnes dont elle ignore même le
nom? Croyez-moi, vous ne gagnerez rien à cette démar-
che, qui ne fera que vous rendre encore plus difficile
l'accès auprès de Lucile.

Mes deux compagnons virent qu'il était difficile de réfuter mes arguments. Il y eut un moment de silence. Il
fut rompu par Oscar.

« Seriez-vous dans l'intention d'y aller vous-même? me
dit-il.

— Non. Je me propose d'écrire à Lucile. Une lettre
pourra lui parvenir. »

Cela n'était pas douteux. Oscar me demanda dans quel
sens je comptais écrire. Je lui répondis que je demande-
rais seulement à Lucile une entrevue secrète.

« Et si elle refuse?... dit M. Finch.

— Elle ne refusera pas, répondis-je. Il y a eu, il est
vrai, un malentendu entre elle et moi, au moment où je
suis partie pour la France. J'ai l'intention de profiter de
ce malentendu pour motiver ma lettre. Je ferai appel aux
sentiments d'honneur de votre fille en lui demandant
une explication qui devra nous réconcilier. Je ne crois
pas qu'elle se refuse à cet acte de justice. »

Tel était le plan que j'avais conçu en partant pour
Sydenham. J'avais attendu, pour le leur faire connaître,
que mes deux compagnons eussent manifesté leurs intentions.

Oscar, le chapeau à la main, regardait M. Finch, qui,
aussi le chapeau à la main, se tenait obstinément à la
porte. On pouvait lire sur le visage du recteur l'intention,

exprimée poliment, mais avec fermeté, de suivre Oscar
s'il persistait dans son intention de se rendre seul à la
maison de sa cousine.

Oscar se trouvait donc placé entre un ministre et une
femme, tous deux déterminés à s'opposer à son dessein.
Il ne lui restait d'autre alternative, à moins de causer un
scandale public, que de céder ou paraître céder à l'un de
nous. Il me choisit de préférence.

« Quelles sont vos intentions, au cas où vous réussiriez
à la voir? me demanda-t-il.

— La ramener à son père ou à vous, ou m'arranger
avec elle pour que vous puissiez tous deux aller la trouver dans la maison où elle demeure actuellement. »

Oscar, après avoir de nouveau jeté un regard sur le
recteur, toujours ferme à son poste, sonna et demanda au
garçon tout ce qu'il fallait pour écrire.

« Une dernière question, dit-il ensuite. Dans le cas où
Lucile consentirait à vous recevoir, est-ce votre intention
de voir.... »

Ici il s'arrêta, tandis que son regard fuyait le mien.

« Est-ce votre intention de voir quelque autre personne? reprit-il en évitant toujours de prononcer le nom
de son frère.

— Je ne veux voir que Lucile, lui répondis-je, je n'ai
pas à intervenir entre votre frère et vous. »

Que le ciel me pardonne de lui avoir parlé ainsi alors;
c'était, au contraire, mon intention formelle de m'interposer entre les deux frères.

« Vous pouvez écrire votre lettre, dit-il, mais à la condition que vous me montrerez la réponse.

— Inutile de aire remarquer que je ne consens qu'à
cette condition, ajouta le recteur, en qualité de père... »

Je m'empressai de l'interrompre.

« Vous lirez tous deux la réponse. Mais permettez-moi
de mettre mon idée à exécution. »

J'écrivis en ces termes à Lucile :

« Chère Lucile,

« J'arrive à l'instant en Angleterre. Au nom de la jus-

« tice et de notre vieille amitié, il faut que je vous voie
« sans que personne en sache rien, et tout de suite. Je
« m'engage à vous prouver en cinq minutes que je n'ai
« jamais démérité de votre affection et de votre con-
« fiance. Le porteur de cette lettre attendra la réponse. »

Je soumis ces quelques lignes à l'approbation de mes
deux compagnons. M. Finch ne fit aucune objection. Il
était évidemment mécontent du rôle secondaire qu'on lui
faisait jouer.

Oscar dit qu'il n'y avait rien à dire à cette lettre, et qu'il
n'agirait pas avant d'avoir pris connaissance de la réponse. J'écrivis sous sa dictée l'adresse de sa cousine, et
je donnai ma lettre à l'un des domestiques de l'hôtel.

« Y a-t-il loin d'ici à cette maison? lui demandai-je.

— Dix minutes d'ici à peine, madame.

— N'oubliez pas d'attendre la réponse.

— Soyez tranquille, madame. »

Le domestique partit. Une bonne demi-heure s'écoula
avant son retour. On aura une idée de la terrible angoisse qui nous torturait tous les trois lorsque je dirai
que nous n'échangeâmes pas une seule parole pendant
tout le temps que dura l'absence de notre messager. Enfin, il revint, tenant une lettre à la main!

Mes mains tremblaient tellement que j'eus de la peine à
rompre l'enveloppe. Avant d'avoir lu le premier mot, un
frisson glacial me parcourut tout le corps. La lettre était
d'une écriture qui m'était inconnue! La signature, en caractères irréguliers, était comme tracée par la main d'un
enfant, et ressemblait à celle de Lucile lorsque, encore
aveugle, elle écrivait sa première lettre à Oscar. La lettre
contenait cette singulière phrase :

« Il me serait difficile de vous recevoir ici; mais je puis
« sortir, et je viendrai à votre hôtel si vous voulez bien
« m'attendre. Il m'est impossible de vous indiquer l'heure
« de ma visite. Tout ce que je puis promettre, c'est de
« guetter la première occasion de m'échapper, et d'en pro-
· fiter dans votre intérêt et dans le mien. »

Ainsi, Lucile n'agissait pas en toute liberté! C'était la
seule interprétation qu'on pût donner à cette lettre. Oscar
et le recteur furent contraints de reconnaître que j'avais
jugé sainement la situation. Puisqu'on ne pouvait me recevoir dans la maison, à plus forte raison ils n'y auraient
pas accès.

Oscar, après avoir vu la lettre, se retira à l'écart sans
faire aucune réflexion.

M. Finch se décida à abandonner le rôle secondaire qui
lui avait été assigné et à agir de sa propre initiative.

« Dois-je conclure de tout ceci qu'il m'est absolument
impossible de voir ma fille?

— Sa lettre vous le démontre clairement, lui répondis-
je. En essayant de la voir, il est probable que vous l'em-
pêcherez de venir ici.

— En ma qualité de père, continua M. Finch, il m'est
impossible de jouer un rôle passif. J'ai droit, en ma qualité de collègue, à la sympathie du recteur de cette pa-
roisse. Car il est fort probable que l'on a déjà annoncé ce
mariage illégal. Dans ce cas, il est de mon devoir, non-
seulement envers moi-même, mais envers ma fille, d'en
parler à mon collègue. J'y vais de ce pas. »

Il se mit à trotter d'un air majestueux vers la porte et
ajouta qu'il me donnait tout pouvoir pour retenir Lucile
jusqu'à son retour. Après cette dernière recommandation,
il sortit.

Je jetai un coup d'œil sur Oscar, qui se trouvait à l'autre extrémité de la chambre.

« Vous attendrez ici, n'est-ce pas? me dit-il.

— Naturellement, et vous?

— Je sors pendant quelques instants.

— Pourquoi?

— Pour rien. Pour tuer le temps. Je suis fatigué d'attendre. »

Je fus convaincue, d'après l'expression de sa physionomie, qu'il voulait, à présent qu'il était débarrassé de
M. Finch, se rendre tout droit à la maison de sa cousine.

« Vous oubliez, lui dis-je, que Lucile peut fort bien
venir en votre absence. Votre présence ici ou dans la

pièce voisine sera d'une extrême importance, lorsqu'il faudra raconter à Lucile quelle a été la conduite de votre frère. Que faire, si elle refuse d'ajouter foi à mes paroles et si vous ne vous montrez pas pour m'appuyer? Restez ici, je vous en supplie, aussi bien dans votre intérêt que dans celui de Lucile.

J'attendis pour voir l'effet de mes paroles. Après quelque hésitation, il répondit avec une sombre indifférence : « Comme il vous plaira! »

Il se retira dans un coin. Mais, comme il se détournait, je l'entendis qui murmurait : « J'attendrai un peu plus longtemps, voilà tout.

— Qu'attendrez-vous? »

Il me regarda par-dessus son épaule.

« Patience! me répondit-il, patience! vous le saurez bientôt. »

Je me tus. Le ton dont il avait prononcé ces paroles m'avertissait que mes observations seraient inutiles.

Après un certain laps de temps que je ne saurais préciser, j'entendis un frôlement de robes dans le corridor.

Un instant après, on frappa à la porte. Je fis signe à Oscar d'ouvrir une autre porte qui se trouvait à l'extrémité de la chambre et de se tenir caché jusqu'à nouvel ordre. Puis je me dirigeai vers la porte avec autant de calme que possible, et je l'ouvris.

Une femme, d'une mise simple mais convenable, et qui me sembla être une femme de chambre, entra tenant Lucile par la main.

A peine eus-je jeté les yeux sur la chère enfant que je vis l'horrible vérité.

Elle était telle que je l'avais aperçue pour la première fois dans le corridor du presbytère, le jour où je fis sa connaissance. Ses yeux éteints se tournèrent encore vers moi, réfléchissant à peine quelques rayons de la lumière qui tombait sur elle.

Aveugle! grand Dieu! redevenir aveugle après n'avoir joui de la vue que quelques courtes semaines!

Mon angoisse fut telle, en faisant cette horrible découverte, que j'oubliai tout.

Je volai vers elle et je la saisis dans mes bras. Je jetai un seul regard sur sa figure pâle et amaigrie, et je fondis en pleurs sur son sein.

Elle posa doucement sa main sur ma tête et attendit, avec une patiente angélique, que le premier moment de chagrin fût passé.

« Ne déplorez pas le nouveau malheur qui me prive de la vue, dit-elle de cette voix douce que je connaissais si bien. Les quelques moments où j'ai fait usage de mes yeux ont été les plus malheureux de mon existence. N'attribuez pas mon chagrin à la perte de ma vue. »

Elle s'arrêta et poussa un soupir amer.

« Je puis vous le dire à vous, murmura-t-elle, et c'est pour moi une consolation et un véritable soulagement. Si je me suis tourmentée, c'est à propos de mon mariage. »

Ces paroles me remirent. Je levai la tête et l'embrassai en lui disant que ma conduite était absurde, et que j'étais revenue pour la réconforter.

Lucile sourit faiblement.

« Comme c'est bien à vous et que vous êtes bonne de me dire ces paroles! me répondit-elle. Vous n'avez pas changé, » ajouta-t-elle en me frappant un petit coup sur la joue par un geste qui lui était familier et qui, tout insignifiant qu'il était, faillit me briser le cœur.

Je manquai d'étouffer en voulant retenir mes larmes.

« Allons, me dit Lucile, ne pleurez plus et causons comme si nous étions à Dimchurch. »

Je menai la jeune fille jusqu'au sofa, et je la fis asseoir à mes côtés. Elle m'entoura d'un bras et appuya sa tête sur mon épaule, tandis qu'un faible sourire apparaissait et disparaissait tour à tour comme une lumière expirante sur sa figure fatiguée et amaigrie, mais toujours aussi belle, et rappelant celle de la Vierge de Raphaël.

« Nous sommes toutes deux bien bizarres, me dit-elle avec un retour momentané de la gaieté irrésistible des anciens jours. Vous, ma plus cruelle ennemie, vous vous mettez à pleurer en me revoyant. Vous m'avez traitée d'une façon indigne, et voilà que, moi aussi, j'ai non-seulement le bras autour de vous et ma tête sur votre épaule, mais encore je ne voudrais pas pour tout au monde vous laisser partir. »

Ici la figure de Lucile s'assombrit et sa voix changea.

« Expliquez-moi, dit-elle, pourquoi les apparences se liguent ainsi contre vous et d'une manière aussi terrible. Oscar m'a prouvé à Ramsgate que je devais vous quitter et ne jamais vous revoir. J'ai été de son avis, ma chère, pendant quelque temps, et je vous ai exécrée. Mais, en redevenant aveugle, je n'ai pu résister à mon cœur qui, à mesure que ma vue s'affaiblissait, se tournait vers vous. Quand on m'a lu votre lettre et que j'ai su que vous étiez si près de moi, il m'a semblé que le vieux temps revenait, et je me suis senti une folle envie de vous revoir. Me voici donc devant vous, sûre, avant même que vous vous soyez expliquée, que vous avez été victime de quelque terrible méprise. »

J'essayai, en entendant ces généreuses paroles, de me justifier tout de suite ; mais je ne pus sur le moment que penser à l'affreuse découverte qu'elle était redevenue aveugle.

« Donnez-moi quelques minutes et je vais tout vous dire. Pour le moment, je ne saurais parler que de vous. Oh ! Lucile, pourquoi n'êtes-vous pas allée revoir Herr Grosse ? Venez le voir avec moi aujourd'hui, afin de lui demander ses conseils, avant qu'il soit trop tard.

— C'est que justement il est trop tard, répondit Lucile. Je suis allée voir un autre oculiste. De même que M. Sebright, il m'a dit que je n'avais aucune chance de guérison complète et qu'il aurait mieux valu ne jamais tenter l'opération.

— Pourquoi être allée chez un autre oculiste en abandonnant Grosse ? dis-je à Lucile.

— Demandez cela à Oscar. En ne voyant plus Herr Grosse, j'ai obéi à son désir. »

Je découvris le motif de cette défense de la part de Nugent.

En effet, si Nugent avait permis à la jeune fille d'aller rendre visite au docteur allemand, celui-ci aurait pu, en remarquant les tourments que lui causait sa position, lui exposer la fraude du frère d'Oscar.

Je pressai de nouveau Lucile de venir voir notre vieil ami.

« Veuillez vous rappeler notre conversation à ce sujet, me répondit Lucile en secouant la tête d'un air décidé. Je vous ai dit, quelque temps avant l'opération, que j'étais résignée à mon sort et que je ne désirais recouvrer la vue que pour pouvoir contempler Oscar. Qu'est-il arrivé ? En le voyant, mon désappointement a été si grand que j'aurais voulu redevenir aveugle. Ne tressaillez pas et ne vous récriez pas comme si mes paroles vous choquaient. Je vous parle sérieusement. Ne vous rappelez-vous pas ma phrase à cette occasion ? Je la répète : Vous qui avez l'usage de vos deux yeux, vous y attachez une importance absurde. »

Je m'en souvenais parfaitement. Elle avait en effet prononcé ces paroles et déclaré qu'elle ne nous avait jamais envié l'usage de nos yeux. Elle s'était même moquée de ce sens de la vue en le comparant désavantageusement et avec mépris à son toucher, et déclarant que les yeux étaient des organes trompeurs qui nous induisaient continuellement en erreur.

Je reconnus que ce qu'elle disait était exact, sans cependant me consoler de son malheur. J'aurais même continué, si elle avait seulement consenti à m'écouter, à combattre sa résolution. Elle refusa nettement de m'entendre.

« Nous n'avons pas beaucoup de temps à perdi me dit-elle. Parlons de choses plus intéressantes avar_ que je sois forcée de vous quitter.

— Forcée de me quitter ? répétai-je. Vous n'êtes donc pas libre ? »

La figure de Lucile se rembrunit. Elle eut l'air embarrassée.

« Je craindrais d'offenser la vérité en vous disant que je suis retenue prisonnière, répondit Lucile ; mais je suis surveillée. Quand Oscar s'absente, sa cousine, une femme rusée, soupçonneuse, et fausse, prend sa place pour me

guetter. Je l'ai entendue dire à son mari que je ne tien-
drais pas mes engagements si je n'étais surveillée de
très-près. Je ne sais comment je ferais si une excellente
femme, qui éprouve de la sympathie pour moi, ne me
portait aide et secours. »

Lucile s'arrêta et leva la tête d'un air inquiet.

« Où est allée la domestique ? » me demanda-t-elle.

J'avais oublié la femme qui l'avait conduite jusqu'à
moi et qui devait nous avoir quittées sans faire aucun
bruit. Je regardai. Elle n'était plus là.

« Elle attend sans doute en bas. Continuez.

— Sans cette brave femme, poursuivit la jeune fille,
je n'aurais jamais pu arriver jusqu'à vous. C'est elle qui
m'a apporté votre lettre, qui me l'a lue, et a écrit la réponse sous ma dictée. C'est avec elle que je me suis
arrangée pour pouvoir me glisser dehors à la première
occasion. Oscar était sorti, ce qui nous favorisait, et il ne
restait que sa cousine pour nous surveiller. »

Lucile s'arrêta subitement en prononçant ces paroles.
Son oreille exercée avait saisi un léger bruit venant de
l'extrémité de la salle et que je n'avais pas remarqué.

« Quel est ce bruit ? s'écria-t-elle. Y a-t-il quelqu'un
dans la chambre ? »

Je relevai la tête ; Oscar, le véritable Oscar, était là
et l'écoutait tandis qu'elle parlait de celui qui jouait son
rôle, de Nugent.

Quand il s'aperçut que je l'examinais, il me fit signe de
ne pas révéler sa présence à Lucile. Il était évident qu'il
avait entendu tout ce que nous venions de dire, car il se
toucha les yeux et leva ensuite les mains au ciel, comme
s'il déplorait le malheur de Lucile redevenue aveugle.

Quel que fût son état moral, cette fatale découverte ne
pouvait produire sur lui qu'une influence salutaire.

Je lui fis signe de rester et je dis à Lucile qu'il n'y avait
pour elle aucun sujet de s'alarmer. Elle continua donc :
« Oscar nous a quittés de bonne heure ce matin pour
aller à Londres. Devinez quel est le but de son voyage ? Il
est allé chercher une autorisation de mariage et il a déjà
fait publier les bans à l'église. Mon dernier espoir est en

vous. Malgré tout ce que j'ai pu lui dire, il a fixé la
cérémonie au 21, dans deux jours! J'ai fait tout ce que
j'ai pu pour faire reculer ce jour, et j'ai mis en avant
toute sorte de prétextes. Oh! si vous saviez!... »

Là, une émotion croissante étouffa la voix de Lucile.

« Je ne dois pas perdre des moments précieux, reprit-
elle en se remettant un peu, il faut que je sois à la maison
avant le retour d'Oscar. Oh! ma chère amie, vous qui
êtes si fertile en expédients, trouvez-m'en donc un pour
remettre ce mariage. Tâchez de trouver quelque moyen
de les surprendre à l'improviste pour les forcer à me
donner du temps! »

Je jetai les yeux vers l'autre bout de la chambre.

Oscar écoutait presque sans respirer et s'était avancé
vers nous sans faire de bruit. A un signe que je lui fis, il
s'arrêta.

« Est-ce que vous ne l'aimez plus, Lucile?

— Je ne puis vous rien dire, sinon qu'un affreux changement s'est fait dans mon cœur. Tant que j'ai pu me
servir de mes yeux, je me suis expliqué en partie ce
changement. Je croyais que le nouveau sens que je
venais d'acquérir avait fait de moi une nouvelle créature.
Mais maintenant que j'ai perdu la vue et que je suis
redevenue ce que j'ai été toute ma vie, cette même insen-
sibilité affreuse m'est restée. J'éprouve si peu d'affection
pour lui que j'ai parfois du mal à me persuader que ce
soit bien vraiment Oscar. Vous savez combien je l'ado-
rais et quelle joie j'ai éprouvée à un moment en apprenant que je deviendrais sa femme? Eh bien, jugez d'a-
près cela ce que je dois souffrir en éprouvant pour lui un
sentiment si différent. »

Je levai de nouveau la tête. Oscar s'était rapproché et
je pouvais distinguer nettement tous ses traits.

L'influence salutaire de Lucile commençait à produire
ses fruits! Je vis dans ses yeux, qui se remplissaient de
larmes, l'amour et la pitié remplacer la haine et la ven-
geance.

Oscar était là, devant moi, tel que je l'avais connu jadis.

« Je ne désire pas m'en aller et le quitter. Tout ce que

je demande, c'est qu'on me donne un peu de temps. Le temps m'aidera à redevenir ce que j'étais auparavant. Se peut-il, moi qui ai été aveugle toute ma vie, que les quelques semaines pendant lesquelles j'ai joui de la vue aient pu changer les sentiments de toute ma vie ? Non, je ne veux pas le croire ; je trouve à me diriger dans toute la maison, je reconnais sans exception ce que je touche, enfin je sais faire tout ce que je faisais auparavant. Mon affection pour Oscar reviendra comme le reste. Du temps, voilà tout ce que je demande. »

En achevant ces paroles, elle tressaillit subitement.

« Il y a quelqu'un dans la chambre, dit-elle, quelqu'un qui pleure. Qui est-ce ? »

Oscar s'était avancé tout près de nous. De grosses larmes lui coulaient des yeux. Le sanglot étouffé qui venait de lui échapper était parvenu aussi bien à mon oreille qu'à celle de Lucile.

Je lui pris la main dans une des miennes et celle de Lucile dans l'autre. Le moment était venu où Dieu seul pouvait agir.

« Qui est-ce ? répéta Lucile avec impatience.

— Tâchez de le deviner sans que je vous dise son nom. »

En disant ces mots, je lui plaçai la main dans celle d'Oscar et je me tins tout près d'elle en examinant l'expression de sa figure.

Pendant un moment, moment terrible où Lucile sentit ce contact, bien connu d'elle, le sang abandonna ses joues. Ses yeux se dilatèrent d'une manière effrayante. Elle sembla pétrifiée. Puis, avec un grand cri et toute haletante de joie, elle lui jeta avec passion ses bras autour du cou. La vie revint à sa figure et son sourire adorable voltigea sur ses lèvres entr'ouvertes. Elle respira par saccades, et d'une voix remplie d'extase elle murmura ces mots délicieux : — « Oh !... Oscar, je vous reconnais !... »

XIV.

FIN DU VOYAGE.

Il s'écoula ainsi un léger intervalle.

La première sensation causée par la délicatesse exquise de son toucher était passée chez Lucile, dont les sens avaient repris leur équilibre.

Elle quitta Oscar, et, après avoir mis sa main dans la mienne, elle me fit une question à laquelle je devais inévitablement m'attendre.

« Que veut dire tout ceci? » me demanda-t-elle.

Je lui décrivis la perfidie de Nugent, la fatale couleur du visage d'Oscar, en lui donnant l'explication de ma conduite envers elle. Je lui révélai tout avec autant de délicatesse et de ménagement que possible.

Elle ne m'a jamais parlé dans la suite du choc qu'elle en éprouva. Elle m'écouta sans m'interrompre jusqu'à la fin, sa main dans celle d'Oscar et sa figure cachée sur sa poitrine. De temps en temps, je la voyais frémir et je l'entendais pousser un grand soupir.

Ce ne fut que lorsque j'eus finis et après un long intervalle, pendant lequel Oscar et moi nous l'examinâmes avec une muette anxiété, qu'elle leva lentement la tête et qu'elle rompit le silence.

« Merci, ô mon Dieu! dit-elle avec ferveur. Merci de m'avoir enlevé la vue!... »

Telles furent les premières paroles de Lucile. Elles me remplirent d'horreur et je la priai de les retirer.

Elle appuya tranquillement sa tête sur la poitrine d'Oscar.

« Pourquoi cela? me répondit-elle. Croyez-vous que j'aie le désir de voir Oscar comme il est? Non, je veux le voir et je le vois tel qu'il me paraissait en imagination pendant les premiers jours de notre amour. Mon infirmité me rend heureuse et elle m'a rendu l'ancienne sensation de plaisir que je ressentais en le touchant. Elle me laisse l'image adorée de mon fiancé, la seule que j'aime, telle qu'elle existe dans mon imagination, c'est-à-dire immuable. Je me rappelle avec horreur tout ce que j'ai souffert quand je possédais l'usage de mes yeux. Tout ce que je désire, c'est de m'efforcer d'oublier ce temps néfaste. Ah! que vous me connaissez peu! Vous ne savez pas quel coup cela me donnerait de voir Oscar tel que vous le voyez! Essayez de me comprendre, et, quand vous aurez réussi, vous ne me parlerez plus de ce que je perds, mais de ce que je gagne à être aveugle.

— Que pensez-vous y gagner? lui demandai-je.

— Le bonheur, répondit Lucile; mon amour, c'est ma vie, et il se rattache intimement à mon infirmité. »

Dans ces quelques mots était exposée toute la vie de la jeune aveugle.

Je laissai Oscar et Lucile s'entretenir ensemble et je me promenai dans la chambre en réfléchissant à ce qu'il y avait à faire pour le présent.

La tâche n'était pas facile, car je n'avais que les maigres renseignements que m'avait donnés Lucile.

Nugent avait sans hésitation mené sa cruelle supercherie jusqu'au bout. Il avait donné avis de son mariage à l'église sous un faux nom, celui de son frère, et il était parti pour Londres chercher une autorisation pour son mariage, toujours sous le nom d'Oscar.

Voilà pour le moment tout ce que je savais de ses agissements. Tandis que je réfléchissais toujours, Lucile coupa le nœud gordien.

« Pourquoi restons-nous ici? dit-elle. Quittons cet endroit maudit pour n'y jamais remettre le pied. »

Comme elle se levait, nous fûmes surpris par un léger coup frappé à la porte.

J'allai ouvrir. Nous vîmes reparaître la femme qui avait amené Lucile à l'hôtel. Elle semblait avoir peur de s'aventurer dans l'appartement trop loin de la porte. Elle

fit un pas en arrière et regarda Lucile d'un air craintif,
en lui demandant si elle pouvait lui parler.

« Vous pouvez parler librement devant monsieur et
madame, lui répondit Lucile. Qu'y a-t-il de nouveau?

— Je crains bien, mademoiselle, qu'on ne vous ait
suivie.

— Suivie? et qui a pu me suivre?

— La femme de chambre. Je l'ai vue, il y a un instant,
regarder les fenêtres de l'hôtel, après quoi elle s'en est
allée en toute hâte vers la maison. Mais ce n'est pas là ce
qu'il y a encore de plus grave, mademoiselle.

— Qu'y a-t-il donc?

— Nous nous sommes trompés sur l'heure des trains.
Veuillez revenir, mademoiselle, car je crains qu'on ne
vous découvre.

— Vous pouvez vous en retourner de suite, Jane, lui
dit Lucile.

— Seule?

— Seule. Je vous remercie bien de m'avoir amenée ici,
et je reste. »

Lucile venait à peine de s'asseoir entre Oscar et moi
qu'on poussa doucement la porte du dehors.

Une longue main maigre et veineuse passa à travers
l'ouverture, prit la domestique par le bras, et la tira dans
le corridor.

Puis à la place qu'elle venait d'occuper, parut un homme
avec son chapeau sur la tête.

C'était Nugent.

Il s'arrêta à l'endroit même où la domestique s'était
tenue. Il regarda d'abord Lucile, puis son frère et moi.

Pas un mot ne lui échappa. Il se trouvait là vis-à-vis
de l'amie qu'il avait trahie, sachant bien que tout était
fini et que la femme pour laquelle il s'était déshonoré
était à jamais perdue pour lui. Il se tenait, les yeux fixés
sur elle, dans l'enfer qu'il s'était créé à lui-même, et su-
bissant sa torture en silence.

En voyant paraître son frère, Oscar s'était levé et avait
fait lever aussi Lucile. Tenant toujours sa fiancée serrée
contre lui, il fit un pas vers Nugent.

Je les suivis en examinant l'expression du visage d'Oscar; mais je n'y trouvai plus rien de nature à éveiller mes craintes. L'influence bénie de Lucile avait chassé le démon qui le conseillait.

J'attendis attentivement, mais sans nulle crainte, pour voir quelle attitude il allait prendre dans cette nouvelle situation.

« Nugent!... » dit Oscar fort tranquillement.

Nugent courba la tête et ne répondit pas.

Lucile, en entendant Oscar prononcer le nom de son frère, comprit tout de suite ce qui était arrivé et trembla.

Oscar la déposa avec douceur dans mes bras et s'avança vers Nugent.

Ses traits indiquaient un combat intérieur entre l'amour et l'angoisse, entre la douleur et la honte. Il me rappela d'une manière des plus singulières la façon dont il m'avait raconté jadis l'histoire de son procès en me disant que Nugent avait été son ange gardien.

Il alla à son frère, et avec la simplicité enfantine que je lui connaissais si bien, il posa son bras sur celui de Nugent.

« Nugent, lui dit-il, es-tu toujours ce bon frère chéri qui m'a sauvé de l'échafaud et m'a ensuite réconforté dans mon malheur? Es-tu encore ce frère intelligent, habile, noble, que j'ai tant aimé et dont j'étais si fier? »

Nugent baissa la tête encore plus bas. Ses traits se tordirent, et ses mains se crispèrent dans l'agonie muette causée par les souvenirs que lui rappelaient la voix et le contact de son frère.

Oscar voulut lui donner le temps de se remettre et s'adressa ensuite à moi.

« Vous connaissez Nugent, me dit-il. Vous vous souvenez que la première fois que je vous rencontrai, je vous ai dit que c'était un ange. Vous avez pu voir par vous-même, lorsque dans la suite il est venu à Dimchurch, comme il s'est montré bon pour moi et avec quelle fidélité il gardait mes secrets, enfin quel ami fidèle il était. Regardez-le bien et convenez avec moi que l'on a mal jugé et qu'on a interprété sa conduite d'une façon monstrueuse. »

Oscar se tourna de nouveau vers Nugent.

« Je n'oserais te raconter, lui dit-il, ce qu'on m'a dit de toi, ce que j'ai cru et les pensées affreuses et indignes d'un frère qui me conseillaient de me venger. Dieu merci, je me suis débarrassé de ces pensées! Oui, mon cher Nugent, maintenant que je te vois, elles me semblent avoir été l'effet d'un abominable rêve. Comment pourrais-je te voir devant moi, et croire que tu as pu me tromper, que tu ne serais qu'un misérable qui aurait voulu me voler la seule femme au monde qui m'aimât, toi si beau et si aimé, qui peut choisir pour épouse la femme que tu voudras? Non, jamais je ne pourrai le croire? C'est impossible. Tu as été entraîné à ton insu. Ne te défends pas, je me charge de te justifier. Tu n'auras à t'abaisser devant personne. Dis-moi franchement comment tu as agi envers Lucile et envers moi, et laisse-moi le soin de te réhabiliter devant tout le monde. Allons, Nugent, relève la tête et dis-moi ce que je dois dire de toi. »

Nugent obéit à Oscar et le regarda.

Toute contractée et livide que fût la figure de Nugent, je vis dans son œil quelque chose qui me rappela le passé, lorsque, venant nous rejoindre à Dimchurch, il nous parlait de ce pauvre Oscar avec cette tendresse mêlée de gaîté grâce à laquelle il avait gagné mon estime.

« Allons! répéta Oscar à son frère, fais-moi savoir ce que je dois dire de toi. »

Nugent tira de sa poche un papier écrit.

« Tu diras, répondit-il à son frère, que j'ai annoncé ton mariage prochain à l'église de cette localité, et que je suis allé à Londres pour te procurer ce document. »

Il tendit la feuille à son frère.

C'était l'autorisation de mariage qu'il avait obtenue en donnant le nom de son frère.

« Sois heureux, Oscar, ajouta-t-il, tu mérites de l'être. »

En disant ces paroles, il entoura Oscar de son bras, avec cet air protecteur qui lui était habituel jadis. Sa main toucha la poche du paletot de son frère. Avant qu'on eût pu l'on empêcher, il déboutonna la poche avec dextérité et en tira le petit pistolet à la crosse d'argent, l'ouvrage d'Oscar.

« Est-ce que cette arme m'était destinée? dit-il avec un pâle sourire. Mon pauvre garçon, tu n'aurais pas eu le cœur de t'en servir ? »

Il embrassa la joue hâlée de son frère et mit le pistolet dans sa poche.

« Il est ciselé de ta main, Oscar, dit-il, je le prends comme cadeau. Retourne aux Sables quand tu seras marié. Quant à moi, je vais me mettre à voyager, et je te donnerai de mes nouvelles avant de quitter l'Angleterre. Adieu, Oscar, que Dieu te bénisse ! »

Nugent repoussa son frère avec douceur, mais avec fermeté.

J'essayai de m'approcher de lui avec Lucile pour lui parler, mais un regard, d'une gravité et d'un calme surhumains, jaillit de ses yeux tristes, comme ceux d'un condamné.

Ce regard, qui me donna le pressentiment que je ne reverrais jamais Nugent, me fit reculer.

Il alla à la porte, l'ouvrit, puis, se retournant, il jeta un regard d'adieu à Lucile et me salua, sans mot dire, d'un signe de tête.

La porte se referma sans bruit.

Nugent était entré quelques minutes auparavant dans la pièce où nous étions, et il en sortit pour ne jamais nous revoir.

Nous restâmes immobiles et muettes.

Nugent laissait derrière lui un vide bien triste et bien affreux. Je fus la première à agir. Je reconduisis en silence Lucile au sofa et je fis signe à Oscar de venir prendre ma place à ses côtés.

Cela fait, je les quittai pour aller à la rencontre du père de Lucile. Je voulais l'empêcher de troubler sa fille et Oscar qui avaient besoin d'être seuls après ce qui venait de se passer.

XV.

ÉPILOGUE.

Douze ans se sont écoulés.

Je suis assise, je regarde d'un air indolent toutes ces feuilles couvertes de mon écriture et je me demande si j'ai encore à en remplir beaucoup de semblables.

Il ne me reste que peu de chose à dire.

Oscar et Lucile d'abord.

Deux jours après s'être retrouvés, ils furent mariés dans l'église de Sydenham.

Le mariage ne fut guère animé. Il n'y eut que M. Finch qui fut gai.

En arrivant à Londres, nous nous séparâmes. Les jeunes mariés s'en retournèrent aux Sables.

Le recteur resta en ville un jour ou deux pour aller voir ses amis.

Quant à moi, je retournai auprès de mon père, pour l'accompagner de Marseille à Paris.

Je restai, si je m'en souviens bien, quinze jours en France, et pendant ce temps je reçus des Sables des lettres charmantes.

On m'annonçait dans l'une d'elles qu'Oscar avait reçu des nouvelles de son frère.

La lettre que lui écrivait Nugent n'était pas longue. Elle était datée de Liverpool et annonçait qu'il allait s'embarquer dans deux heures pour l'Amérique. Il avait appris qu'une nouvelle expédition aux régions boréales se préparait à New-York dans le but de découvrir une mer polaire libre qui devait se trouver entre le Spitzberg et la Nouvelle-Zemble. Il avait aussitôt pensé que cette expédition pourrait offrir de nouveaux horizons au peintre à la recherche des tableaux les plus grandioses et les plus sublimes de la nature. Il s'était décidé à accompagner les explorateurs et avait trouvé l'argent nécessaire pour le voyage en vendant ce qui lui restait et qui eût quelque valeur, ses bijoux et ses livres. Il ajoutait que s'il se trouvait n'avoir pas assez d'argent, il en demanderait à Oscar, et il promit d'écrire en tout cas avant de s'embarquer.

Nugent terminait sa lettre en faisant des adieux affectueux à son frère et à celle qu'il appelait sa sœur.

Ayant relu cette lettre dans la suite, je n'ai pu y trouver la plus légère allusion à ce qui s'était passé ou la plus maigre nouvelle de la santé ou de la disposition d'esprit de celui qui l'écrivait.

Je m'en revins dans notre petit village isolé, et je pris possession de la chambre que Lucile avait préparée elle-même pour moi aux Sables.

Je trouvai les deux mariés aussi heureux qu'il est possible de l'être. Ils pensaient bien parfois avec tristesse à l'absence de Nugent, et il m'arrivait aussi d'y penser. C'est peut-être pour cette raison que Lucile me sembla plus grave que lorsqu'elle était demoiselle. Cependant ma présence et celle de Grosse, arrivé aux Sables quelques jours après le mariage, contribuèrent un peu à lui rendre son ancienne gaieté.

Aussitôt que sa goutte lui avait permis de se lever, Herr Grosse s'était présenté aux Sables avec sa trousse, et désireux de faire un nouvel essai sur les yeux de Lucile.

« Si l'opération afait manqué, disait-il, cho ne viendrais plus vous tourmenter; mais elle n'a pas manqué, et c'est fous qui afez négligé de prendre soin des cholis yeux tout neufs que cho fous ai tonnés. »

C'est ainsi qu'Herr Grosse essayait de persuader à Lucile de subir une nouvelle opération. Elle refusa constamment de s'y soumettre, et les discussions qu'elle eut avec le bon docteur la divertissaient énormément.

Grosse essaya plus d'une fois en revenant à la charge d'ébranler sa résolution.

Efforts perdus!

La maison retentissait du bruit de leurs querelles à ce
sujet. Lucile retrouva son ancienne gaieté en réfutant
les arguments grotesques du brave Allemand.

Quand j'essayai à mon tour d'ébranler deux ou trois
fois la détermination de Lucile, elle me répéta, mais en
d'autres termes que ceux qu'elle employait en parlant au
docteur, ce qu'elle m'avait dit à Sydenham : « Mon amour
seul me fait vivre, et il est intimement lié à mon infirmité. »

Il est juste d'ajouter que M. Sebright et un autre médecin compétent, que l'on consulta tous deux en même
temps, soutinrent sans hésitation que Lucile avait
raison.

M. Sebright avait toujours prévu que le succès de l'opération faite par Herr Grosse ne serait que temporaire, et
son collègue se rangea entièrement de son avis après
avoir examiné les yeux de Lucile.

Qui saurait dire lequel avait raison, d'Herr Grosse ou
des deux médecins? Lorsque je vous ai présenté Lucile,
elle était aveugle, et aveugle vous la retrouverez finale-
ment. Si vous déplorez cette malheureuse infirmité,
veuillez vous rappeler en même temps qu'elle était essen-
tielle à son bonheur, que Lucile était heureuse et que les
conditions qui font le bonheur des autres n'étaient pas
indispensables au sien.

Nous reçûmes sur ces entrefaites une seconde lettre de
Nugent, écrite la veille de son départ pour les mers po-
laires. Une phrase dans cette lettre nous toucha.

« Qui sait, disait-il, si je reverrai jamais l'Angleterre!
« Mon cher Oscar, si c'est un garçon, appelle ton premier-
« né de mon nom. »

Cette lettre contenait en outre un document qui m'était
spécialement adressé.

C'était la confession de Nugent.

Il s'était contenté d'ajouter à la fin :

« Vous qui savez tout, pardonnez-moi, si vous le
« pouvez. J'ai bien souffert aussi, moi ; ne l'oubliez pas. »

Après avoir fait usage de cette confession, je l'ai brûlée
à l'exception de ces quelques lignes.

A d'assez longs intervalles, nous entendîmes parler du
vaisseau où se trouvaient les explorateurs, qui avaient
donné de leurs nouvelles à des baleiniers.

Puis un assez long espace de temps s'écoula, au bout
duquel il courut un bruit terrible, qui fut confirmé dans
la suite, de la perte de l'expédition.

Un an se passa sans que l'on entendît parler des
hommes qui en faisaient partie.

On savait cependant qu'ils avaient à bord des provisions de toute espèce, et tout le monde espérait qu'elles
pourraient durer jusqu'à ce qu'il leur arrivât des secours.

On envoya par terre une nouvelle expédition à la recherche de la première, mais sans aucun succès. On offrit des récompenses aux baleiniers qui la retrouveraient,
et personne ne vint réclamer l'argent.

Nous portions le deuil de Nugent, et la tristesse s'était
emparée de nous tous.

Deux ans se passèrent sans que l'on pût retrouver l'expédition ; mais un baleinier, poussé hors de sa route par
la tempête, rencontra la coque d'un vaisseau qui avait
perdu tous ses agrès dans les glaces. La conclusion du
rapport du capitaine de ce vaisseau retracera fidèlement
l'histoire de ce désastre. La voici :

. . . .

« Le vaisseau naufragé voguait à la dérive dans un
« chenal laissé entre la glace.

« Bientôt il rencontra un glaçon.

« Je mis un canot à la mer et mes hommes ramèrent
« vers la coque du vaisseau.

« Il n'y avait pas un être vivant sur le pont couvert de
« neige.

« Nous hélâmes, mais personne ne répondit.

« J'appliquai l'œil à la vitre d'un des sabords d'arrière,

« et j'aperçus indistinctement un homme assis à une table.

« Je frappai contre le verre, mais il ne répondit pas.

« Je montai avec mes hommes sur le pont.

« Nous ouvrîmes l'écoutille et descendîmes dans la ca-
« bine.

« L'homme que j'avais aperçu à travers le sabord se
« présenta à nos yeux.

« Il était à l'extrémité opposée de la cabine.

« J'entrai le premier et lui adressai la parole.

« Pas de réponse.

« Regardant de plus près et touchant une de ses mains,
« je m'aperçus, à mon étonnement et à mon horreur, que
« je tenais la main d'un cadavre!

« Sur la table à laquelle il était assis se trouvait le
« journal du bord dans lequel il avait fait la dernière ob-
« servation.

« La voici :

« *Il y a dix-sept jours que nous sommes pris dans*
« *les glaces.*

« *Notre feu s'est éteint hier.*

« *Le capitaine a essayé en vain de le rallumer.*

« *Le médecin du bord et deux matelots sont morts*
« *de froid ce matin.*

« *Il faudra que nous passions tous par là chacun à*
« *notre tour.*

« *Si jamais on nous découvre, je prie celui qui me*
« *retrouvera d'envoyer cette* . . . .

. . . .

« A cet endroit, la main de celui qui écrivait était re-
« tombée avec la plume.

« La main gauche du cadavre était restée posée sur la
« table.

« Entre les doigts glacés, nous retrouvâmes une longue
« tresse de cheveux de femme, liée à chaque bout d'un
« ruban bleu.

« Les yeux grands ouverts du cadavre étaient fixés sur
« ces cheveux.

« Nous trouvâmes le nom de cet homme dans son por-
« tefeuille.

« Il s'appelait Nugent Dubourg, et je donne ce nom
« dans mon rapport pour ses parents ou ses amis.

« En examinant le vaisseau et en comparant les dates
« inscrites dans le Journal du bord, nous trouvâmes que
« la mort des officiers et des matelots devait remonter à
« plus de deux ans.

« La position dans laquelle nous découvrîmes les ca-
« davres gelés des hommes et leurs noms respectifs, du
« moins ceux que nous avons pu trouver, sont ici consi-
« gnés, etc..... »

*   *

La tresse de cheveux de femme est en la possession de
Lucile, qui désire la garder quand on l'enterrera.

Hélas! pauvre Nugent, ne sommes-nous pas tous voués
au péché?

Imitez-moi, lecteurs. Oubliez ce qu'il avait de mauvais
pour vous rappeler ce qu'il avait de bon.

J'hésite de nouveau en écrivant ces pages, et je me
sens peu disposée, s'il faut dire vrai, à abandonner ma
narration. Mais, au fait, que pourrais-je encore vous
dire?

J'entends résonner le marteau d'Oscar, qui siffle gaiement en travaillant à sa ciselure.

Dans une autre chambre, Lucile donne à sa petite fille
une leçon de piano.

J'ai devant moi sur la table une lettre de Mme Finch,
datée d'une lointaine colonie, où M. Finch, qui a glorieu-
sement monté en grade, préside en qualité d'évêque. Il
harangue les indigènes à cœur joie, et ce qui est plus
fort, c'est que ce singulier troupeau goûte fort ses ser-
mons.

Jicks se trouve dans son élément parmi les susdits abo-
rigènes, et il est fort à craindre que la jeune bohémienne
de la famille ne finisse par épouser un chef sauvage.

Mme Finch, le croiriez-vous? s'attend à mettre au
monde un nouvel enfant!

Le fils aîné de Lucile, auquel on a donné le nom de Nugent, entre à l'instant et vient contre mon pupitre. Il fixe ses beaux yeux sur les miens. Sa grosse figure rose exprime le mécontentement qu'il éprouve à me voir occupée à écrire.

« Ma tante, dit-il, tu as assez écrit comme cela. Viens jouer avec moi. »

L'enfant a raison. Il est temps que je mette de côté mon manuscrit et que je vous fasse mes adieux.

Je sens, malgré ma gaîté naturelle, une certaine tristesse en vous quittant.

Et vous?

TABLE DES MATIÈRES

Coulommiers. — Typ. PAUL BRODARD et Cie.

LIBRAIRIE HACHETTE ET Cᴵᴱ

BOULEVARD SAINT-GERMAIN, 79, A PARIS

1883

ROMANS, NOUVELLES

ŒUVRES DIVERSES

1ʳᵉ SÉRIE, A 3 FR. 50 LE VOLUME

About (Ed.) : *Alsace* (1871-1872); 5ᵉ édit. 1 vol.
— *La Grèce contemporaine;* 8ᵉ édit. 1 vol.
— *Le progrès;* 4ᵉ édit. 1 vol.
— *Le turco.* — *Le bal des artistes.* — *Le poivre.* — *L'ouverture au château.* — *Tout Paris.* — *La chambre d'ami.* — *Chasse allemande.* — *L'inspection générale.* — *Les cinq perles;* 4ᵉ édit. 1 vol.
— *Madelon;* 8ᵉ édit. 1 vol.
— *Théâtre impossible;* 2ᵉ édit. 1 vol.
— *L'A B C du travailleur;* 4ᵉ édit. 1 vol.
— *Les mariages de province;* 5ᵉ édit. 1 vol.
— *La vieille roche :*
   1ʳᵉ partie : *Le mari imprévu;* 5ᵉ édit. 1 vol.
   2ᵉ partie : *Les vacances de la comtesse;* 4ᵉ édit. 1 vol.
   3ᵉ partie : *Le marquis de Lanrose;* 3ᵉ édit. 1 vol.
— *Le fellah;* 3ᵉ édit. 1 vol.
— *L'infâme;* 3ᵉ édit. 1 vol.
— *Le roman d'un brave homme;* 26ᵉ mille. 1 vol.

Amicis (de) : *Souvenirs de Paris et de Londres,* traduit de l'italien par Mᵐᵉ J. Colomb. 1 vol.

Charton (E.) : *Le tableau de Cébès,* souvenirs de mon arrivée à Paris. 1 vol.

Cherbuliez (V.), de l'Académie française : *Le comte Kostia;* 9ᵉ édit. 1 v.

Cherbuliez (V.) : *Prosper Randoce;* 4ᵉ édit. 1 vol.
— *Paule Méré;* 5ᵉ édit. 1 vol.
— *Le roman d'une honnête femme;* 9ᵉ édit. 1 vol.
— *Le grand œuvre;* 3ᵉ édit. 1 vol.
— *L'aventure de Ladislas Bolski;* 6ᵉ édit. 1 vol.
— *La revanche de Joseph Noirel;* 4ᵉ édit. 1 vol.
— *Études de littérature et d'art.* 1 vol.
— *Meta Holdenis;* 5ᵉ édit. 1 vol.
— *Miss Rovel;* 7ᵉ édit. 1 vol.
— *Le fiancé de Mˡˡᵉ Saint-Maur;* 4ᵉ édit. 1 vol.
— *Samuel Brohl et Cⁱᵉ;* 6ᵉ édit. 1 vol.
— *L'idée de Jean Téterol;* 6ᵉ édit. 1 vol.
— *Amours fragiles;* 3ᵉ édit. 1 vol.
— *Noirs et Rouges;* 6ᵉ édit. 1 vol.
— *La ferme du Choquard;* 6ᵉ édit. 1 vol.
— *L'Espagne politique* (1868-1873). 1 v.

Depret : *Nouvelles anciennes.* 1 vol.

Ferry (Gabriel) : *Le coureur des bois;* 9ᵉ édit. 2 vol.
— *Costal l'Indien;* 4ᵉ édit. 1 vol.

Houssaye (A.) : *Le violon de Franjolé.* 1 vol.
— *Voyages humoristiques.* 1 vol.

Kœcklin-Schwartz : *Un touriste en Laponie.* 1 vol.

Larchey (Lorédan) : *Les cahiers du capitaine Coignet* (1799-1815), publiés d'après le manuscrit original. 1 vol.

Lemaître : *La comédie après Molière et le théâtre de Dancourt.* 1 vol.

Marbeau (E.) : *Slaves et Teutons :* notes et impressions de voyage. 1 vol.

Marmier (X.), de l'Académie française : *En Alsace.* 1 vol.
— *Gazida,* fiction et réalité. 1 vol.
    Ouvrage couronné par l'Académie française.
— *Hélène et Suzanne.* 1 vol.
— *Le roman d'un héritier ;* 2º édit. 1 vol.
— *Les fiancés du Spitzberg ;* 4e édit. 1 vol.
    Ouvrage couronné par l'Académie française.
— *Lettres sur le Nord ;* 5e édit. 1 vol.
— *Mémoires d'un orphelin.* 1 vol.
— *Sous les sapins,* nouvelles du Nord. 1 vol.
— *De l'est à l'ouest.* 1 vol.
— *Les voyages de Nils à la recherche de l'idéal.* 1 vol.
— *Robert Bruce ; comment on reconquiert un royaume ;* 2e édit. 1 vol.
— *Les âmes en peine,* contes d'un voyageur. 1 vol.
— *En pays lointains.* 1 vol.
— *Les hasards de la vie ;* 2e édit. 1 vol.
— *Un été au bord de la Baltique ;* 2e édit. 1 vol.
— *Histoire d'un pauvre musicien.* 1 vol.
— *Nouveaux récits de voyage.* 1 vol.
— *Contes populaires de différents pays,* recueillis et traduits. 1 vol.
— *Nouvelles du Nord.* 1 vol.

Marmier (X.) : *Légendes des plantes et des oiseaux.* 1 vol.
— *A la maison.* 1 vol.

Mézières (A.), de l'Académie française : *Hors de France.* 1 vol.
— *En France.* 1 vol.

Michelet (J.) : *L'insecte ;* 9º édit. 1 vol.
— *L'oiseau ;* 14e édit. 1 vol.

Peÿ : *L'Allemagne d'aujourd'hui (1822-1832) ;* 2e édit. 1 vol.

Ralston : *Contes populaires de la Russie.* 1 vol.

Saintine (X.-B.) : *Le chemin des écoliers ;* 4e édit. 1 vol.
— *Picciola ;* 49e édit. 1 vol.
— *Seul !* 5e édit. 1 vol.

Stahl : *Histoire d'un homme enrhumé.* 1 vol.

Topffer (R.) : *Nouvelles genevoises.* 1 vol.
— *Rosa et Gertrude.* 1 vol.
— *Le presbytère.* 1 vol.
— *Réflexions et menus propos d'un peintre genevois,* ou Essai sur le beau dans les arts. 1 vol.

Valbert. *Hommes et choses d'Allemagne.* 1 vol.
— *Hommes et choses du temps présent.* 1 vol.

Wey (Francis) : *Chronique du siège de Paris (1870-1871).* 1 vol.
— *Les Anglais chez eux ;* 7e éd. 1 vol.
— *Petits Romans.* 1 vol.

2ᵉ SÉRIE, A 3 FR. LE VOLUME

Achard (Amédée) : *La chasse à l'idéal.* 1 vol.
— *Le journal d'une héritière ;* 2º édit. 1 vol.
— *Les chaînes de fer.* 1 vol.
— *Les fourches caudines.* 1 vol.
— *Maxence Humbert.* 1 vol.
— *Le serment d'Hedwige.* — *Madame de Mailhac.* 1 vol.
— *Olympe de Mézières.* — *Le mari de Delphine.* 1 vol.
— *Yerta Slovoda.* 1 vol.

Deltuf (P.) : *L'ordonnance de non-lieu.* 1 vol.

Depret : *Contes de mon pays.* 1 vol.
— *Silhouettes de villes.* 1 vol.
— *Chez les Anglais.* 1 vol.

Énault (Louis) : *En province ;* 2º édit. 1 vol.
— *Olga ;* 2e édit. 1 vol.
— *Un drame intime ;* 2e édit. 1 vol.
— *Le roman d'une veuve ;* 4e édit. 1 v.
— *La pupille de la Légion d'honneur.* 2 vol.
— *La destinée ;* 3e édit. 1 vol.
— *Le baptême du sang ;* 2e édit. 2 vol.
— *Le secret de la confession ;* 2e édit. 2 vol.

Hawthorne : *La maison aux sept piquons*, traduit par le même. 1 vol.

Heiberg (L.) : *Nouvelles danoises*, traduites du danois par X. Marmier. 1 vol.

Helm (Mme) : *Madame Théodore*, traduit de l'allemand par Camille Valdy. 1 vol.

Hildreth : *L'esclave blanc*, traduit de l'anglais par M. F. Mornand. 1 vol.

Hillern (Mⁿᵉ de) : *La fille au vautour*, traduit de l'allemand par J. Gourdault. 1 vol.

— *Le convent de Marienberg*, traduit par le même. 1 vol.

Immermann : *Les paysans de Westphalie*, traduit de l'allemand par Desfeuilles. 1 vol.

James : *Léonora d'Orco*, traduit de l'anglais par Mᵐᵉ de Morvan. 1 vol.

Jenkin (Mⁿᵉ) : *Qui casse paye*, traduit de l'anglais par Mᵐᵉ Léon Georges. 1 vol.

Jerrold (D.) : *Sous les rideaux*, traduit de l'anglais par A. Le Roy. 1 vol.

Kavanagh (J.) : *Tuteur et pupille*, traduit de l'anglais par Mᵐᵉ H. Moreau. 2 vol.

Kingsley : *Il y a deux ans*, traduit de l'anglais par H. de l'Espine. 2 vol.

Kompert : *Nouvelles juives*, traduites de l'allemand par Daniel Stauben. 1 vol.

Lawrence (G.) : *Œuvres*, traduites de l'anglais par Ch. Bernard-Derosne. 8 volumes :
Frontière et prison. 1 vol.
Guy Livingstone ou à outrance. 1 vol.
Honneur stérile. 2 vol.
L'épée et la robe. 1 vol.
Maurice Dering. 1 vol.
Flora Bellasys. 2 vol.

Lennep (J. van) : *Les aventures de Ferdinand Huyck*, traduites du hollandais par Wocquier et D. van Lennep. 2 vol.
— *La rose de Dekama*. 1 vol.

Longfellow : *Drames et poésies*, traduits de l'anglais par X. Marmier. 1 vol.

Ludwig (O.) : *Entre ciel et terre*, traduit de l'allemand par A. Materne. 1 vol.

Manzoni : *Les fiancés*, traduit de l'italien par Giovanni Martinelli. 2 vol.

Marsh (Mⁿᵉ) : *Le contrefait*, traduit de l'anglais par L. Bochet. 1 vol.

Mayne-Reid : *La piste de guerre*, traduit de l'anglais par V. Boileau. 1 vol.
— *La quarteronne*, traduit par L. Stenio. 1 vol.
— *Le doigt du destin*, traduit par H. Vattemare. 1 vol.
— *Le roi des Séminoles*, traduit par B. H. Révoil. 1 vol.
— *Les partisans*, traduit par Héphell. 1 vol.

Melville (Whyte) : *Les gladiateurs : Rome et Judée*. Roman antique traduit de l'anglais par Ch. Bernard-Derosne. 2 vol.
— *Katerfelto*, traduit par le même. 1 vol.
— *Digby Grand*, traduit par le même. 2 vol.
— *Kate Coventry*, traduit par le même. 1 vol.
— *Satanella*, traduit par le même. 1 vol.

Mügge (Th.) : *Afraja*, traduit de l'allemand par W. et E. de Suckau. 2 vol.

Nouvelles du Nord, traduites du suédois, de A. Blanche, Frederika Bremer, J. L. Rudeberg, etc., par Leouzon Le Duc. 1 vol.

Ouida : *Ariane*, traduit de l'anglais par B. Buisson. 2 vol.
— *Pascarel*, imité par J. Girardin. 1 vol.

Pouchkine (A.) : *La fille du capitaine*, traduit du russe par L. Viardot. 1 vol.
— *Poëmes dramatiques*, traduits par I. Tourguéneff et L. Viardot. 1 vol.

Poynter (E.-F.) : *Hetty* (Among the hills), traduit de l'anglais par C. Stryienski.

Reade et Dion Boucicault : *L'île providentielle*, traduit de l'anglais par L. Bochet. 2 vol.

Reuter (Fritz) : *En l'année* 1813. Épisode de la vie militaire des Français en Allemagne, traduit de l'allemand par E. Zeys. 1 vol.

Sacher-Masoch : *Le legs de Caïn*, contes galiciens, traduits de l'allemand. 1 vol.

Sacher-Masoch : *Le Nouveau Job* — *Le laid.* Nouvelles traduites par Mme Noémi Mangé. 1 vol.
— *A Kolomea,* contes juifs et petits-russiens, traduits par A. Strebinger. 1 vol.
— *Entre deux fenêtres.* — *Servation et Pancrace.* — *Le Castellan.* Nouvelles traduites par Mlle Strebinger. 2 vol.

Segrave (A.): *Marmorne,* traduit de l'anglais par Ch. Bernard-Derosne. 1 vol.

Smith (J.) : *L'héritage* (Dick Tarleton), traduit de l'anglais par Ed. Scheffter. 3 vol.

Spielhagen (F.): *Le mariage d'Ellen,* traduit de l'allemand par Mlle Heinecke. 1 vol.

Stephens (Miss) : *Opulence et misère,* traduit de l'anglais par Mme H. Loreau. 1 vol.

Thackeray : *Œuvres,* traduites de l'anglais. 9 vol.
   Henry Esmond, par Léon de Wailly. 2 vol.
   Histoire de Pendennis, par Ed. Scheffter. 3 vol.
   La foire aux vanités, par G. Guiffrey. 1 vol.
   Le livre des Snobs, par G. Guiffrey. 2 vol.
   Mémoires de Barry Lindon, par L. de Wailly. 1 vol.

Thackeray (Miss) : *Sur la falaise,* traduit de l'anglais par Mme E. Marcel. 1 vol.

Tourguéneff (I.) : *Mémoires d'un seigneur russe,* traduit du russe par E. Charrière. 2 vol.

Townsend (V. F.) : *Madeline,* traduit de l'anglais par Mme S. Le Page. 1 vol.

Trollope (A.): *Le domaine de Belton,* traduit de l'anglais par E. Dailhac. 1 vol.
— *La veuve remariée,* traduit par Mme A. Tardieu. 2 vol.

Trollope (A.) : *Le cousin Henry,* traduit par Mme H. Martel. 1 vol.

Trollope (Mrs) : *La pupille,* traduit de l'anglais par Mme de la Fizelière. 1 vol.

Wichert : *Les perturbations.* — *Au bord de la Baltique.* — *Le vieux cordonnier.* Nouvelles traduites de l'allemand par Mlle H. Heinecke. 1 vol.

Wilkie Collins : *Le secret,* traduit de l'anglais par Old-Nick. 1 vol.
— *La pierre de lune,* traduit par Mme de Clermont-Tonnerre. 2 vol.
— *Mademoiselle ou Madame?* — *Un drame dans la vie privée.* Nouvelles. 1 vol.
— *Mari et femme,* traduit par Ch. Bernard-Derosne. 2 vol.
— *La morte vivante,* traduit par le même. 1 vol.
— *La piste du crime,* traduit par C. de Cendrey. 2 vol.
— *Pauvre Lucile!* 2 vol.
— *Cache-cache ou le mystère de Marie Gryce,* traduit par C. de Cendrey. 2 vol.
— *La mer glaciale.* — *La femme des rêves.* 1 vol.
— *Le spectre d'Yago.* Nouvelles traduites par le même. 1 vol.
— *Les deux destinées,* traduit par A. Hédouin. 1 vol.
— *L'hôtel hanté,* traduit par H. Dallemagne. 1 vol.

Wood (Mrs) : *Les filles de lord Oakburn,* traduit de l'anglais par L. Bochet. 2 vol.
— *Le serment de lady Adélaïde,* traduit par le même. 2 vol.
— *Le maître de Greylands,* traduit par le même. 1 vol.
— *La gloire des Verner,* traduit par de L'Estrive. 2 vol.

Zschokke : *Addrich des mousses,* traduit de l'allemand par W. de Suckau. 1 vol.
— *Le château d'Aarau,* traduit par le même. 1 vol.

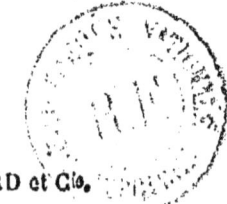

Coulommiers. — Typ. PAUL BRODARD et Cie.

www.ingramcontent.com/pod-product-compliance
Lightning Source LLC
Chambersburg PA
CBHW061455030726

47503CB00005B/1723